人生是、一喜一憂

翁のうっぷん晴らし

宮原一敏
MIYAHARA Kazutoshi

文芸社

はしがき

私はサラリーマンを定年退職する頃、残された人生をどのように過ごしていこうかと考えた時がありました。老年期は自由になる時間がタップリあるのだから、「これから挑戦してみたいことは何か」を考え、最終的に、

①自分の「油絵」で我が家の廊下をギャラリーのようにしたい。
②人がほとんど歩いていない古道を一人で歩いてみたい。
③「自分の本」を出版してみたい。

の三つに絞り込みました。

私は今年（二〇二四年）八十歳になりますが、六十歳からの二十年間で〝油絵〟作品を六十五点描き、我が家の廊下や居間などに展示することが出来ました。また有り難いことに、そのうちの十六点は割烹料理店や焼肉店や歯科医待合室、そして友人宅居間などに掛けられており、私の絵で人様のお役に立っていることを考えると嬉しく思います。

また挑戦の二つ目〝一人行脚〟に関しては、二〇〇五年〜二〇〇七年の三年を掛けて、静岡県・相良町（二〇〇五年に榛原町と合併して牧之原市となる）から新潟県・糸魚川までの「塩の道」三五〇キロメートルを歩き、二〇一〇年には福井県・小浜市から京都府・出町柳までの「鯖街道」七十七キロメートルを歩き、二〇一八年に宮城県・気仙沼から山形県・酒田市までの二七五キロメートルを

「酒街道」と銘打って、ひとりサイクリングを敢行致しました。

挑戦の三つ目〝自分の本〟に就いては、二〇〇五年に『伊那谷と私』、二〇〇七年に『遂にその日は来た』、そして二〇〇八年『塩の道・一人行脚』の発刊と続き、二〇二〇年には「鯖街道」と「酒街道」そして「日本復活私論」の三つのエッセイを掲載した四冊目となる『翁の街道ひとり旅、そして夢想』を発刊いたしました。

こうしてみると私の〝老年期の目標〟はそれなりにほぼ達成出来ていると思うのですが、この度「傘寿」の八十歳を迎えるに当たり、自分の「終活」の一つの証として、これまで書き溜め込んで来たエッセイを纏めて一冊の本にして残しておきたいなという欲望が増幅し始め、完成したのが今回の書籍です。

実は一九九九（平成十一）年に無料ソフトを使って自分でホームページを作っておりまして、エッセイを書いてはホームページ上に掲載して来たのですが、最近になってそれらのエッセイをWeb上での掲載とは別に、紙面上でも活字として残しておきたいと思ったのです。

これまでに書き残してきたエッセイには世相を批判したようなものが多く、二〇〇三（平成十五）年になってそのような悲憤慷慨《ひふんこうがい》的なエッセイを纏めて小冊子『買いたい新著シリーズ』を発刊し始め、現在までに七刊になっていますが、その一部を第一部『ふざける菜シリーズ』および第二部『翁のひとりごとシリーズ』として纏めました。

また各種NPO団体が発行している「機関誌」に寄稿したエッセイのいくつかを第三部に纏め、更に「独りよがり的内容」のエッセイを拾い出して第四部としました。

そして二〇〇五（平成十七）年になって私の幼年期から老年期（六十六歳まで）の履歴を『私のアルバム』と銘打ってホームページ上に掲載を始めましたが、その後二〇一九（令和元）年に『老年期その2』として七十四歳までを書き加えましたので、この幼少期から老年期までの履歴を第五章『私の履歴録』として掲載致しました。

今から十年も二十年も前の古いエッセイを、何故にここで持ち出してわざわざ本にまでしたかのもう一つの理由に、実は今読み返してもそれらの内容にほとんど古さを感じることなく、つまりは十年や二十年も昔に起きていた出来事が、今でも相も変わらずに繰り返されているということでしょうか、あまり大きな違和感なく読めましたので、ここに一冊の本に纏めて残しておきたいなと思いました。

そんな背景から、一人の翁が思いつくままに書き綴ったエッセイ集が出来上がりましたが、文章を書くことで我がセカンドライフをアクティブに送ることが出来て感謝しております。

駄文ではございますが、お時間の許す限り手に取ってお読み頂ければ幸甚に存じます。

目次

第一部

『ふざける菜』シリーズ

小学３年生の頃、鎌倉のおばさんの家の近所にあった小学校の敷地内でセミ取り。

第一章　ふざける菜撰集

我が愛するワイフと家族に贈る。

二〇〇四年は申年《さるどし》、いよいよ還暦の年を迎え、この六十年ごく普通の人間として生きながらえてきたが、それこそが最高の幸せであったと最近とみに思うようになっている。

いつも母から「口は災いの元」と注意されながら、反省もせず、相も変わらず世の出来事に「ふざける菜」を連発しながら鬱憤をはらし、そのおかげで健康を維持してこられたのだと考えれば――、いやいや、その連発をずうっと聞かされてきた家族のおかげだと考えて、皆に感謝をせねばならない。

序　長距離高速バス

二〇〇三年十二月に入った平日の昼過ぎ、新宿十四時三十分発の駒ヶ根市行き中央高速バスに乗り込む。平日の午後なのでバス乗客は少なく、いつものように席を後ろに移してゆっくりと座って行こうかと、後ろから二列目の座席に勝手に移動する。

窓の外は、ヨドバシカメラ店の前、ヤングガールの甲高い客呼び込みの声、甘い物に集まるアリのごとく群れをなして店の出入り口に殺到する人並み。クリスマス商戦の真っただ中、気が狂ったように薄型テレビ、デジタルカメラの販売合戦をしているが、本当に物は売れているのだろうか……。

先ほど新宿のデパート書籍売り場で購入したばかりの文庫本『バカの壁』(養老孟司著　新潮新書)をかばんから出して前のイスのポケットに入れ、乗車前に自動販売機で買った缶コーヒーを所定の位置に置いて、これからの三・五時間の旅に備えた。

乗客率は五十～六十パーセントくらいだろうと安心して後ろの席に移動したのだが、乗客は次第に前の席から埋まってくるではないか。

もう私の前の席まで埋まってきた。これはもしかすると勝手に移動してきているこの私の席に予約者がいるのかもしれないと不安になってくる。すでに私の後ろの席には、同じ考えで前の席から移動してきている乗客が座っている。

出発数分前、一人の女性が乗ってくる。大きな紙袋を提げて狭いバスの通路を運びづらそうに後ろに向かって歩いてきて、私と通路を挟んで反対側の席に座った。その紙袋には「GUCCI」と大きな字で書かれていた。

車内のスピーカーから発車する案内が放送されると、間もなくバスは静かに動き出した。新宿の摩天楼、人類が造った自然破壊の巨大建築のバケモノ〝東京都庁舎〟のそばを抜けて甲州街道に出るのだが、そこの信号がいつもの渋滞で通過まで長く時間がかかる。まぶしいくらいの強い太陽光が差し込んでくる窓の外に目を向けると、バスのすぐ脇下、道路の中央にある安全地帯にはツツジが植えられており、その低木の細枝の間にブルーのビニールマットに包まれた物体が垣間見えた。そのマットの隙間からナベ、やかんと思われる物や雨傘のような物が覗《のぞ》いている。

昼間は温暖な新宿地下アーケード内で過ごしているホームレスが、生活必需品を昼間安全に保管しておく最適な場所として利用しているのだろう。

一、美女の出現

GUCCIの女性がその大きな紙袋をバスの狭い席の間に格納しようと一生懸命だったが、しばし動きが静かになったところを見ると、窮屈ながらも一応置き場に収まったのであろうか。これから向かう地方にはちょっとばかり不似合いだなぁと思わせる容姿とその身のこなしである。医者の奥様か、それともクラブのママさんか、なんて勝手に思いをめぐらしている時、彼女はハンドバッグをごそごそさせて取り出したのが携帯電話だった。小さい声で話し始める。

「今、新宿を出たところ。——あっ、そお。——うん」

ここまでは小さな声で喋《しゃべ》っていたのだが、だんだんテンションが上がってきて、

「そおね、楽しみだわ。——うん、——うん、待っててね。そちらに五時頃着くと思うので、よろしくね。じゃあね」

男としてこの短い会話は許されないのだ。「ふざける菜って！」あなたが美貌だからいけないのだ。普通のおばさんか、あるいはおばあちゃんならなぜか許せるのだが。

私が怒っているのは、乗合バスの座席で携帯電話を使っているマナーに対してではなく、その話している内容に怒っているのだ。そして何か私にワザワザ聞かせるように話していたような……、その

態度が許せないのだ。（いや違う。気になるのだ）
バスは中央高速道路に入り、調布付近を通過中。読み始めていた文庫本『バカの壁』も、横の客でバカになっている私にはページが思うように先に進まない。
更に、ページを進めさせない出来事が起こるのである。彼女がまたあの巨大なＧＵＣＣＩの紙袋を動かしだして、そして座っている席を窓側から通路側に移動したのだ。
おや？　私に何か話しかけるために近くに移動をしたのかな？　と自分に都合のいい解釈を取り始めていたのである。ちょっと彼女の位置が変わっただけだが、商社マン時代に海外出張に出たとき、空港ロビーの中にあるデューティフリーショップの化粧品売り場のそばで嗅いだような匂いがかすかに鼻をくすぐった。

二、テレビバカ番組

その文庫本の読み始め「バカの壁とは何か」の部分で「ＮＨＫは神か」の所を読みかけていた時、数日前、家族と夕食後、テレビ番組を見ながらの団欒《だんらん》時にした「マスメディアについての議論」が思い出された。それは八時台のお笑い番組だったが、タレント同士の〝じゃれ合い問答〟をワイフが楽しそうに見ているときに、私の口がすべってしまった。

「全然おかしくないんだよなあ。これじゃタレント連中の学芸会だよね。そしてスタジオの観衆が一斉に声を合わせて、驚いたふうに『エ～ッ!!』と言うのは白けるからやめてほしいね」

するとワイフが、

「何を言っているのですか。単なるお笑い番組として見ればいいので、いちいち文句を言っていては時代遅れのオヤジと言われますよ！」とのお叱り。

そこでイッパツ始まったのだ。

「テレビが普及し始めた頃にマスメディアが『テレビにより日本人、一億総白痴化』と言っていたが、そのとおりになってしまったな。報道関係の連中もバカが多いから感動のない番組ばかり作っていて、〝ふざける菜〟と言いたいよ。最近、料理番組がメッチャ多いが、あれなんぞ制作費が安く済む番組だし、大体〝匂いのない料理〟が美味《うま》いか視聴者には分かりっこない。ふざける菜。それから番組会場に集まった観衆が『ええ～っ！』と驚きの声を一斉にあげたり、おかしくもないのに（そう感じるのは私だけなのか？）一斉に笑わせたりするのだけはやめてほしいね！」

と言い放ちながら一人居間を立ち、自分の部屋に引きこもったのであった。

バスは高尾山の脇を上り相模湖付近を通過して、右に左と向きを変え山間を登っていた。冬の太陽は早くも西に傾き始め、それでもまだ強い日差しが車窓から差し込んでいた。

文庫本に目を落としていた私も、あまりにも強い光線が紙面に反射し〝まぶしい〟と思うとすぐにバスがまた方向を変え、直射日光が紙面から外れると急に暗くなり読みづらいなと思っている矢先に、また強い光線が紙面に戻ってくる、といった繰り返しを重ねていた。その時、ＧＵＣＣＩの女性から突然声がかかった。

「すみませんが、カーテンを掛けていただけますか」

私はその声につられて初めてまともに彼女の方に顔を向けると、彼女も手のひらで目のところを被《おお》い〝まぶしい〟と表現するように顔を私に向けていた。確かに美人の相だ。バランスの取れた彫りの深い顔立ちだ。

するともう男の私の対応は、あの〝ふざける菜の怒り〟から一八〇度変わってしまっていたのだ。

「あっ！　すみません。気が付きませんで」

このまま話をとぎらせてはいけないと、続けて、

「ずいぶん大きな袋ですね。窮屈でしょう。一番後ろの空いたスペースに移動しましょうか？」なんて言ってしまったのだ。そんな言葉が出た勇気に自分ながら驚きを感じると同時に、一方で、いやむしろ、なんとお節介なことを言ってしまったのかと反省しきりであった。

すると、

「ご親切にありがとうございます。これ、大きいけど、とっても軽いんですのよ」とニッコリ笑って応えたのだ。

そこで、べつに驚く話でもないのに、私は大きな演技で「へぇ～！」と目を丸くして驚いて見せたのだ。

するとそれに応えるように、

「私の妹へのプレゼントで、コートですの。妹は今年大学を卒業して辰野《たつの》の学校で先生をしているのですが、あちらはとても寒いと聞きましたので――」

その美しい顔に見とれながら、この強烈な〝お姉さん愛〟のセリフを聞かされた私は絶句して、次

の言葉が出てこない。

乗車間もなく彼女がしていた携帯電話の内容を思い出している私。確かに妹さんとの会話でも全くおかしくない。きっとバスが駅に到着する頃に迎えに出てほしいと電話していたのだろう。全く違うことを勝手に想像し腹を立てていた私が恥ずかしい。

そんなことを自己反省しているわずかの間に、彼女は薄い色のサングラスをかけ、耳から外していたイヤホンをまた耳に差し込んで音楽を聴き始めた。もう続きを話しかけるチャンスは失《う》せた。

三、ダメ学校教育

残念に思いながら文庫本に目を移し、新宿から読み始めてまだ十数ページしか進んでいないのに気付き、苦笑い。とその時、気になる文章に引き込まれる。

【人間の行動はすべて一次方程式　y＝ａｘ　で表される】と書いてあるではないか。つまり五感から入力（ｘ）して脳に伝わり、「現実の重み」（係数　ａ）が掛け合わさって運動系から出力（ｙ）するのだそうだ。

身近な例が示されていた。

【歩いていて足元に虫が這《は》っていれば私は立ち止まるが、虫に興味のない人は立ち止まらない。しかしその人は馬券が落ちていたら「もしかすると当たりかも」と立ち止まるかもしれない。私は落ちている馬券では立ち止まらないが】と。

つまり人によってこの「係数　a」が、プラスだったりマイナスだったりゼロだったりと違うのだという。私がGUCCIの女性を見たときの「係数　a」は、他の人より巨大な数字だったのだろうか。そしてこの「係数　a」が更に私の想像を次に発展させるのだ。

「姉さんが美人なら、妹である先生もさぞかし美人だろう。そんな先生に教わるなら学校生活も楽しいだろうなぁ」と。

そんな空想をしている矢先に突然、私の「係数　a」がマイナスになった。それは先日ワイフとニュース番組を見ながら出てしまった、ワイフとの「先生についてのふざける菜論議」が脳にひらめいてきたためだ。

【またまた賊が小学校に乱入、生徒に切りかかった】というニュースの時だった。

「本当にいやな時代ですね。なぜこんなことがしょっちゅう起こるのでしょうね」

とワイフが神妙になって言う。そこで私が静かに「そうだね」と相槌《あいづち》を打っておけばそれで終わっているものを、とんでもないところに話を飛躍させてしまったのだ。

「世の中に、知能が幼児レベルで体だけが大人になった人間が多いんじゃないの？　すべて教育の問題だな。太平洋戦争に負け、マッカーサーが来て短期間で作った日本国憲法にかじりつきながら、物質面の豊かさだけを求めたその〝貧欲さ〟が、大事な教育面を置き去りにしてしまったのだな。私たち世代にもその責任の一端はあるんだがな。

昭和四十年代、大学を卒業して優秀なやつで学校の先生になろうというのはいなかったよ。就職できないやつが、しょうがないから先生にでもなるか、なんていう時代だったな。そうして皆わがままな生き方に走り、核家族、越境入学、幼稚園からの受験地獄、鍵っ子、先生の塾収入、いじめ問題、週五日制などなど――ついには家庭の主婦が学校に〝なんでうちの子だけいじめるのですか〟と駆け込む姿。

そう言えばいたな！　どこかの予備校の先生で、キラキラの服に金色の高級腕時計やごてごてアクセサリーをつけて、得意満面にテレビに出てはしゃいでいた人が。自分の子供もあんな人に育てばいいなぁ、なんて思っていた母親が相当いたんじゃないか？〝ふざける菜〟と言いたいね」

話が取りとめのない方向に突っ走り始めたところで、ワイフの一言、

「だから、どうしろと言うのですか!!」

そこで、

「残念ながら教育だけは、すぐには変えられないんだよな。生まれた時からの教育の積み重ねが大事だから。変わるには最低でも四十～五十年はかかるだろうね。時間をかけながら少しずつ変わって行くしかないんだろうな」

なんて、分かったような解説にうんざりしたワイフは、静かに居間から出て行った。

バスは長いトンネルを越えて甲府盆地に入っていた。ＧＵＣＣＩの彼女は気持ち良さそうに眠っている。真横から差し込んでくる太陽光は、彼女のサングラスと頬の間を鮮明に照らし出しており、クッキリと見える黒い睫毛《まつげ》が何とも色っぽく感じさせる。

ふっと彼女の先ほどのセリフ、「――あちらはとても寒いと聞きましたので」が引っ掛かっていた。

彼女の睫毛を見ていると、やたらと想像が思い巡らされる。

待てよ。この一言から彼女はこの地方を初めて訪ねるのだろうか？　いや、この地方の冬を知らないだけで、他の季節に伊那谷を訪ねているかもしれない。しかし、あの彫りの深い顔が健康的に日焼けしているように見えるのだが、濃いめの化粧をしているのだろうか？　いや、海外に、それも南半球に住んでいるのではなかろうか？　シドニーかそれともバリ島か？　旦那は商社マンか？　それとも現地の大富豪か？　いやいや、あの鼻をくすぐる香りから、外国エアラインのキャビンアテンダントをしているのでは？　シンガポール・エアーか、それともタイ・エアーか？

彼女側の窓の外に、鳳凰《ほうおう》三山がその雄姿を見せているが、その横にうっすらと頂上付近に白い雪をつけた南アルプスの山々が連なり、何ともロマンチックな風情である。バスの中は程よい暖かさで、どこからかかすかな寝息が聞こえてきた。

四、現代版高利貸し

文庫本から目を離し、冷たくなって残っていた最後の一口のコーヒーを、顔を上にあげて飲み干していると、前の席に座っているサラリーマン風男性の読んでいる新聞記事の活字が目に飛び込んできた。

【武富士会長が盗聴を自認】

それを見た瞬間、私の「現実の重み：係数　a」は突如、またまたマイナスに振れたのだ。このマイナス度が、ある数値を過ぎると、私の場合は〝表現品質〟が極度に下品になり、そして〝ふざける菜〟を自分で賞味することにより、それに比例して〝私の鬱憤度〟が極度に軽減されて行くのである。

私の心の中では次のように〝ふざける菜〟を賞味していたが、その内容が多少脱線気味なのだろうが、これが私の鬱憤を晴らす最高の消化剤なのだ。

「やっぱりな！　タケイ何某《なにがし》という会長も〝ふざけた野郎〟だよね。よくもここまでばれずに来られたものだよ。〝消費者金融業〟とか言われているが、単なる〝高利貸し〟じゃあねぇ〜か。

一九七〇年代、日本経済もグングンと元気が出て、そんな時に金貸しのターゲットを家庭の主婦に向け、小金を貸す。返済不能の主婦にはヤクザを廻《まわ》して取り立てて、ダメなら体にてお支払いを——がまかり通っていたという悪道一路で、破竹の急成長。数年前には高額納税者番付で上位に顔を出していたのだから、〝ふざける菜〟を通り越してバカヤローだ。どこの駅前に行ってもこの業界の看板ダラケで、もう勘弁してほしい！　しかし、タケイ何某の最後は、何とも〝盗み聞き〟というケチな手口でさらし首とは、お粗末な話だが」

この劣悪なる私の脳内表現は、のどかで静かなバスの旅にはとても似つかわしくないように思われるかもしれないが、実は根っからの東京っ子の私には気分爽快なのである。

今、安らかに寝ているＧＵＣＣＩの彼女を揺り起こし、「そうでしょ！　ね！　そう思いますよねぇ！」と〝ふざける菜〟を賞味してほしい気持ちだったが、ちょうどその時、バスのスピーカーから「次は辰野」のアナウンスが流れた。

前の席の方でも、次の停留所で降りる数人がそわそわと荷まとめを始めている。彼女も耳からイヤホンを外し、そしてあの大型紙袋を運びやすいように通路側に移動している。

その時、バスが止まり前のドアが開く音がした。彼女も立ち上がり、荷物棚に上げていた黒のコートを羽織った。またあの香りが鼻をくすぐった。

立ち上がって歩き始める時、私の方に顔を向けて、

「どうも――。それでは、ま……」

私も前かがみになって、

「どうも。お気をつけて」と小さい声で言った。

彼女は大きな紙袋を運びづらそうにしながら、細い通路を前に進んで行った。彼女の細い声での最後の言葉がハッキリ聞き取れなかったが、しかし、またどこかでいつか会えるのかもしれない、という予感みたいなものがよぎっていた。

五、ブッシュの戦争

もう窓の外はとっぷり日が暮れていて、遠くに見える民家には明かりが灯《とも》っている。GUCCIの彼女が降りてしまった後は、何となく気が抜けたような感じがしたが、一方でやっと目的地が近づいてきたという状況が私の気持ちを楽にしていた。

消費者金融のタケイ何某は相当のカリスマ経営で、会社役員はすべてお飾り的存在であったという。ちょうど文庫本は、「係数　a」がゼロと無限大の場合を解説しているページに辿《たど》り着いていた。

ゼロのケースは「無関心」、その逆の無限大のケースは「原理主義」と解説している。例えばゼロとは【おやじの説教を全然聞かない子供】、そして無限大とは【ある情報、信条がその人にとって絶対的な現実になる。つまり尊師が言ったこと、アラーの神の言葉、聖書に書いてあることがすべてを支配するような場合】と分かりやすく説明している。

さすれば武富士の社員にとって、タケイ何某の言葉は「現実の重み：係数　a」は無限大であったということになるわけだ。

私は〝カリスマ〟とか〝権力者〟という言葉が大嫌いであるが、先日早々と学生時代の旧知と東京駅前の割烹《かっぽう》でやった忘年会での「ふざける菜談義」を思い出していた。その時の話題は〝自衛隊のイラク派遣の是非〟についてであった。

そこでまたまた、皆の話の腰を折るような「ふざける菜」が出てしまったのだ。相当に議論が取り交わされた後、意見の大勢が、

「全く戦争体験のない自衛隊員を戦場に送り出し、米軍の援護や破壊されたユーティリティー設備の修復をさせると言ったって、戦争に巻き込まれテロによる被害者が出るのは当然であり、こんな中途半端な状態で送り出すべきではない」

という意見に収斂《しゅうれん》しそうな時に、

「おい！　宮原！　黙ってないでお前はどうなんだ？」と来たのだ。そこで、

「イラク戦争というが、これが本当に戦争なのか？　従来の考え方での戦争とは国対国の戦いだから、どちらかの大将が〝負けました〟と言えばそれで戦争は終わりだ。しかし今やっているイラクでの戦

いは、相手がテロリストだよ。テロの長の首を取ったって、またすぐに他の長が生まれて巨大権力に対してテロ行為に出てくる。つまり終わりがないんだな」

すると自衛隊派遣反対の意見の仲間から、

「やっぱりそんなテロとの戦場だから、自衛隊の送り出しは反対ということだな」

と念を押してきた。そこで、

「そうでもないんだな。今回は日本としてどうしても送り出さねばならない立場に立たされていたと思うよ」と返した。

皆は一貫性のない説明に嫌気が差してか、私に対して軽蔑の眼差しを感じたので、慌てて追加の説明に入った。

「そもそも資本主義の世界では、権力者がその道を決めてしまうと思うよ。イラクへの派遣問題は、小泉総理が訪米し〝ブッシュ〟と会った時の約束で、日本として派遣せざるを得ない状況だったと思う。だってブッシュの頭には『石油の国・イラク』を自分のコントロール下に置く絶好のチャンスを、あの〝ナインイレブン事件〟(二〇〇一年九月十一日のテロによるニューヨーク貿易センタービルの崩落事件)が与えてくれたと思っていたのだろうから。

ブッシュは米国民の復讐《ふくしゅう》心を増殖させて、一旦はテロの黒幕ウサマ・ビンラディンが潜伏するアフガニスタンに戦線布告したけど、しかしビンラディンの首を取ることができず、彼をイラクが匿《かくま》っていると理屈を述べ、かつ世界を脅かす大量破壊兵器を隠し持っていると世界に訴え、いつの間にか本当の目的であるイラクのサダム・フセイン政権の崩壊に矛先を向けたのだから」

更に続けて、

「つまりベルリンの壁の崩壊、ソビエットの分裂後、世界の頂点に達した米国は、あとは最重要エネルギー資源である〝石油〟を手中に収めれば、地球上を制覇したことになるとの判断のもと、イラクでミサイル砲弾を落としまくっているのではないか。

〝ばかブッシュ〟とか言われているのだから、当然ブッシュを操っている黒幕（ネオコン集団）がいるらしいが、権力者に成り上がると、次から次へと権力の拡大に盲信して止められなくなってしまうのだね。小粒の日本・小泉総理も従わざるを得なかったのだろうね。

権力者とは屁《へ》理屈をつけてでも権力の更なる拡大を図るためには、罪のない一般市民の命を犠牲にするのもやむを得ないと考えており、〝ブッシュよ！　もうこれ以上ふざける菜〟と言いたいよ」

ちょっと力が入り長い講釈となったが、ちゃんと仲間の一人から、

「おい！　そろそろ次の場所に移動しようぜ！　幹事、会計、会計たのむ！」

との一声で、皆が〝よいしょ〟と席を立ち始めたのでした。

六、可笑《おか》し菜世界

バスは中央高速の料金所を出て、とっぷりと暮れた伊那市の市街に向けて緩やかな坂道を下っていた。もう数分もすれば降車駅〝伊那市バスターミナル〟に到着する。

文庫本の読みかけのページの角を折り曲げて、かばんにしまった。わずか数十ページしか進んでい

なかったが、これはあの美女の出現が原因なのかとニヤッとしている自分がいた。彼女の携帯電話の内容を勝手に解釈して、私は〝ふざける菜世界〟に埋没してしまったが、そのおかげで三時間半のバスの旅も飽きずに眠らずに来られたのかもしれない。

バスは伊那市の市街に入り、人影の少ない商店街を通過中だが、都会育ちの私にはこの雄大な自然にスッポリと包まれ、時間がゆっくりと流れてゆく静寂のこの街が大好きである。

伊那谷は南アルプスと中央アルプスに挟まれた盆地であり、寒暖の差が激しく、その結果、春夏秋冬の四季の変化が大変に美しく、これから始まる厳しい寒さがこれまたたまらなく私にとって魅力なのだ。そして凍てつく寒さを切り抜けると新緑の春を迎えるのだが、その頃になると「おこぎ」や「せり」、「こごみ」などの〝わか菜〟をオヒタシにして頂くのがこれまた最高である。この味は、箸にも棒にも掛からない都会生まれの〝ふざける菜〟とは比較のしようがない。

都会には、まだまだ〝ふざける菜〟の代表〝りそ菜〟なんていう、煮ても焼いても食えないものもある。しかし最近、新女性支店長が四店舗に誕生して、「危機感を持って再建に取り組む」と報道されていたのがせめてもの救いである。

また〝カテ菜〟という苦境に一時立たされていたが、いち早く「人材育成」に重点を置き、会社体質を変えようと努力している二部上場会社や、また〝パソ菜〟という人材派遣会社は、赤字体質から抜けきれないダメ地方自治体から、総務部門の業務を一括して請け負うビジネスを構築したようで、どうやら二十一世紀も、これから食えそうな〝菜っ葉〟がポツポツと出てきそうな雰囲気だ。

バスが止まってほとんどの乗客が立ち上がった。私も胸のポケットに入れてあった乗車券を手に立ち上がった。
バスのステップを降りて外に出ると、ピーンと刺すように凍てついた空気が顔に触れた。襟を立てて歩き始めると、すでに車中にて鬱憤を晴らし、清々した私の口から吐き出す白い息が、暗い夜空に舞い上がって消えた。

（二〇〇三年十二月二十七日）

第二章　ふざける菜漬け

はじめに

ただいま、平成二十年の六月十三日の金曜日、午後十時過ぎ。今日の朝、目を覚ますと「十三日の金曜」は、何とはなしに不吉な日ではないかと疑いをかけてみるのだが、しかしその日の生活が始まれば「十三日の金曜」のことはすっかり忘れて行動している。

もう今日も午後十時になっていて、あと二時間ほどで不吉な日は過ぎ去って、十四日の土曜日がやって来る。

「不吉な日」のことで、夕食時でのワイフの話が思い出された。

「あのねぇ。きのう小唄の先生が来て、『九月は何か大きな地震が関東地方を襲うそうなので、お稽古はお休みとしませんか』と言うのよ。そんな話を聞いていると九月はどこにも出られませんね」といった話だった。

ちょうどその時、テレビのニュースでは、中国・四川省を五月十二日に襲った大地震の、死者七万人に迫る災害報道をしていて、何か小唄の先生が言う話を「ふざける菜！　そんなデタラメ信じない方がいい」と強く否定できない自分がいたのだ。

そういえば最近つとに、「ふざける菜!!」と叫んで鬱憤を晴らす機会が少なくなったように感じる。それは今までバリバリ（?）と社会で働いていたのが解けて、のんびりと老後の生活に浸《つ》かってしまったために、菜っ葉が腐り始めたのであろうか。


そういえば「ふざける菜　鬱憤話」については、今から四年半前の二〇〇三年末に『ふざける菜撰集』というエッセイを書いていた。今あの頃を思い起こすと、確かに会話の中にスパンスパンと「ふざける菜！」が飛び出してきて、闊達《かったつ》に鬱憤を晴らしていたように思う。しかし今はちょっと気分が違っているようで、会話に何か迫力もないのだ。そして最近は「ふざける菜！」と叫ぶのではなく、「それじゃあ〝ふざける菜漬け〟になっちゃうよね」とやさしい表現が多くなっている。

それにはいくつかの理由が挙げられそうだ。まず一つに、最近の世の中の出来事がますます人間らしからぬものが多くて「慢性ふざける菜漬け」になってしまい、人との会話の中で感覚麻痺《まひ》が襲っているためかもしれない。

更には、ここに来てワイフと家での一緒の時間が増えたために、食事やお茶の団欒時にテレビを見ながら私の鬱憤晴らしの「ふざける菜」をしょっちゅう聞かされる結果となり、苦痛で逃げ出すワイフを見て、このような鬱憤晴らしは人に迷惑をかけているのだと自己反省をしていたからかもしれない。

実はもう一つ、立派な理由が存在していたのだ。ある日、自分の書棚を整理していたときに、『菜《さい》根譚《こんたん》』（藤井宗哲・釈意　ぱる出版）という古い本に目がとまった。中国・明の時代の「洪自誠《こうじせい》」によって書かれた哲理を分かりやすく解説した本であるが、「菜根譚」とは〝人間は菜根をよく噛《か》み締めるように、一日一日を生きてゆけば、道は開けて行き成就することができる〟という意だそうである。

もちろん、この本に私の目が釘《くぎ》づけになったのは「菜」という字であったのは間違いない。なぜなら四年半前にエッセイ『ふざける菜撰集』を書いた時に、ある友人から読後感想として「〝菜〟をあまりバカにした扱いはよしてほしい」というご指摘があって、ちょっとばかり「菜」の扱いが気になっていたからである。

この本を再読して、「なるほど、今までのように〝ふざける菜！〟と吐き出すのではなく、それをモグモグと噛み味わって飲み込んでしまえばよい」と理解できたのだ。更にはこの本の中に「口は禍《わざわい》のもと」いう箇所があり、ギクリとさせられたのだ。

易しく解説された文章をここに書き出してみたい。

『口はすなわち心の門なり。口を守ること密らざれば、真機を洩らし尽くす。意はすなわち心の足なり。意を防ぐこと厳ならざれば、邪渓を走り尽くす』

この意は……、

『口は心の門である。この門をしっかり守って言葉を慎まないと、うっかり心中を吐露してしまう。心こそ足である。この足の手綱をしっかり握っておかないと、ちょっとしたことで脇道にそれる』

日蓮上人も『禍は口より出でて身を破る。福は心より出でて我をかざる』と説かれているとある。

つまり私は〝脇道にそれっぱなしで、禍を浴びっぱなし〟であったのかと猛省して、最近は「ふざける菜！」をできる限り噛み砕いて飲み込んでしまうように努力していたのである。

一、はびこる『うそ』

『食倒毒末　金戦帰虎　災愛命偽』とは何だ。お経の一節ではない。これは日本漢字能力検定協会が全国公募で決定した〝今年の漢字〟の一九九六年から昨年二〇〇七年までの十二年間の漢字をただ並べたものである。

どの漢字一つ一つを見ても暗いイメージである。それでも一九九六年「食」、二〇〇五年「愛」、二〇〇六年「命」くらいは楽しいイメージを連想したいところだが、実は「食」は「食中毒事件や狂牛病の発生」からイメージ、「愛」は「残忍な少年犯罪は愛不足」をイメージし、そして「命」は「いじめによる子供の自殺、虐待の多発」をイメージしたなど、すべてが暗いイメージから選ばれた漢字なのである。

そして昨年（二〇〇七年）は、「産地偽装」、「原材料偽装」「賞味期限の改ざん」など身近な食品に次々と「うそ」がバレタ年で「偽」と付けられたが、今年二〇〇八年も全くその反省なく、むしろ昨年よりもっと悪質な「偽」が連続して発覚しているのである。
記憶に留めておくために、ここで二〇〇七年の〝大型うそ〟を列挙しておこう。

・ミートホープの牛肉偽装
・石屋製菓「白い恋人」賞味期限改ざん
・名物菓子「赤福」の賞味期限不正表示
・船場吉兆の菓子偽装表示

食品以外にも、
・耐震偽装問題
・人材派遣会社の偽装請負事件
・中国での偽遊園地
など。

何ゆえに、こんな恥ずかしい事件が連続多発しているのであろうか。もう開いた口がふさがらないが、「ふざける菜」を爆発させて発散する前に、モグモグと噛み締めながら考えてみると、私が子供の頃に祖母がボソボソと口にしていた言葉が思い出されてくるのである。

「あのなぁ、カズや、人を見たら〝ドロボウ〟と思えや。だから自転車をどんな場所に止めるときにでも、鍵を掛けないとダメだよ」

またある時、

「〝うそ〟言うと、お閻魔《えんま》様に舌引っこ抜かれるぞ！　公園で拾ったというシャベル、○○ちゃんに返しておいで」と言われ、近所に「こんにゃく閻魔様」があったので、子供ながらに怖かった話の一つとして記憶に残っている。

祖母から社会生活をして行くための智恵を教えてもらった話の中には、「ドロボウ」や「ウソ」がちゃんと入っていた。つまり祖母の時代でもすでに人間社会の本質が分かっていて、

〝人間社会は欺瞞《ぎまん》だらけなので注意しろ、だからこそ隠し事なく正々堂々と生きよ〟という一見相反するような話を子供にしていたのだろう。

それがある時から〝教育のていたらく〟で、

「世の中はウソだらけなのだから、自分もごまかされないように上手に生きよ」という教えに変わってしまって、皆が自己中心の生き方を志向してしまい、ついには日本は一大「欺瞞国家」となってしまったのであろうか。

もう一つ、連続多発の理由が挙げられよう。それはインターネット時代の到来である。

インターネットの世界には無記名で告発できる万人共用の掲示板があるので、内部暴露がしやすく

なり、インターネット機能の一つとして、組織の内部から膿《うみ》を搾り出す自浄効果の役割を果たしていると思われる。

私は「インターネット」は【百害有って一利無し】と思っていたのだが、そんな点からみると〝一利あり〟と言えようか。

二、腐った『メディア』

昨今のテレビ、ラジオ、新聞、雑誌と、あらゆるメディア系が全く腐りきって手の打ちようがない。テレビも朝から夜まで内容のないバカげた番組で飽和状態。気象庁から発せられる単一情報を、あたかも特ダネのように報道している毎日・毎時の「天気予報」だが、我々現代人はひっきりなしに天候情報が必要なのか？

今や気象環境そのものの変質化が原因なのか、「気象衛星で捉えた気象図面からの天気予報もなかなか当たらない」と不評だが、いっそのこと「天気予報」番組側が漁師や農家の人々で正確度の高い天気予測をする方と組んで独自の予測を出し、番組同士が正確さを競い合うようにし、視聴者それぞれ各自が正確性の高いと判断した予報番組を自己責任において選択するようにすれば、もっと「天気予報番組」自体も魅力あるものに変わってくると思うのだが。

テレビ放送では五感の一つ〝におい〟が表現できないのに、制作費が安いからといって「料理番組」や「安くて美味《おい》しい店紹介番組」を乱造している。そしてどのチャンネルでも、ちょいと出てきた〝テレビタレント〟といわれる種族たちによる、幼稚園の学芸会レベルより低い「バッカ騒ぎ番組」ではしゃいでいる。

更には、まじめに大学で教えているはずの教授がコメンテータとして出ている真っ昼間の「ニュース報道番組」、視聴率が高ければ何をしても良い風潮で、得体の知れない女占い師に勝手気ままに言わせる番組や、チンピラ風プロボクシング選手の選手権試合の特番を組んでいる局などなど、完全にモラルを喪失してしまっている。

新聞なんぞは、各新聞社が半年や一年先からの購読者を、五〇〇〇円商品券や洗濯粉石けんなどたくさんの景品を付けて募っているバカさ加減である。こんな時代、半年ごとに新聞契約を切り替えることをお勧めしたい。今では新聞全国購読数の高い順位から、内容の面白くない新聞の順番になってしまったような時代なのだから。

現代の拝金主義的傾向は、例えばテレビ放送会社がスポンサー重点主義で大企業と癒着してしまうとか、記者クラブ内にてお互いのリスクを避けるために談合し合ってニュースをつくるなど、日本のマスコミ業界は世界でも稀《まれ》なほど偏狭的で低次元な報道をしているのである。

これからはくだらない番組があったら、その番組を見ないことも当然だが、更にそのような番組のスポンサーになっている企業の商品やサービスの非買運動を起こすことである。

ある記事で読んだのだが、モンゴル人民共和国で砂漠の真ん中にパラボラアンテナを掲げて世界のテレビ放送をキャッチして内容を比べたところ、日本の番組が質において最低だったとの報告がある。恥ずかしい話である。

日本でテレビが普及期に入る頃、新聞紙上で「テレビの普及により日本国民　総白痴化」と警告記事を打っていたのを思い出すが、その頃はまだ日本メディア業界はまともだったが、いつの間にかテレビ業界が「総白痴化」のリーダーシップを取っているように思える。

しかしこの問題の所在は、そんな番組をよしとして受け入れている私たち国民一人ひとりが〝おバカさん〟であるということなのだが。

三、物を捨てる民族

地球が先進国の民によってぶっ壊されている。先進諸国が発展途上国に乗り込んで、金が儲《もう》かればいいだけを理由に自然をぶち壊している。

毎日ゴルフ場二〇〇カ所分の森林が伐採されていて、あと五〇〇年で地球上から森林がなくなるという。ロシアのアラル海という湖は姿を消しつつあって、いずれ砂漠に変わるという。

先進諸国の炭酸ガスの大量発生は地球温暖化を加速させ、北極の氷河が減っていてクジラ漁もままならず、アラスカのイヌイットの生活も脅かされている。

地球を壊している先進国の仲間である〝日本〟も、物捨て民族の代表格であろうか。

日本は自給率三十九パーセントと、ほとんどの食べ物を外国に頼っているにもかかわらず、年間二〇〇〇万トンの食料を捨てているらしい。世界で飢餓状態にある人類はなんと八億人ほどで、彼らに現在届けられている援助物資はわずかに年間八〇〇万トンで、まだまだ足りない状態であるというのに。

日本の私たちは本当に手を打つ道を考えずに、このまま捨て放題でいいのか。

我々が毎日捨てているゴミの中身を四十年もの間研究していた教授が石川県立大学におられ、二〇〇七年秋の調査結果によれば、生ゴミの四十二パーセントが「食べ残し」で、本来お腹の中に入るべき食物が半分近く捨てられていることになる。

しかも、全く手が付けられていない食品が二十八パーセントもあった。更に六割近くが賞味期限前に捨てられていたものだ。二〇〇二年の調査では「手付かずの食品」は十一パーセント余りだったので、この五年間で二・五倍になったわけだ。

こんなことを平気でしている親に育てられる子供たち、これはもはや日本人の食意識の危機と言えよう（日経ビジネス記事より要約）。

更に日本のパーティーでは十五パーセントの食べ物が残され捨てられているらしい。

結婚式ともなると驚きで、二十三パーセントの食物が捨てられているという。おめでたい席でおめでたくない現実が繰り広げられているのだ。本当におめでたい幸せな一日にするために、早速結婚式で出された料理を残した者はパックにしてもらって、各自が自宅に持ち帰るようにしようではないか。

そのためには、そのように簡単に持ち帰れるように料理をつくる側も料理内容を考え、時代に即応した本当のシェフがどんどんと現れてほしいのだが。

二十四時間、煌々《こうこう》とライトを照らしっ放しにしたコンビニエンス・ストアで賞味期限切れ商品が、一部は回収され飼料・肥料として再利用されてはいるが、その量は知れたもので、ほとんどが捨てられているのが現実だ。

かつては「お百姓さんが作ったお米だ、ご飯粒一つまで残すな」と教育されてきた日本人だったのだが、今や我が日本国民の一人ひとりが〝こころ〟までを捨て去ってしまっているのかもしれない。

本当に悲しい現実だが、やはり私たち一人ひとりが〝おバカさん〟になってしまったということなのか。

四、近代文明からのしっぺ返し

米国、英国、フランス、ドイツ、そしてアジアの日本など、いわゆる先進諸国が十八世紀以降、産業革命を重ねながら二十世紀後半から高度成長時代を驀進《ばくしん》してきた結果として、ただいま、衣・食・住のすべての分野において高度成長の結果から生まれる〝しっぺ返し〟を喰わされているのだ。

「衣・食」の世界では、オイル高によるガソリンや石油製品の高騰による物価高で、生活苦が世界中を襲っており、世界各国で「暴動」や「テロ」が引き起こされている。

そして、普通はそのオイル高の原因が考えられる需要・供給のアンバランスからの値上がりではなく、また先進国の人類が汗水たらして作り上げた商品でもなく、頭の中だけで考え出した〝金融商品〟、その市場で流れている〝だぶついたマネー〟がオイル投機に走っているためという、何とも自分で自分の首を絞める結果となるしっぺ返しを受けているのだ。

高度成長時代が作った「金融商品」の世界では、〝ふざける菜〟的仕組みで出来上がっているようで、何とも怪しい匂いがプンプンする。

そもそも不動産を対象に生まれた「証券化」が、金融機関が持つ「住宅ローン」、「貸付債権」や、リース会社が持つ「割賦債権」、「リース債権」、更には一般企業の「売掛債権」などが証券化の対象となってきている。そして証券化することにより小口化を図り、一般投資家にも簡単に買える仕組みにしたのだ。

また、単独では売れもしない債権を証券化して、他の優良債権と組み合わせて（つまりゴチャマゼにして）販売しているのだ。すべて最終リスクを負うのは投資家サイドなのである。

ぬくぬくとリスクを最小限に逃れているのが原保有者であり、中間に介在する銀行、証券会社であり、いつも損するのは投資家なのだ。機関投資家はその辺のプロだから仕方がなかろうが、それほど専門知識もなく少しでも利息の高い商品へと走る一般投資家が損を被っているのが実情なのだ。

身近で恐ろしい例を紹介しよう。石原慎太郎都知事が〝新銀行東京問題〟で崖っぷちを乗り切ったが、次の崖が二〇〇九年四月に襲ってこようとしている。それはＣＢＯオール・ジャパン（社債担保証券）の予定償還日が来るのだが、さて一括弁済ができるかどうか？

この証券は二〇〇六年に一二〇〇社の中小企業の社債を束ねて証券化したもので、単独では社債を発行できない中小企業でも無担保、無保証で資本市場から資金調達をできるようにした石原銀行の得意技だったが、束ねた一二〇〇社の半分近くが現時点で業績不振というから、二〇〇九年四月は米国サブプライムローンの日本版の襲来かと恐ろしくなる。

まさしく二十年ほど前、バブルが日本を襲っていた時に、「いくらでも小金を貸しますよ」と言って駅前に堂々とデカイ看板を掲げてアッという間に進出してきた平成の高利貸し『消費者金融業』もそうだったが、結局は借り手が人の弱みにつけ込まれて大損をこく仕組みなのだ。

米国で昨年末に勃発し今や全世界を襲っている〝サブプライム問題〟や、どうしてまだ引っかかるのかと不思議な〝オレオレ・振り込め詐欺事件〟を見るに、またまた祖母のお説教が頭に浮かぶ。

「人・組織をみたらドロボウと思え!!」

五、なぜ「ていたらく国家」になってしまったのか？

いつから日本はこんな〝ていたらく国家〟に成り下がってしまったのであろうか。

私は、それは文明開化に突っ走った〝明治維新〟以降、徐々に精神的に「堕落国家」の道が始まったのだと思っているのだが。

有史以来、日本が世界で誇れる歴史上の時代があったのか考えてみると、私は二六五年もの長い間、他国との戦争もなく平民にとっては平和なのんびりとした「江戸時代」が、世界に誇れる時代ではなかったかと思っている。

これまで私は講演の機会があると、【二十一世紀はこころの時代】をテーマにしてお話をしてきた。その話の中で、江戸時代の末期にヨーロッパから日本に来て、当時の外国人の目から見て「日本はスバラシイ国だ」と褒めている『シュリーマン旅行記』や『ツュンベリーの江戸参府随行記』を事例に挙げながら、江戸時代の良いところをよく見直して、「二十一世紀は日本人が失いかけている〝人間としてのこころ〟を取り戻そう！」と私の思いを述べてきた。

そこで、この二冊の本の中で私に強烈な印象を与えた文章の一部をここに抜き出して、江戸時代のどこが外国人の目から優れていると見えたのかを検証してみよう。

●『シュリーマン旅行記』（ハインリッヒ・シュリーマン著　石井和子訳　講談社学術文庫）より

『日本に来て私は、ヨーロッパで必要不可欠だとみなされていたものの大部分は、もともとあったものではなく、文明がつくりだしたものであることに気が付いた。寝室を満たしている豪華な家具調度など、ちっとも必要でないし、それらが便利だと思うのはただ慣れ親しんでいるからにすぎないこと、それらぬきでもじゅうぶんやってゆけるのだとわかったのである。もし正座に慣れたら、つまり椅子やテーブル、長椅子、あるいはベッドとして、この美しい〝ござ〟を用いることに慣れることが出来たら、今と同じくらい快適に生活できるだろう』

なんと、日本の江戸時代のシンプルな生活が当時のヨーロッパの生活より快適だと言っているのだ。

●『江戸参府随行記』（C・P・ツュンベリー著　高橋文訳　平凡社東洋文庫）より

『この国の道路は一年中良好な状態にあり、広く、かつ排水用の溝を備えている。（中略）そして埃に悩まされる暑い時期には、水を撒き散らす。さらにきちんとした秩序や旅人の便宜のために、上りの旅をする者は左側を、下りの旅をする者は右側を歩く。つまり旅人がすれ違うさいに、一方がもう一方を不安がらせたり、または害を与えたりすることがないよう、配慮するまでに及んでいるのである。このような状況は、本来は開化されているヨーロッパでより必要なものであろう。ヨーロッパでは道を旅する人は行儀をわきまえず、気配りを欠くことがしばしばある。日本では、道をだいなしにする車輪の乗り物がないので、道路は大変に良好な状態で、より長期間保たれる。さらに道路をもっと快適にするために、道の両側に灌木がよく植えられている。このような生け垣に使われるのが茶の灌木であることは、以前から気付いていた』

なんとなんと、欧米文化をそのまま取り入れてしまった日本は、老人や子供を襲う狂人の蔓延《まんえん》、毎日どこかで線路に飛び込む〝人身事故〟といわれる自殺者、そして無作為に人を殺す事件などなど、このツュンベリー氏の指摘を裏切り、嘆かわしい啓蒙《けいもう》された民族に成り下がってしまっているのだ。

つまり、日本人は「森の民」なのだから、江戸時代まで森の民として行動してきたように「人間」と「大地」と上手に関わり合いながら進化してくればよいのに、明治維新後は欧米の思想〝人間が地球を支配して生きて行けるとする人間中心による利益優先主義〟をそのままお手本に突っ走ってきてしまったところに問題があったのではなかろうか。

明治維新から現在までにまだ一四〇年足らずだが、その間に産業革命を経て進化を遂げている西洋に追いつけと、鎖国を解き軍事力を高めて富国強兵の国を志向し、日清・日露の両戦争で勝利してしまい帝国主義の勢いは止まらず、ついには米国相手に太平洋戦争に引きずり込まれてゆく。その結果大敗北を喫し、二十世紀の半ば負け犬となった日本は、勝ち組の米国により日本の憲法から教育の面までアングロサクソン系の精神を叩《たた》き込まされるが、しかしまじめで努力家である日本人はガムシャラに働き、ついには世界での超経済大国にのし上がった。

しかし日本の本質、そして日本人気質からは離れたこの急進な発展は所詮底が浅いもので、すぐにバブル現象を来しその崩壊を迎え、その後経済は停滞し続けている。

結局は決して国民一人ひとりの心が豊かになったとは思えず【衰退国家】への道をひたすら歩んで来たとすれば、この一四〇年間は一体何だったのか。そしてこの衰退をこのままにしておいていいのか。この衰退を一瞬にして止めることはできないにしても、そのスピードをできるだけ緩め、いずれは止める方法があるのではなかろうか。

六、二〇XX年には皆が地方に向かって！

二〇〇八年のただいま、高度成長によってもたらされた「便利さ、楽さ」に爆走する我々人間に対して、地球が、自然が、そして他の生き物たちが〝しっぺ返し〟をしているのだと思っている。

地球温暖化問題、世界を襲う大型台風、大干ばつ、大型地震、津波、竜巻、山火事、そして大崩落などの大惨事、更にはそれらが複合的に関連して生み出している生態系異変による諸問題と、多岐にわたる〝しっぺ返し〟を受けているのだ。

これからもこの人類への〝しっぺ返し〟は引き続き繰り返されるのだが、このままではまずいと気付いた人類たちも「便利さ、楽さ」を求めた一辺倒な生活からの切り替えに挑戦し始めている。

日本人がこれから本来の生活や教育の在り方に真剣に修正を加えながら、二十一世紀中期にはあるべき〝こころの時代〟を迎えようとしていく中で、二〇XX年頃にはこんなことが起きているかもしれないという現象・出来事をここで空想展開してみよう。

●二〇一X年十月X日　日日新聞記事より『趣味が登山だったので助かったが』

このたび〇〇市を襲った大型地震で、いまだ電力供給が七十パーセントしか復旧していないが、この市中の五十階建て高層マンション四十階に住むAさんは、通勤時には買い物用のリュックを背負って毎日軽登山を体験している。

このマンションは建設設計時の集中管理配電装置に異常があったとして、問題点が解明されるまで通電を開始できないという理由で、地震後十日経ってもまだ電気が来ていない。そこで毎朝、出勤時にリュックを背負ってエレベータ脇にある非常階段を地上まで下りている。

途中、二十五階にいる老人夫婦Bさんの部屋に立ち寄り、買ってきてほしい物のリストをもらって通勤帰りにスーパーに寄り、自家用の買い出しと同時に人助けとしてBさん夫婦の買い物も一緒に行っている。朝八時台の非常階段下りは学童や学生、通勤などの人で列が出来上がり、下に下りるに従って次第に人数が増えて、地上に到達する頃には人いきれでビッショリと汗をかいている。

仕事を終えて夜七時頃、Aさんはスーパーで買い物を済ませて自宅マンションの前に立つ。空に向かってまっすぐに聳《そび》え立つマンション、ふっと学生時代に仲間と登った北アルプス鹿島槍を思い出していた。これからこのビルの四十階まで、およそ二三〇メートルの高さまでの上りである。

リュックにはくだもの類、野菜、飲み物類などがズッシリと入っていて肩に食い込む。五階付近までは快調なペースだったが、十階を過ぎる頃から休み休み上る。上から大急ぎで下りてくる靴音が響く。二十二階付近ですれ違う。五十階に住むCさんで、これからベビー用の粉ミルクを買いに行くのだとニコッと笑っていたが、「〝行きはヨイヨイ、帰りがつらい〟ですね」と言って二人で大笑いをする。

Aさんは考える。なんでこんな事態が突然襲ってきて、こんなつらい目に遭わねばならないのだろうかと。小金を貯めて家族が喜ぶ高層マンションに引っ越して、ベランダから見る東京の夜景は天国のように感じていたのに。人口対比で平地面積が狭すぎる都市部では、住処《すみか》が高層に伸びて行くこの姿は近代文明が造り出した異常なのか。子供の頃の土にまみれた田舎の生活がうらやましく思えてきた。

自分はそれでも若い頃登山をしていたので、何とかビルの上り下りができるが、他の住人はどうやってこの事態を乗り切っているのだろうか。二十五階まで上って、Bさん宅に頼まれ物を届け、エレベータ前の踊り場のところに戻って額にあふれている汗を拭いた。

自分にもBさん老夫婦と同世代の両親が田舎で生活しているが、つい数週間前に父親から電話で、田舎での二人での生活も不自由を感じるようになったので、都心のマンションにでも引っ越そうかと相談をしてきていたのである。その提案に対して自分の近くに来てくれれば後々の介護にも都合がいいし、孫の相手もしてくれるので大賛成と返事をしていたのである。今、自分はその返事の間違いに気が付いた。

「よし、我々家族が故郷の両親の元に引っ越そう」という考えを今夜ワイフに話してみようと思いながら、残りの階段を上り始める。

外を眺めると十五夜のまん丸なお月様が、何事もないように煌々と摩天楼群に光を落としていた。

●二〇一X年四月X日　日夕新聞記事より『ついに始まった学童集団疎開』

五年前に閣議決定された「都心小学校児童　集団疎開」がいよいよ実施される。十年ほど前から文部科学省が「子供の教育」に関して、近代文明の進化によって学校教育が本来あるべき姿から大きく逸脱してしまったのではないかと問題視され、小学校の教科に「道徳」などを増やしてはみたが好転の兆しがなく、また七年前に○○市で起きた【乾電池による水道水汚染事件】で発覚した「子供たちのトイレ問題」がきっかけとなって、この「児童集団疎開」が実施の運びとなった。

【乾電池による水道水汚染事件】とは、○○市郊外にある○○川に大量の魚の死骸が浮き上がっている事件が発生し、調査の結果、四十~五十年ほど前から○○川の上流に産業廃棄物処理場があったが、その廃棄物の一部が処理されずに地中に埋められていたことが分かった。

産廃業者の話によれば、特に二十~三十年前にスーパー、量販店、ディスカウント・ショップなどで十個、二十個入り乾電池パックが安価で大量に売られていたが、単一、単三、単四、単五やボタンサイズの小型乾電池類の期限切れ在庫や非売在庫などが大量に産廃として運ばれていて、そのまま地中に埋めていたという。

この○○川は◇◇湖に流れ込んでいて、この辺一帯の水甕《みずがめ》となっていることから急遽《きゅうきょ》水質調査に入ったが、やはり不純度は致命的レベルではないが汚染されている事実が判明し、この地区の水道配水は一時ストップして配水車による定時配水が行われた。

この定時配水期間中に別の問題が発生したのだ。小学生や中学生の登校拒否が集団的に起きたのである。その理由が、なんと学校のトイレに行っても温水洗浄便座の水が出ないので用が足せない、という子供たちの悩みだったのだ。家にいれば母親に助けてもらって何とか事後処理ができるので、家に閉じこもる子供が増えたのである。

子供たちは、トイレとは事後は自動的に水が出て局部を洗い流し、かつ温風乾燥をしてくれるものと理解しており、水無しで自分の手で紙を使って拭き取る行為を全く知らずに育っていたのである。

子供を襲うトイレ恐怖症は、ついには食事を摂らなければトイレに行かずに済むと思い込み、十分な食事を摂らずにサプリメント錠剤を飲んで済ましている子供が急増したのである。

そんな事件は国会でも問題となった。ある人物の投書がきっかけとなり、子供たちに生まれ落ちた時から最も大事なことを教えるには、近代文明の作り出した便利さの世界から一旦離れて、田舎の自然の中で本当の生きる知恵を身に付けるべきとの意見が大勢を占め、教育関係各部署にて検討が重ねられて、ついに「田舎への集団疎開案」の骨子が出来上がり五年前に正式に閣議決定された。

その第一ステップとして都二十三区内の小学生の一〜二学年が対象となり、残された小学生期間を指定された疎開地に出向いて勉強する計画である。

今日は集団疎開の第一弾として、都内十二区の小学校一〜二年組みが電車やバスにてそれぞれ決められた疎開地に移動する日。親との長い別れに泣き出す子供もいたが、これは現代が失ってきた「人間らしさ」を取り戻し「あしたの日本」を背負ってゆく子供たちへの修業の機会と、親たちも十分に納得して子を送り出していた。十年後、二十年後、これらの子供たちが生き生きとした目で社会に出て働いている姿に期待したい。

この疎開の計画は、まず都内二十三区に在住家族の小学生を対象に実施されるが、その後は全国大型都市に広げてゆく計画である。

ところで集団疎開の対象となった小学校では徐々に低学年層がいなくなり、校舎を使用する生徒数も漸減してゆくわけだが、その対応としては先生方の人事もこの政策に合わせて徐々に疎開地への転勤が増え、また校舎の空きスペースは各地の役所や大学と連携して、その地域の高齢者を対象にした生涯学習や町会などの地域活動の場として幅広く利用できるようになっている。

また建築後の年数が長く耐震に問題がある校舎は、最終六年生を送り出した後は取り壊し、そこを公園などに造り替えて更なる地域の緑化を図ってゆく計画となっている。

●二〇二X年六月XX日　夕夕新聞記事より『中学・高校生の集団就職で地方へ』

今朝九時発の東北新幹線にて都内の中卒一五〇〇人、高卒七〇〇人が初の東北の各地への集団就職のため、その第一弾として出発した。

最も多いのが秋田県・八郎潟干拓地の農業組合への就職で、次に多いのが青森県・八戸市の漁業組合への就職となっているが、そのほかに炭焼き職人として、あるいは岩手県・小久慈焼や栃木県・益子焼の陶芸家を志望した人、村や町おこしを目的とした各地の観光協会への就職組などなど、多種の分野にわたっている。

出発前に文部科学省大臣からの激励の挨拶があったが、地方に向けて出発する青年たちの顔は希望に燃えているようで満面笑みを浮かべていた。


一九六〇年代、日本の高度経済成長期に農家の次男坊以下の子供たちが中学・高校を卒業後、都市の工場に集団で就職が行われた。当時はこのような若い労働力は将来性が高いこと、そして安い賃金で雇えることから〝金の卵〟ともてはやされた。特に東京への就職が多く、当時のニュースで上野駅に集団就職列車が到着すると、駅のホームは若い熱気でムンムンしていたあのシーンが思い出される。しかし、この結果として都市部の人口増加、および就職者の待遇の悪さや学歴の低さから、その子弟の教育水準の低下が起きて学校関係に影響を及ぼしたとも言われている。


だが今回の都市から地方への逆流の集団就職は、一九六〇年代のものとはその趣を全く異にしている。

大きな違いは、日本の衰退する第一次産業（農業、漁業や鉱業）の復活と、それによる地方産業の活性化を図る目的で、この就職に関しては国が支援しているので給料は一般平均水準、一部の分野では平均以上という点である。

二〇一X年から始まった「小学生集団疎開」政策により、子供たちに地方に対する違和感が薄れ積極的に地方に出向く傾向が出ており、その結果、都市集中型の人口分布も地方に分散化されバランスが取れ始めてきており、地方の活性化に大きく貢献している。この集団就職により更に地方が元気付いて行くことに期待したい。

●二〇二X年九月X日　日日経済新聞記事より『変わり行く世界の勢力図』

今から〇〇年前の二〇〇八年、米国は中央アジアで展開してきた政策で失敗し、更には低所得者に低金利で金を融通するサブプライムローンの焦げ付き問題が更に大型化して、自由資本主義の最も優等生国として世界に君臨してきていた米国だったが、ドルへの不信は世界の国々の米国離れを加速化させ、普通の国への坂道を下り始めていた。

ここに来ての米国の急激な弱体化はある経済学者によれば、実は一九九一年のソ連の崩壊により米国が唯一の超大国に上り詰めた辺りから始まり、二〇〇一年九月のニューヨーク貿易センタービル崩落のテロ事件を境に、米国は世界のリーダーとして誤った道を暴走し続け、世界全体を政治的にも経済的にも悪化させる方向へ舵《かじ》を取ってしまったために、その総決算としてその〝しっぺ返し〟を蒙《こうむ》っていると解説している。

インターネット社会の普及による「ボーダレス革命」は、これまでの過去の歴史にあったような十七世紀の強国による植民地政策や、二十世紀の米国のような一極独裁による非人道的手段が世界の国々から非難されやすい環境に切り替わり、例えば中国が二〇一X年に国の存続策として取った連邦制のごとく、一極独裁の時代は終わりそれぞれの国が寄り添ってゆく時代が到来し、世界の勢力図も大きく変わってきている。

つまり「どこが大国」という国は存在せず、ＥＵ経済圏、アジア経済圏、アメリカ大陸経済圏、アフリカ経済圏、オセアニア経済圏がそれぞれバランス良く交易をする形で今後も発展してゆくと識者はみている。

連邦制を取り入れた中国に対して日本は、「中国連邦」の海岸線の州、シャントン（山東）州、チャンスー（江蘇）州、チョーチャン（浙江）州、プーチェン（福建）州、そしてコワントン（広東）州などの各州政府とそれぞれ和親条約を取り交わし、バランスの取れた交易が行われ始めた。

日本の第一次産業の復活は、食物自給率でも五十一パーセントに回復してきており、更に日本のロボット技術、太陽エネルギー変換技術、バイオテクノロジー、低炭素化技術では世界のリーダーとなり、世界の国々への貢献度が高く評価されて、その結果、日本円に対する信用が高まり、アジア経済圏の中心的存在に成長しつつある。これからの「アジア経済圏」の発展が楽しみである。

七、あとがきに代えて

急いで二〇一X年から二〇二X年までをBack to the futureしてきたが、このような日本に変わっていれば、きっと世界も変わっていて、地球から、自然から、そして他の生き物からの〝しっぺ返し〟は極端に少なくなり、人類が求めている「こころの二十一世紀」になるに違いない。そしてその頃の私の会話からも「ふざける菜漬け」が消えて、「うれしい菜」に遺伝子組み換えが完成していると思うのだが。

いつの間にか六月十三日の不吉な日は十四日（土曜）に変わっていた。私はメール仲間の「東京勉強会メンバー」に次のような文面のメールを発信していた。

●2008年9月6日（土）13：00〜

両国【江戸東京博物館】と九段下【昭和館】を訪ねる集い

・目的／このままでは日本はどうなるの⁇　物価高による経済不況、政治そして教育の貧困、少子化問題、老後問題、そして地球保護対策などなど問題は滞積している。

しかし対策はある‼　そのヒントを与えてくれるのが「江戸時代の生活」と「戦中・戦後のくらし」ではないかと思うのだが。

・集合場所／九段下・昭和館　1階ロビー　13：00

・打ち上げ場／両国「ちゃんこ鍋」にて乾杯！　20：00　散会予定

一人でも多くの参加者があれば「うれしい菜」と思いながら、ＰＣ電源を切ってベッドに入った。

第三章　続・ふざける菜漬け　うそ大国〝日本〟

まえがき

二〇二〇年は「新型コロナウイルス」感染問題が世界中を震撼《しんかん》させた。

人類はこれまでの歴史を見ても「コロナウイルス」を撃沈させる術《すべ》を確立しておらず、ウイルス自ら鎮静してゆくのを静かに待つしかないのだ。したがって、今回の「新型コロナ」もいつになったら〈コロナ禍〉が終わるのか、人間には予知できないのである。

私たちの生活もすでに新しいスタイルに刻々と変化しており、口はマスクで覆われ、外での人との挨拶も正面を避けて斜に構え、また親しい人との会話はなるべく避けて、大声では喋らず、人との距離は少なくとも一～二メートル離れ（ソーシャル・ディスタンスの励行）、更には仕事や学校授業もできる限りリモートで行い、夜の会食には人数制限と時間制限付きで、つまりは「巣ごもり生活」を幅広く奨励されているのである。

そんな世の中、エッセイを書くには恵まれた環境と言えるのかもしれないので、「巣ごもり」の中で心にたまる鬱憤を晴らそうと思いつくままに書いてみたい。

実は二〇二〇年に入って、私はすでに二本のエッセイを書いていた。一本目は俳句界に対するドグマ的俳句論として『俳句言いたい放題』を書き、二本目は襲ってきている〈コロナ禍〉がもたらしたものとして『新しい時代への入り口』を十月に書き上げた。

十一月十三日の金曜日、私はこの二つのエッセイを友人たちに読んでいただこうと添え手紙を書いている最中に、「十三日の金曜日」という言葉が文中に出てきて、十二年前、つまり二〇〇八（平成二十）年六月十三日（金）にエッセイ『ふざける菜漬け』を書いたことを思い出していた。懐かしく感じながらそのエッセイを読み返していると、「よし、それなら今回のエッセイ第三弾を『続・ふざける菜漬け』という題名にしよう」と決まった。

しかしこのエッセイの完結はいつになるかは分からない。それは「新型コロナウイルス」次第なのだから。

一、『うそ』の拡散と欺瞞国家の完成

二〇二〇（令和二）年はコロナウイルス騒ぎでの一年だった。「令和」という新元号になって初めての正月早々に、我々は「新型コロナウイルス（ＣＯＶＩＤ-19）」に襲われ、それ以降、毎日テレビのニュースで発表される「一日の感染者数」に一喜一憂し、その棒グラフの二つの「山」を乗り切り三つ目の大きな山に挑戦しているが、頂上がどこにあるのか、その先が全く見えない。

十二年前に書いたエッセイ『ふざける菜漬け』は〝お経〟から始まっていたのだが、そのお経の続きは『変新暑絆　金輪税安　金北災令』となるが、これを『ヘンシンショハン　コンリンゼイアン

キンボクサイレイ』と読むと、何か「お経」らしき響きに聞こえるのが不思議である。

実はこれは、二〇〇八年から昨年二〇一九年までの十二年間の「今年の漢字」を、ただ並べただけのものなのだ。

つまり二〇〇八年の漢字は「変」で、この年は大きな〝変化〟の起こった年だった。アメリカでは不人気のブッシュ大統領に代わって、なんと黒人のオバマ大統領が誕生した年で、〝Change〟を合言葉に立ち上がった。十一月の大統領選挙の前の九月には、サブプライムローン問題から端を発した「リーマン・ショック」と呼ばれた金融恐慌がアメリカを襲っていたのだ。その頃日本は「食品偽装問題」で大騒ぎ。日本ハム牛肉偽装、事故米不正転売、中国産うなぎ偽装などの〝うそつき事件〟が多発していた。

二〇〇九年の漢字は「新」で、九月に自民党の麻生内閣が総辞職して、マンネリ化した自民党政権に嫌気がさした国民は、「民主党に政治をやらせてみるか」ということで鳩山民主党〝新〟政権が誕生し、自民党が下野した。

民主党の政治が始まって二年目の二〇一一年三月十一日に、未曾有《みぞう》の大災害「東日本大震災」に襲われた。これによって「平和ボケの日本国民」が身近でかけがえのない人との「絆」(二〇一一年の漢字)が如何《いか》に大切かを知ることになる。

〝禍福は糾《あざな》える縄の如し〟で、この年の七月「なでしこジャパン」がサッカー・ワールドカップで優勝したのである。がしかし政治の世界では、与党経験の浅い民主党の政治もゴタゴタ続きで、国民の失望感から二〇一二年末には自民党が政権を奪取して「第二次安倍内閣」が返り咲くのである。

ここから安倍政権は、二〇二〇年八月に安倍首相が健康上の理由で退任するまで続き、その期間はなんと七年八カ月にも及び、総理大臣としての期間は歴史上で最長記録を作ったのだが、その長期政権の副作用は、これまた歴史に残るような「欺瞞国家」を作り上げてしまっていたのだ。

二〇一三年に返り咲いた安倍政権は、「アベノミクス」という看板を掲げて華々しくスタートした。二〇一一年の「東日本大震災」でドン底に引きずり込まれた国民は、長期にわたるデフレ経済から脱出するために、大胆な金融緩和政策を取った「アベノミクス」にささやかな期待を抱いた。すでに「第一次安倍内閣」を経験していたこともあり、民主党の没落により永田町で一匹狼となった自民党・安倍総理は、自分のやりたい放題に政治を操ることができる環境が生まれ、国政の私物化に突っ走ったのだ。

彼が政治家としてやり遂げたいことの一つに、幼少の頃、自分を可愛がってくれた祖父である〝岸信介〟から教わったこと、「日本が真の独立国になるためには独自の憲法が必要」（戦後レジームからの脱却）を実現することであった。

私としてもこの考え方は正しいと思っているのだが、彼の場合はそのやり方に欺瞞があったと考えている。彼は【日本国憲法の改正】に正面から取り組む場合は、その条件があまりに厳しく甚だ無理と判断して、なんと現憲法の解釈を都合のいいように変えて、議案を次から次へと成立させて行った。「特別秘密保護法成立（二〇一三年十二月）」、「集団的自衛権の行使容認を閣議決定（二〇一四年七月）」、そして「安保法制＝戦争法成立（二〇一五年九月）」を経て、ついに戦争が始まれば自衛隊を戦場に送り込むことができる状態を作り上げたのだ。

戦場への派遣に関しては、言葉ではやれ「後方支援」とか「存立危機事態の条件付き」とか言っているが、戦争とはいざ始まってしまえば、定義がどうのこうのなど言っていられないのだ。日本国民が戦場で間違って殺《や》られたとなれば、全国民が「憎し」一色の気持ちを懐き、戦わざるを得ない状態にしてしまうのが戦争というもの。

彼は「憲法九条に自衛隊明記が未達のままなので道半ば」のようなことを言っているが、実は内輪の人にはこっそりと「一応思いどおりになった」と満足げに話していると聞く。きっと仏前で〝岸おじいちゃん〟にもその旨報告していることだろう。

次に彼のすごいのは二〇一二年五月、内閣府に「内閣人事局」を発足させたことである。つまり官僚の人事権を手中に収めようという戦略であるが、これがバッチリと当たり、これ以降官僚たちに「忖度《そんたく》文化」を蔓延させ、二〇一七年二月には「森友学園」や「加計学園」などの諸問題が発生した。更には二〇一八年に入ると組織内部での不都合な文書の改ざん・隠蔽が頻繁に行われるようになり、二〇一八年七月には末恐ろしい「カジノ実施法」が成立してしまう。

九月に入ると自民党総裁選で彼は三選され、権力がますます一極に集中する結果となり公私混同に走らせた結果、二〇一九年十一月には「桜を見る会」問題にまで発展していった。

しかし二〇二〇年に入ると「新型コロナウイルス蔓延」が世界中を襲い、この感染症対策において彼は政策失敗を重ねてゆく。コロナウイルス君を相手には〝安倍一強〟勢力は全く通用せず、彼の繰り出す政策「アベノマスク」や「小中高の一斉休校」そして「ＰＣＲ検査能力を二万件／月にＵＰ」など、無謀とも思える政策を独断的に発表し、国民の顰蹙《ひんしゅく》を買う結果を重ねて行った。

四月に入って〈コロナ禍〉による国民救済策として、安倍政権が「国民への現金給付を世帯に一律三十万円」と方針を出すも、それに対して急遽公明党から「全国民へ一律十万円」と方針転換を要請され、公明党の連立政権離脱を恐れた彼はこれをスンナリと受け入れ、ついにこれまでのような神通力がコロナ禍の下では通じない状況を暴露する結果となった。

七月に入ると経済復興を狙って観光需要喚起「GOTOトラベル」を前倒しして実施するという無謀に走り、これが結果としてコロナ感染拡大に結び付き、やることなすことすべてが裏目に出てしまい、八月二十八日、安倍首相が体調を理由に辞任して、七年八カ月にわたった「安倍政権」がついに幕を閉じたのだ。

その七年八カ月の間で、上述の如く「欺瞞に満ちた国」を作り上げてしまったと思うのだ。むしろこの期間に世界に誇れる政策は何一つ作り上げてはおらず、恥ずかしながら日本は〝ド三流国〟に成り下がってしまったのだ。その〝ド三流〟の結果を、それぞれ分野別に具体例を挙げて記憶に留めておくことにしたい。

国の将来に向けて最も大事な【教育】に関しては、例えば経済協力開発機構（OECD）調査では、国からの公的教育機関への支出額で、日本は三十二カ国中最下位という恥ずかしさ。また世界大学ランキングでは、一位オックスフォード（英国）、二位スタンフォード（米国）、三位ハーバード（米国）の順で、東京大学はなんと北京大学（中国）やシンガポール国立大学より下位の三十六位に成り下がった。

【経済】においては、〝アベノミクス第三の矢〟である『成長戦略』の失策とデフレスパイラルから脱出できぬまま、消費税の二度にわたるアップによる経済長期低迷、更には原発に頼り続ける『エネルギー戦略』の大失敗、そして『再生エネルギー施策』では、世界のスピートより二周遅れとなってしまったのだ。

【外交】においては、彼の最も得意分野のように見えたが、対ロシアとの北方領土問題、尖閣諸島（中国）や竹島（韓国）の国境問題、更には拉致問題（北朝鮮）、そして慰安婦問題（韓国）などなど、隣国との間でこれら諸問題は全く進展しておらず、むしろ後退した感がするのである。

このように過去を振り返ってみれば、一九九一年の「バブル崩壊」からデフレによる経済不況が続き、更に二〇〇八年の世界金融危機（リーマン・ショック）が発生し、経済回復の道を失ったまま現在に至っている。そして二〇二〇年に「新型コロナウイルス」が世界中を襲ってきたが、このウイルスとの戦いをチャンスと捉え、私たちの持つ過信や錯覚を〝御破算で願いましては〟、人間として本来あるべき生き方に軌道修正して、一人ひとりがストレスの少ない日々の生活が送れるような社会に生まれ変わることを期待したい。

二、本当の『戦後レジームからの脱却』とは

日本国憲法の基本原理は「国民主権」と「基本的人権」と「平和主義」と言われるが、この憲法は米国による占領下において米国の手で作られたので、日本人が自分たちで作ったものではない限り、日本国憲法上でいう「国民主権」と書かれていても、この「主権」という言葉に日本人としての魂は

籠もってはいない。

ＧＨＱによって統治されていた当時では、我々は隣国のソ連、中国や北朝鮮などから守ってもらうために米軍の駐留もやむなしと判断せざるを得なかったであろうし、一方米国は共産主義諸国から自由主義陣営を守るためのボーダーライン上の日本に駐留は必須と判断して、お互いＷＩＮ‐ＷＩＮの関係にあったわけだ。しかし米国の判断で駐留米軍を動かすことはできるが、米国側に特段メリットがなければ、〝日本を守る義務はない〟と言える立場なのである。

そう考えると、やはり日本国民として「自分の国をどのようにして守るか」ということを真剣に考える必要があるのだが、「憲法問題」とは大変に重たい課題であり、短期間で改憲ができるものではないが、しかし国民一人ひとりがその目標（あるべき姿）に向けて一歩一歩意識を高めて行くことが必要であり、現時点で世界を襲っている〈コロナ禍〉がその問題に取り組むスタートラインとしてグッドタイミングと考える。

それはなぜかというと、これまで人間は欲望の赴くままに突っ走り、世界中に人種差別、政治的迫害、宗教的迫害、そして民族紛争などの問題を引き起こしてきているが、これら諸問題は人間同士のいがみ合いから生まれたものである。しかし今、人間の力では太刀打ちできない大敵「新型コロナウイルス」が私たちを襲ってきているのだ。感染症問題はその沈静化には相当長い年月がかかってしまうことをこれまでの歴史が証明しており、またこの災禍の終結がいつになるか人間には全く読めないために全人類を不安に落とし込んでいるのだが、この時こそこれまでに人類が作ってきた歪《ゆが》んだ関係を糺《ただ》してゆくチャンスと私は考えるからだ。

そこで私たち一人ひとりがこの〈コロナ禍〉の機に「自分の国は自分で守る」ということはどういうことかを考え、次に「そのためには何が必要か」を考え、それについて皆で議論を重ねながら変革を続け、現在のような「従属国家」(米国の植民国家)から抜け出し「独り立ちした国」になった頃、地球上に新しいレジームが生まれているのかもしれない。

そこで日本が独り立ちした国になるためのプロセスの一例として、私の考えを次に述べてみたい。

現時点で日本の最大関心事は、何と言っても「対中国政策」にあると思う。習近平国家主席が二〇一三年に提唱した巨大経済圏構想「一帯一路」を着々と推進してきているが、もし世界が中国との対応方法を間違えると、十三世紀にユーラシア大陸に出現した巨大な「モンゴル帝国」のように、今度は漢民族による巨大国家が生まれる恐れがあるのだ。

中国には古代漢民族の時代から「中国皇帝が世界の中心」という思想(華夷《かい》思想)があり、中国共産党は隣接する国々に対してこの思想を受け入れさせて漢人の持つ文化レベルにすることによって、差別がない〝愛国心〟に満ちた世界国家を実現しようとしているのだ。

更に〈コロナ禍〉においては、中国のような独裁的支配の方がロックダウン対応などの態勢をすぐに取れるので、感染抑制には民主主義国より有利であり、世界でいち早く経済回復にも成功している結果(二〇二〇年十~十二月期の実質GDPは前年同期比+六・五パーセント)を見せられると、ますます先が恐ろしくなってくる。

日本経済センターの予測では、中国経済についてコロナ危機の前では米中逆転は早くて二〇五〇年頃と見ていたが、コロナ危機によって二〇三〇年頃には逆転かと予測しており、皮肉な結果だ。

しかし情報化社会を迎えると、誰もが簡単に情報を発信したり受信したりすることができるので権限が分散化されて行くこととなり、地球上にある隅々の情報が一挙に世界中に広がる環境が出来上がっている。これは大帝国の独裁者が広域にわたって統率して行くには甚だ難しい環境になっているとも言えるのだ。

実際に中国では勢力拡大を図っている一方で「香港問題」や「チベット・新疆《しんきょう》ウイグル人権問題」そして「台湾問題」など人権侵害問題を引き起こしてきており、更には「東シナ海、南シナ海領有問題」で海上の公道を自分のものにしようとする中国の戦略もある。

それに対して、勝手な振る舞いは許さじとして日本、米国、オーストラリア、インドが中心となり、安全保障、経済協力で連携を強くして行こうと中国包囲網を強化する行動に出ている。特記すべきはこの日米豪印の民主国家四カ国が、アジア諸国に新型コロナウイルスワクチン十億回分を二〇二二年末までに提供するという行動に出ていることである。

特に中国、ロシア、北朝鮮など独裁国家と隣接する日本は、この〈コロナ禍〉を機会に世界中の自由主義国家をまとめ上げる旗振り役となるべきである。そのためには即急に「日本をどんな国にするのか」の国民のコンセンサスを一つにして、世界から認められることである。

「外から攻められた時、我々はどうやって国を守るのか」

「米国の植民地的立場を続けるのか」

「軍隊を持たずして世界平和の道を先導するのか」

などなど、国民が議論を重ねて日本の行路を明確にすることだ。

複数の大国の間に位置して大国同士の衝突を防ぐ「緩衝国」になるためにはどうすればいいのかとか、更には世界一安全な国ランキングでは「アイスランド」がいつも一位なのだが（日本は九位）、アイスランドは自国の軍事力を持たない海に囲まれた島国であり、我が日本が学ぶところが多々あるのではないか。

こうした世界中の「緩衝国」や「中立国」を集めて「新しい国連的組織」を構築できれば、大国の非人道的行動を阻止できると信じる。

日本が先頭になって行動できる卑近な一例として、有名無実化してしまった「国際連合」に代わる新たな国際会議組織作りに挑戦することを挙げたい。

現在の「国連」は常任理事国が中国、ロシア、フランス、イギリス、米国の五カ国であり、「安全保障理事会」ではその常任理事国が「拒否権」を持っているのである。ところが常任理事国の中に独裁国家（中国、ロシア）と民主主義国家（フランス、イギリス、米国）がいる限り意見が一致するとは思えず、世界の安全など保障されるはずはないのである。

これまでにも国連の見直し（改革）については長い間議論されてきてはいるが、常任理事国のメンバーからして、更には自由主義国家の代表格である米国が「国連」に対して力が入っておらず、現在の機構のままでの国連の改革は難しい。

そこで被爆国であり原発事故の体験国である日本が世界の自由諸国（緩衝国や中立国など）を巻き込んで、「新しい国連」を立ち上げるよう行動に出てはどうか。これこそ日本にとって本当の『戦後レジームからの脱却』を図る道であり、二十一世紀の大人的な取り組み姿勢ではないだろうか。

第四章　神の領域に手を突っ込むな

まえがき

第三章を書いてからあっという間に一年が経ってしまった。その一年は思い出したくない悲惨な出来事の連続であった。コロナ騒ぎも三年目に入ってアルファ株、デルタ株に続く第三のオミクロン株が急拡大し、第六波に突入で国内感染者数も五〇〇万人を超えた。

二月に入ると「北京冬季オリンピック」が閉幕してすぐにロシアによる「ウクライナ侵攻」が始まり、プーチンは簡単に制圧できるものと高をくくっていたが、ウクライナはＮＡＴＯを中心に自由主義諸国から資金や兵器弾薬のサポートを得て長期戦となり、現在に至っても人の殺し合いを続けているのだ。

七月には第三章で取り上げた「安倍元首相」が選挙応援演説の際に銃撃され、突然この世を去った。その犯人逮捕から「旧統一教会問題」が発覚し、多くの国会議員が同教会から支援を受けていたとして炙《あぶ》り出された。

八月には米国の下院議員を台湾に訪問させるという中国刺激策に出た。これはウクライナにおける「領土戦争」を前例として中国／台湾間の緊張を高める結果となり、九月には英国エリザベス女王がご逝去、そして十月には中国習近平主席が「共産党大会」において三期目の権威確立を成し遂げ、「独裁国家」の長として基盤を固め、「自由主義国家」の代表である米国との間で神経戦を繰り広げている。

一方で、私たちが住む「地球」が悲鳴を上げている。人間の「自然破壊」が「地球温暖化問題」を引き起こし、その結果、世界の各地で「氷河倒壊による大水害」、「森林大火災」、そして「大型ハリケーン」や「海水位上昇問題」に襲われ、同時に「大地震」や「火山爆発」による巨大災害が重なっている。それらによる食料やエネルギーの争奪戦が弱小国に「難民問題」を引き起こし、世界中が「神の祟《たた》り」に襲われているようだ。

そんな悲惨な時代の中で、相も変わらず「ふざける菜!」と叫び続けながらエッセイを書き留めておこう。

一、『神の領域に手を突っ込むな!』

人間様よ、ほどほどにしなさい! 地球を守りたいなら、もうこれ以上【神の領域】に手を突っ込んではいけない。

私はこれまで拙著『日本復活私論』などの中で述べてきたが、地球上の万物は「循環型」でなければならないと思っているのだ。その〝循環〟とは、万物は「誕生―成長―成熟―衰退―死・終焉《しゅうえん》」を繰り返してきているのだが、この〝繰り返し〟とは一旦死んでもその後に新たな誕生を迎えることを意味し、これが「循環している」という意味で、私はそれを「万物のサイクル」と呼び、そのサイクル（循環）の内側を【神の領域】と考えるのだ。

その【神の領域】とは、人間の力ではどうしても制御できない領域なのである。しかし人間の欲望は、その【神の領域】の中に入り込んでその中を知ったと錯覚し、そしてその領域を制御しようとするが、残念ながらどんなに足掻《あが》いてもその領域を制覇することはできずに、むしろ「神からの祟り」を受ける結果となるのだ。

私は中学生の頃、マクロの世界とミクロの世界が同じような形をしているのは偶然ではないと考えていたので、その辺から話を始めることにしよう。

(1) マクロとミクロの世界

話の初めに、私たちの周りの「マクロの世界」と「ミクロの世界」を見てみよう。

まずは「マクロの世界」では「太陽系」について考察してみたい。誰も太陽系の外に出て「なるほど、こうなっているのか」と見てきたわけではないが、各種天体観測や調査で「このような構造をしているはず」、「このような構造であればすべてうまく説明がつく」と人間が割り出した研究結果なのだ。つまり地球はただただ太陽の周りをグルグルと循環しているのだ。そしてこの太陽（恒星）の周りを惑星が回っている状態が最も安定した状態なのである。

しかし人間は地球を回る「月」に上陸しようと、更には太陽を回る地球に一番近い惑星の「火星」に住めないだろうかと「人工衛星」を飛ばして人間の欲望を叶《かな》えようとしているが、これが一体人間にとって何の役に立つのだろうか。

宇宙飛行士の重装備の姿を見ても、地球の外の宇宙は人間が生きてゆくには過酷な環境であることが分かる。にもかかわらず地球に代わる〝住める星〟を求めているのだろうか。私はそれより地球自身を守るのが先決だと思うのだが。

次に「ミクロの世界」では「原子」について考えてみよう。「原子」の構造は、原子核の周りを電子が回転しているのだが、これがなんとも太陽系の構造と同じように思えるのだ。原子のサイズはおよそ一億分の一センチメートルで、中心にある「原子核」は約一兆分の一センチメートルであり、その原子核は「陽子」と「中性子」とそれらを結び付ける働きをもつ「中間子」などで構成されている。「核分裂性物質（ウラン235、プルトニウム239など）」の原子核に中性子を当てると核が二つ（まれに三つ）の原子核に分裂する現象を「核分裂」という。この核分裂のときに巨大なエネルギーを放出するのだが、このエネルギーを利用しようと考えたのが「原子力発電」であり「原子爆弾」なのである。

「原子爆弾」により放出される放射能の恐ろしさは一九四五年八月、太平洋戦争の際に米国による広島・長崎への原子爆弾投下で私たち日本人は経験してきており、更に「原子力発電」に関しては二〇一一年三月十一日の「東日本大震災」において、「福島第一原発」で「原子炉」が破裂して放射能を撒《ま》き散らすという大事故を起こし、あれから十年以上過ぎた今現在でも放射能の危険から回避できていない状態が続いているのだ。

この放射能から完全に回避できるのには一〇〇年以上の年月がかかると言われているのだが、何とも次世代に大変な〝負の遺産〟を残してしまったことになる。

このように「太陽系」や「原子」の構造を見てみると、そこには共通の特徴があるように思う。無限に大きな物の仕組み（宇宙）と、その正反対のとてつもなく極小の世界の仕組み（原子）は実は同じ仕掛けであり、この仕掛けは神様が作ったものだけに〝最も安定した状態〟であり、人間が踏み込んではいけない〝神様だけの領域〟なのだ。この安定した領域に踏み込んできた者は、必ず神からの〝しっぺ返し（祟り）〟を受けねばならないのだ。

（2）『人はなぜ宇宙へ飛び立つのか』の〝ふざける菜〟！

二〇二三年（令和五年）に入ってこのエッセイを書き始めたのだが、四月の後半に入ると「神様を怒らすような出来事」が目立ち始めた。まずは「マクロの世界」での出来事から話を始めよう。

宇宙ベンチャーの「アイスペース（ispace）社」が日本初の月面着陸船の打ち上げに失敗した、というニュースが舞い込んできた。実は私はその結果にほくそ笑んでいたのだが。

あの北朝鮮ですら金がないないと言いながら嫌がらせのミサイルをジャンジャン打ち上げているというご時世に、何というぶざまな結果であろうか。この打ち上げ目的が、なんと誰でも宇宙に行けるようにするための足がかりを作るためと言うが、なんて貧弱でおめでたい発想であろうか。同じような考えでTwitterのCEOであるイーロン・マスクが「スペースX社」を立ち上げたが、その目的も「宇宙産業」で金儲けをしようとする魂胆なのである。

同じように、日本でも宇宙産業を狙ってベンチャー企業「アストロスケール社」も地球の周回軌道に漂うスペースデブリ（宇宙ゴミ）の除去を目指した衛星を開発し、宇宙に打ち上げることを目標にしている。

全くふざけた話で、まずは宇宙に「ゴミ」を捨てないことが最優先にされるべきではないか。こんなことを商売にしていると、いずれ「デブリ除去衛星」の群れを除去するための新たな衛星を飛ばさなければならない結果になりはしないか。そんな余計な「デブリ」を考える前に、目の前にある福島第一原発の原子炉一号機、二号機そして三号機の床底に溶け落ちた核燃料「デブリ」を取り出すための技術開発に力を入れる方が理にかなってはいないか。

次に「ミクロの世界」において【神の領域】への〝手突っ込み事件〟を見てみよう。

（3）『原発存廃で、独は「廃」で日本は「存」の不思議』

国会で「GX脱炭素電源法案」（GX＝グリーントランスフォーメーション）が審議されているが、岸田首相は脱炭素の要請とエネルギーの安定供給を理由に「原発を最大限活用する」と一八〇度の方向転換を図り、我々国民に対して「裏切り行為」に出ている。

「原発」を目立たぬようにエネルギー関連法案の中にまぎれ込ませて、これまでの原子炉等規制法（以下〝炉規法〟）と電気事業法で原発の運転期間を「原則四十年、最長六十年」とされていたものを、炉規法からこの規定を削除し、「一定の条件下で六十年使用可」に条件を変えようとしている。

更に原子力基本法の改正案として「国の責務として、原子力発電を電源の選択肢の一つとして活用することによる電気の安定供給の確保に資する」ともっともらしき理由を添えて裏切り行為に出ているわけだ。東京新聞ではこの脱炭素電源法案に絡めた「目くらまし方針変更」を、【フクシマ忘却宣言】と称していた。

一方でドイツでは、福島原発事故直後に当時のメルケル政権が【脱原発宣言】を行い、十七基の原発稼働炉を徐々に停止し続けて、今年（二〇二三年）の四月十四日、ついにすべての原発を停止したと発表した。ドイツはロシアによるウクライナ侵攻により天然ガスの供給を停止されるという危機を抱えながらも、一旦決定した【脱原発宣言】を諦めることなくやり遂げている。

その一方で、原発により実際に大被害を受けた日本が、原発の使用期限を延長してまで使用するという【フクシマ忘却宣言】に出ているのだ。日本政府の愚劣さ無能さには、何とも恥ずかしさが募るばかりである。

さて、それでは「原発」がなぜミクロの世界で【神の領域】に手を突っ込んでしまって、とんでもない結果を生んでいるのかの話に移ろう。

（4）人類が作った放射性元素「プルトニウム」の恐怖

地球上のすべての物質は、最も基礎的な粒子「原子」で出来ている。つまりそれ以上に分割することができない最小の粒で、原子が二つ以上結び付いた粒子を「分子」と呼び、分子は物質の性質を示す最小単位であると学校で教わった。

この最も均衡の取れた状態の「原子」の中心にある「原子核」に向かって「中性子」をぶつけると、それが二つに分かれ（核分裂）、その時に巨大な「熱エネルギー」を発散することを知った人類は、このエネルギーを活用しようと研究を重ねて「原子爆弾」や「原子力発電」の開発に至った。ところが最も安定している状態の原子に中性子を当ててぶち壊すと、その結果生命を死に追いやる「放射能」を放出し、人体に致命的な危害をもたらすのだ。

具体的に一例で説明すると、「原子炉」の中でウラン燃料を「核分裂」させると、強烈な「放射能」を持つ「プルトニウム」が生まれるのだ。プルトニウム（pu）は人間が作った、つまり人工の元素であり、プルトニウムのスプーン一杯分が東京都民の致死量に相当するそうで、また、プルトニウムの放射能力が半減するまでにかかる期間（半減期）はなんと二万四〇〇〇年と言われており、言い方を変えれば「プルトニウムは殺人元素」と言えよう。

それに対して日本政府は、このプルトニウムを資源として有効活用する方針を打ち立てているのだ。もっと恐ろしいことに日本政府はこの殺人元素プルトニウムを使って発電しながら、それに並立して消費した以上のプルトニウムを生み出す『核燃料サイクル計画』にまじめ顔で取り組んでいるのだ。更に最悪なことにプルトニウムを核兵器に使用できない日本国は、苦し紛れに原発でプルトニウムを燃やすという『プルサーマル計画』を考えたのだが、この計画も破綻し、もはや先の見通しが全く立っていない。

これらの無理やりな計画は、残念ながら絶対に実現できない計画だと私は考えている。その理由は、神様は人類にたった一〇〇年の生命しか与えなかったのに、全く規模の違う「世界」、つまり『巨大な宇宙』そして『極小の原子』は【神の領域】であり、私たち人類が相手にできる相手（領域）ではないにもかかわらず手を突っ込んでいるわけで、どうあがいても最終的な目的を達成することができず、むしろ神からの「しっぺ返し」を受けてしまうのである。

現実とはかけ離れた【神の領域】を、これまでに人類は「別の表現」で辻褄《つじつま》合わせをしてきたのだ。例えば宇宙があまりに広いために、人類が生活で使う単位と辻褄を合わせるために「光年」という途方もない巨大な単位を作り出し、また仏教の世界では「劫《こう》」という時間単位で夢想の世界（時間）表現をしてきているのだと思う。

ちなみに一光年とは光が一年間に進む距離だそうで、光は一秒間に地球を七周半するというのだから、光年とは全く現実離れした距離ということになる。また、仏教上の「劫」とは横幅四十里、高さも四十里、奥行きも四十里という大きな岩石があったとして（もちろん富士山より大きい）、その岩のそばを、羽衣を身にまとった天女が一〇〇年あるいは一〇〇〇年に一度通りかかった時に、羽衣の袖がサッとその大岩に触れ、これを何度も繰り返すと岩が擦り減り、この岩石が摩滅してしまうまでに要する時間を「一劫」と言うのだそうだ。気の遠くなるような話でどんな長さなのか全く想像すらつかない。

人は単に好奇心や金儲けのため、つまりは自分たちの「欲望」を叶えるために未知なところを何でも知ろうとして【神の領域】にまで手を突っ込んでしまうのだろうが、一見どんなに素敵に見える技術でも、【神の領域】に手を突っ込んでしまった技術は必ず人類に対して神がとんでもない危害（つまり「しっぺ返し」）を与えるので、突っ込んでしまった我々は覚悟せねばならない。

二、『文明は緑を食い潰す』

前項で私は「地球を守るなら、もうこれ以上【神の領域】に手を突っ込んではいけない」と主張してきたが、その【神の領域】に突っ込んでいる「手」とは一体何者なのか?

こんなことを考えると、どうしても頭に浮かぶのが私のバイブル的書物『人類究極の選択』(岸根卓郎著　東洋経済新報社)である。

この著書は一九九五(平成七)年に発刊されたものであるが、私はこの本を十五年後の二〇一〇年に神保町の古本屋で偶然見つけたのだが、今や私のバイブル的存在であることを考えるとこの偶然の巡り合わせに感謝せねばならない。

この本の「はしがき」の部分を読んだだけでこの本の中身に大いに興味を抱かせ、およそ六〇〇ページに及ぶ内容を夢中で読み、十日程で読み切ってしまった。

そこで「はしがき」に書かれた、私にとって刺激的で印象に残る部分の一部をここに書き出してみたい。

『自然対決型自然破壊型の現代西洋物質文明と、それを支える現代科学技術がこのまま拡大発展し、現代世代が豊かになればなるほど、未来世代には乏しい資源と悪い環境しか残されず、人類はそのうち生存不可能になる』

『20世紀は工業化と都市化が同時並行的に進行した時代で、工業化され画一化された近代都市は、機能的ではあるが、地域の伝統文化を消し去り、環境負荷を大きくし、いわゆる都市砂漠を世界各地に出現させたばかりか、人間関係をも荒廃させ、冷たい社会を形成している』

つまり著者岸根氏は『文明の前に森林があり、文明の後に砂漠が残る』と主張し、【神の領域】に手を突っ込んできたのは、なんと【文明】だったのだと指摘している。

私の考えも全く同感で、私なりに近代文明によって人類が滅びゆく姿をここで追ってみたい。

(1)「産業革命」と「環境破壊」

「文明」とは『新小辞林』(三省堂)によれば『世の中が開け進んで、精神上、物質上の生活が豊かに便利になること』と書かれているが、今から五〇〇〇年ほど前に金属器、都市、文字などを備えた社会がエジプトやメソポタミア、インド、そして中国の各地域に生まれ、これを歴史上では「世界四大文明の誕生」と表現している。

ところで「世界四大文明」の後、ヨーロッパやアメリカ大陸で各種民族による文明は起きていたが、歴史上で「文明」が大転換を図ったのは、十八世紀に入ってイギリスで起きた生活方式の大変革「産業革命」であった。

イギリスにおける綿製品の需要拡大は、これまでの手作業では間に合わないために大量に製品が作れる機械が次々に発明され、また石炭を燃料とする「蒸気機関」も発明・改良され、紡績機や織機などの動力として利用された。それまでの「馬車」が「蒸気機関車」に代わり真っ黒な煙を上げて町中を走り、織物工場や製鉄工場の煙突からの真っ黒な煙が空を覆った。これが人類によって作り出された「機械」による「環境破壊」の始まりなのだ。

そしてイギリスで始まった「産業革命」は、十九世紀後半になるとフランス、ドイツ、アメリカへと広がっていった。

（2）地球危機にやっと気付いた人類そしてＩＰＣＣとＣＯＰ

産業革命により工場が増え、それにより工場労働者も増えて都市人口が急増し、都市中心に消費市場も拡大し続け、工場は「大量生産体制」で需要に対応し、また都市では「大量廃棄」が始まった。二十世紀に入ると工場を持つ「資本家」は効率的な利潤を得ようとし、工場で働く「労働者」が正当な賃金を得て働きがいのある生活をエンジョイする「資本主義体制」が確立されていった。

しかし市場規模が大きくなればなるほど、資本家は大きな利潤を得ようと工場労働者に対して過酷な労働条件を強いてかつ低賃金で働かせる傾向となり、社会的立場が弱い労働者は団結して「労働組合」を結成し資本家と対立を高めていった。

そんな形で工業化社会が発展し続け二十世紀後半になると、科学者たちがこの急激な文明の発展形態が地球環境を破壊しているのではと気付き始め、一九八八年、気候変動に関する研究グループとしてＩＰＣＣ（Intergovernmental Panel on Climate Change：政府間パネル）が設立され、一九九二年には国連加盟国（一九七カ国）が「国連気候変動枠組条約」を締結し、「温室効果ガス削減計画」

や「排出量の実績公表」を義務化して毎年「気候変動に関する国際会議（COP：締約国会議）」を開催して、各国の進捗状況を監視する体制を設けている。

ＩＰＣＣの最新の報告書（二〇二三年三月二十日発表）では、『世界の平均気温は産業革命前からすでに一・一度上昇しており、二〇三〇年には一・五度に達する可能性が高い。この一・五度以下に気温上昇を抑えるためには、二〇三〇年までに世界全体で温室効果ガスを六十パーセント削減する必要がある』と指摘している。

一方、昨年末エジプトで開催されたCOP27（二〇二二年十一月六日開催）では、気温上昇による「損失と損害」が議論され、特に発展途上国からは先進国に対して「損失と損害」に対して資金支援の要請が出された。この結果、次回COP28において「新基金の創設」について協議されることになっている。

しかし人類は今襲ってきている「地球環境の危機」に対処すべく、上述のようにＩＰＣＣで警告を出しCOPで規制を作り上げてきてはいるものの、残念ながら目標の達成は難しいのではと私は考えている。

その理由は、先進国と発展途上国の間でバランスの取れたルール作りが難しいことと、それ以上に大きな理由として、人間様がなんとかＩＰＣＣやCOPなど国際会議を設けてまじめに議論を重ねている一方で、人間様はウクライナ戦争などあちこちで戦争や内乱を越こして町々を廃墟《はいきょ》と化し、更には人間様には制御不能な（しかし人間様が作ってしまった）「気候変動」によって大洪水や干ばつ、そして山火事が多発し、これら予測できない要因で「地球の温暖化」が加速されてしまうので、それらの理由から二〇三〇年には世界の平均気温の上昇が一・五度を上回ってしまうのではと多いに不安になってくる。

（3）「文明の大転換」は実現可能か？

現在我々がエンジョイしている（と思っている）「物質文明」は、〝緑〟をつまりは〝森林〟を食い潰して成長を遂げてきているのだが、一旦潰してしまった森林を元に戻すには何百年もかかってしまう。ブラジルのアマゾン川流域の広大な森林は農地や工場団地に切り替わり、インドネシアでは先進国向け建築用材木の輸出や印刷用紙製造のために熱帯雨林が大量に伐採されており、世界中で毎年日本の国土面積のおよそ半分の森林がなくなり、更にその半分は砂漠化して草も生えない荒地となっているという。

もっと我々の身近な例でみてみよう。

それは現在裁判沙汰になっている「神宮外苑再開発案件」である。この開発案件はそもそも「2020東京オリンピック」の開催決定（二〇一三年九月）から裏情報が飛び交った曰《いわ》く付きイベントだったのだが、五輪の総合会場「国立競技場」の建て替え地として「神宮外苑再開発案件」が進められてきた。今取り沙汰されている裁判は開発の残りの部分で〝神宮外苑の一〇〇〇本の樹木が切られること〟に地元住民が中心となり反対運動を起こし、再開発の見直しを求めて訴えているのである。

なんと〝神宮の地〟（これこそ【神の領域】）に手を突っ込んで、一〇〇年以上の歳月をかけて育ってきた東京のオアシス「神宮の森」を食い潰してコンクリート・ジャングルに変えようとしているのだ。

この開発の許可をする長（小池百合子都知事）は、作家坂本龍一氏からの訴えに対して、「都庁に訴えるよりも事業申請者（住友商事、伊藤忠、日本スポーツ振興センター、明治神宮）に対して交渉してください」と責任転嫁のような返答をしているが、全く開いた口が塞がらない。

このような森林の破壊は砂漠化やコンクリート・ジャングル化を引き起こし、結果的に〝生物の食物連鎖〟を崩してしまい、それにより気候変動をもたらして熱波現象や山火事を引き起こすという悪循環に嵌《は》まり込んでいるのだ。

COPが掲げた〝二〇三〇年までに平均気温上昇を一・五度以下に抑えるため、温室効果ガスを六十パーセント削減する〟という目標が、前述のような対応で大丈夫なのだろうか。そして更にこの目標達成のために〝新しい産業〟に注力しようと……、

・電気自動車の増加とガソリン自動車の生産・販売停止
・石炭火力発電所の閉鎖
・再生可能エネルギー（太陽光、風力、地熱などによる発電）への投資強化

などを挙げているが、現在の「物質文明」のもとでこれらの対応を取ったとしても、あとわずか七年で気温上昇を一・五度以下に抑える目標が達成できると考えているのだろうか。

「文明の大転換をする」ということは、現在の二十世紀型「西洋物質文明」から一八〇度考え方を変えて〝物質文明ではない文明〟、言い換えれば「非物質文明」に向かって取り組んで行くことが本当の「大転換」と言えるのではないのか。

（4）「非物質文明」とは一体どんな文明？

二十世紀に花咲いた「物質文明」とは、ウィキペディアによれば、『富や科学技術、巨大建築や兵器の水準のみ高く、個々の成員および共同体全体が精神的に堕落している状態を批判的に指す。特に近代欧米型の文明を批判する時に用いられる言葉』と書かれており、本章第二項の頭で述べた岸根卓郎氏の主張である『現代世代が豊かになればなるほど、未来世代には乏しい資源と悪い環境しか残されず、人類はそのうち生存不可能になる』を考えると、何としてでも既存の文明を変換せねば、人類滅亡の道を突っ走ることになる。

そうならないための次の文明、言い換えれば「非物質文明」というのは、『我々の生活が豊かになることを追求するのではなく、未来に向かって如何にして環境と調和する社会を実現するかを考え、そして少ない資源消費や環境負荷に重心を置き、環境保全のためには〝不便さを受け入れる寛容さ〟、更に皆がそのような姿勢を取ることに生活美意識を持つような新しい価値観を持った社会』ということになろうか。

これをもっと端的に表現すると、二十一世紀は「循環・均衡型」の社会にせねばならないということではなかろうか。

「循環型」とは、本章第一項の冒頭で述べた〝グルグルと循環しているマクロの世界〟や、〝グルグル回転しているミクロの世界〟のように、最も安定した状態の中で「誕生―成長―成熟―衰退―死・終焉」を繰り返している状態を言う。

そして「均衡型」とは、エネルギーの流入量は必ずエネルギーの流出量に等しいという【エネルギー保存の法則】から外れることなく均衡が保たれている状態をいう。この均衡現象は「食物連鎖」の流れの中でも見ることができよう。

それでは、今からでも地球を救える道はあるのだろうか。二十世紀の文明は「西洋物質文明」と表現されるのだから、地球を救うヒントが〝西洋〟とは反対側、つまり〝東洋〟に何かがあるのではなかろうか。

私は二〇〇五（平成十七）年の早稲田大学での異業種勉強会で【二十一世紀はこころの時代】というテーマで講演させていただいた際にこんなことを言っていた。

『文明というのは「大地」と「人間」の関わり合いの中で誕生し発展してきたものと言われます。ところが近代文明は「大地」を忘れ去り、大地が醸し出す「風土性」を忘却して暴走を続けているようです。資本主義のもと、人は【欲望の奴隷】と化し、合理性の追求とか言って【楽】を求め、道徳は腐り切ってしまいました。これは欧米型の考えで「人間」と「大地」を別物に捉え、人間が自然を支配して生きて行けるという判断、つまり【人間中心主義】に走り、これがついに行き詰まっているのです』

更にこんなことも言っておりました。

『日本人はコメを主食としタンパク質を魚に求めるのです。稲作は弥生時代に日本に入って普及したそうですが、その時ヤギやヒツジなどの家畜は入れなかったそうです。その理由は、家畜が森を食い潰すと考えていたからです。つまり【森の文化】を発展させたのは【日本文化】と言えましょう』

そして自然環境に最も優しい【日本文化】を実現していたのが、二六五年も続いた「江戸時代」な

■江戸時代【着物の一生】

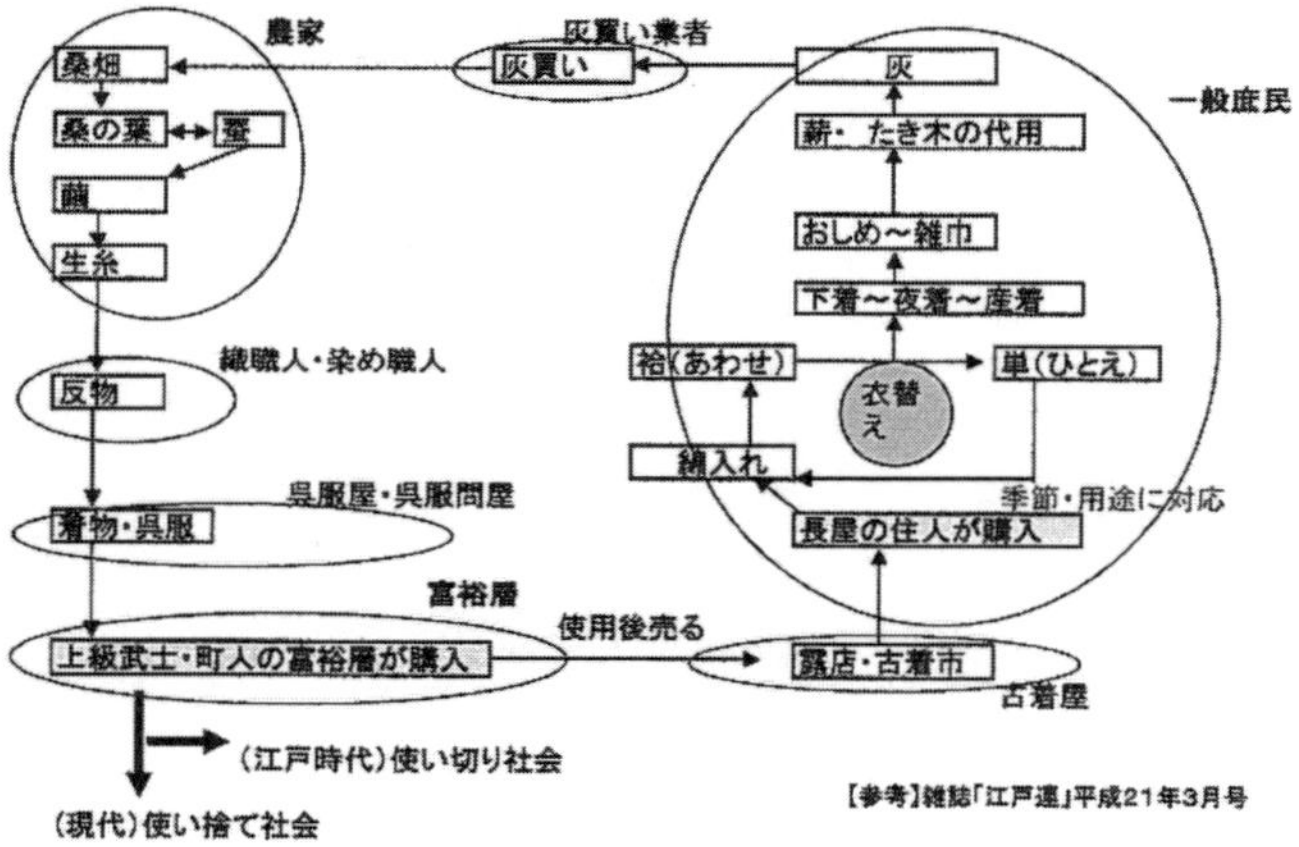

【参考】雑誌「江戸楽」平成21年3月号

のである。「江戸の社会」は主に太陽エネルギーを使い、完全なる循環型社会を形成していたのだ。

その講演で使った資料の中で「循環型社会」の説明に使った資料の中の一つ【着物の一生】の図を再度ここに掲載し、皆さんにじっくりと「着物」の流れをご覧いただきたい。

上の図をご覧いただくと、一枚の着物が形を変えて利用されている姿（如何にエネルギーを無駄に消費していないか）がお分かりいただけよう。着物は左下の分かれ道の所で、江戸時代は「使い切り社会」を右に歩み循環（サイクル）を形成するが、現代は循環せず着物はそのまま「使い捨て社会」に突入、はい！　サヨナラ（廃棄）である。この【着物の一生】サイクルをじっくりと二回ほど順を追って回ってみてほしい。何かを感じないだろうか。私たちの毎日の生活と比較して何かに気付いてほしいのだが。

現在では小学校四年生の社会科の授業で【環境の

3R】を学んでいる。この「3R」とは「Reduce（ものを大切にしてゴミを減らす）」、「Reuse（使えるものは繰り返して使う）」、そして「Recycle（ゴミを再び利用する）」なのだが、前頁のサイクルはこの「3R」がビッシリと取り込まれている。当然、地球の自然環境に対して優しいサイクルなのである。

ちなみに本章第一項（4）で述べた「核燃料サイクル」は全く正反対の自然環境破壊の仮想サイクルであり、この世では実現不可能なのである。

私たちの日々の生活では、あまりに「便利さ」「楽さ」に重心を置いてしまい、自分にとって合理的で身勝手な生活に慣れ過ぎてはいないか。例えば「プラスチック製品」の氾濫、台所や洗濯場にある「合成化学洗剤」の数々、安価だとして身につけてしまう石油から生まれた「化学繊維」など、これらは非循環型製品であり環境汚染を促進させる物質なのである。よって私たちがすぐにもできる行動とは、毎日の生活の中でこれら非循環型製品の使用を減らし、環境に優しい製品に切り替えてゆく努力が必要なのである。

講演で使用したもう一つの資料図【江戸時代の職業】を次頁に掲載する。これをじっくり眺めながら「自然に優しい仕事とは」を考え直してみることも大事だと思う。

この絵から感じることは、エネルギーはまずは機械に頼る前に「人力」を考えることであり、どうしても機械に頼らざるを得ない場合は、その使われる燃料の種類は地球に優しいかを考えることである。

こうして考えてくると、「非物質文明」のヒントは〝東洋〟の「江戸時代」にあるようだ。

一八六五年、世界漫遊に旅立っていたハインリッヒ・シュリーマン（ドイツ人）が日本に立ち寄り旅行記『清国・日本』を執筆、その中で日本の文化や文明に触れている一節をここに書き出してみよう。

『ヨーロッパでは、食器戸棚、婦人用衣装ダンスや男性用の洋服ダンス、ヘッドボードにテーブル、椅子、それにもろもろの最小限必要とされる家具類の豪華さを、隣人たちと競い合う。だから多少とも広い住宅、幾人もの召使い、調度品を揃えるための資産が必要だし、年間の莫大な出費がどうしても必要となる。ヨーロッパの結婚難は家具調度を競おうとするためであり、そのための出費がかさむからである。ヨーロッパでは、そうした出費に堪えるほど裕福な者でなければ、結婚など考えない。

ところが日本に来て私は、ヨーロッパで必要不可欠だとみなされていたものの大部分は、もともとあったものではなく、文明がつくりだしたものであることに気が付いた。寝室を満たしている豪華な家具調度など、ちっとも必要でないし、それらが便利だと思うのはただ慣れ親しんでいるからにすぎないこと、それらぬきでも十分やっていけるのだと分かったのである。もし正座に慣れたら、つまり椅子やテーブル、長椅子、あるいはベッドとして、この美しいゴザを用いることに慣れることができたら、今と同じくらい快適に生活出来るだろう』

『もし文明という言葉が物質文明を指すなら、日本人は極めて文明化されていると答えられるだろう。なぜなら日本人は工芸品において蒸気機関を使わずに達することのできる最高の完成度に達しているからである。それに教育はヨーロッパの文明国家以上に行き渡っている。シナをも含めてアジアの他の国では女たちが完全な無知の中に放置されているのに対して、日本では、男も女もみな仮名と漢字で読み書きが出来る』

（『シュリーマン旅行記　清国・日本』石井和子訳　講談社学術文庫より）

（5）「物質文明」と「精神文明」

「物質文明」とは俗説的な文明の分類だそうで、その対義語は「精神文明」と言うそうだ。とすればシュリーマンの観察から「江戸の社会」は精神度の高い文明だったのかもしれない。

「精神文明」とはウィキペディアによれば『個々の成員および共同体全体の精神、すなわち道徳、宗教の水準を高めることを目的とする文明』と書いてある。しかし「精神文明」において〝物質〟がないわけではないので、例えばシュリーマンの江戸文化の解析でも質素な生活の中にも〝ゴザ〟という物質はあったわけで、江戸の社会は〝物質面〟よりも〝精神面〟に重心を置いた文明であったということであろう。

産業革命の変遷を見ると、十八世紀に起きた産業革命は「蒸気機関」の開発による動力源の刷新で、これを「第一次産業革命」と呼び、十九世紀に入ると石油燃料を用いた重工業の機械化や電気を利用した大量生産が行われ、これが「第二次産業革命」に当たり、更に二十世紀に入ると原子力エネルギーの活用とコンピュータの導入による自動化が盛んとなり、これを「第三次産業革命」と言い、このように段階を踏んで進化してきたのだが、これら一連の産業革命はそのつど新たに開発された機械やエネルギー、すなわち〝物質〟によって便利で豊かな社会が構築されてきたのだ。

しかし、その「物質文明」は皮肉にも地球を破壊し続けてきていたわけで、この人類破滅の道程から脱出すべく、私たちは可及的速やかに「精神文明」へ軸足を移さねばならない。

三、「もの」から「こころ」へ

このエッセイを書き始めてはや半年も過ぎて、テレビのニュースでは毎日のように各地で記録的猛暑に襲われていると報道している。ちなみに七月十日の関東地方の最高気温は栃木県佐野市で三十八・三℃、東京都心で三十六・五℃となり、各地で三十五℃以上となって例年を五～六℃上回る猛暑日だった。

ここ数年は夏を迎えるたびに気温上昇のために「熱中症に注意」と大騒ぎをしてきたが、どうも地球上で気温上昇現象が加速度的に襲ってきているように思う。北極の氷の融解、ヨーロッパアルプスの永久凍土の凍解、そして沖縄のサンゴ礁の死滅、東京湾に熱帯魚の群生、更に気仙沼港でのサンマの不漁などなど、明らかに地球温暖化による生態系の異常が目立ってきている。

それぞれの異常現象は生物の食物連鎖を崩し、更には氷や凍土の融解によって、これまでは厚い氷の層に閉じ込められていた未知の細菌やウイルスが大気中に放出される恐れさえあるのだ。

技術開発は金になる「便利さ」や「楽さ」を求める開発に注力し（マネー資本主義）、人間が地球を支配するという考え（人間至上主義）のもとで無我夢中で突っ走ってきた二十世紀だったが、これにブレーキをかけるには、つまりこれまでの「物質文明」にオサラバするには、私たち一人ひとりがこれまでの価値観を見直して「精神面」に重心を置いて「これからを生きるために価値があるもの」を追求してゆく社会にして行かねばならぬと考える。

人間が「物質文明」の下で作ってしまった自然破壊物質を、これから壊して元に戻すことなどは不可能である以上、私たち一人ひとりがそのような地球自然を壊すような物を日常生活において減らしてゆくことで、地球環境をこれ以上に悪化させることを止めることであろう。

そのためにはまず私たちの「価値観の大転換」を図ることだ。この地球は人間だけのものではないこと、そして人間は一人だけでは生きて行けず、他のものの助けを受けながら生きているのだ。とすればこれからの開発などは、それが地球に、そして他の生き物に害にはならぬかをまず判断し、害になりそうなものは極力開発を止めることである。

つまりは「環境調和型の社会」を作ってゆくことで、これまでのような自分中心ではなく「ひとさまのために」（利他主義）という精神を〝こころ〟の中心に置くということだ。
それはこれまでの利益追求型「物質」中心の社会と比較すると、全く地味で面白くない社会と思いがちだが、実はこの考えが最も地球に優しい生き方であり、私たちにとってストレスが少ないのである。

卑近な例で述べると、もう止めることはできないが「リニア新幹線」は本当は要らないのだ。これによる人間が得る便利さと、地球（森林伐採や地下にトンネルを掘って地下水の流れを止めてしまうことなど）や、他生物に与えている害（野生動物の獣道を勝手に遮断してしまうことなど）を比較すると、この開発はどうすべきだったかハッキリと答えは出ている。

そして「海洋プラスチックごみ汚染」についても、手遅れながら、これから増やさないように私たち一人ひとりがプラスチック製品に対して厳しい目を持って使用量を減らして行けば、「もの」中心の世界から「こころ」中心の生活に変える努力を自らしていることになる。

二〇一五年九月に国連で開かれたサミットで「誰ひとり取り残さないこと」を目指し、先進国と途上国が一丸となって二〇三〇年までに達成すべき目標として十七のゴールを設定し、これをＳＤＧｓ（Sustainable Development Goals＝持続可能な開発目標）と称して世界に向けて発表された。

しかしその中身があまりに抽象的な表現が多く、内容が細かすぎて個人として何をすればよいか理解しづらい。それでも世界中の国々や企業がこの目標に沿って進化して行こうと努力しているのは事実だが、このようなやり方ではスピード感がなく、今私たちに差し迫っている地球環境破壊を食い止めて持続可能な社会になるとは思えないのだ。

いよいよこのエッセイの精神「神の領域に手を突っ込むな」のお話の締めに入りたい。

私たちは、これまでずうっとアメリカの「アングロサクソン系資本主義」に染まり、「過剰な技術信仰」や「人間至上主義」に振り回され、【神の領域】に手を突っ込んだような新技術に何ら抵抗を感じず、その結果としてついに地球は〝暑い球〟に変わってしまったのだ。

しかし私たちはこのまま手をこまねいて人類滅亡の時を待つのではあまりにもつらく、何とか【神の領域】内で我ら一人ひとりが実感を持って地球上の「気候変動問題」を自分の問題として認識し、日々の生活態度を少しずつでも変革しながら生き長らえてゆく思考を持つ方が、体にストレスを与えないで済むはずだ。

私たちは毎日のようにスーパーやコンビニに行って物を買っているのだが、これからは〝世の中が良くなることを考えて買ったり使ったりする消費者〟を目指そうではないか。つまり今までのように〝合理的で安かろう〟で物を買うのではなく、〝地球環境に配慮された製品であるか〟をまずチェックしてから、たとえ多少価格が高くなっても環境に優しい商品の方が価値があると判断して購入する消費感覚を持とうではないか。

製品や包装や飲食店の看板などに、地球環境に配慮されたものであることを表示するための「環境ラベル」というのがある。「環境ラベル」とは、製品やサービスが生まれてから廃棄されるまでに、環境への負担軽減にどのように役立つかを表すマークである。

世界にはこの「環境ラベル」は現在一〇〇種を超えるそうだが、その代表的なものを次に示す。

地球に優しい自分になるために、物を購入する際には、その商品の裏側に記載されているメーカー名表示の付近に「環境対策に関する宣言」とか「環境ラベル」が表示されているかをチェックして購入を判断するとか、また新商品紹介のパンフレットなどに「環境に関連した取り組み姿勢」が表示されているかを確認してその新商品を購入するように注意を払って行くことで、自然破壊するような物質を地球上から減らす行動をとっていることになるのだ。

これからは消費する姿勢を改め、更に最低限に必要とする範囲内での消費に努め、あくせく働くことをやめ、他人との比較をすることをやめ、のんびりと生きて行こうではないか。その「のんびり感」にひたる分だけ人類破滅のタイミングを先に延ばして行くことになるのだから。

あとがき

このエッセイ『続・ふざける菜漬け』を書き始めたのが二〇二一（令和三）年ですから二年前になります。二年前と言えばコロナ騒ぎで一年延びて、ついに開催に踏み切った「東京オリンピック２０２０」や、自民党・岸田内閣のスタートした年。そして喜ばしいニュースとして、アメリカ大リーグで大谷翔平選手がサラッと年間ＭＶＰを取得した年でもありました。

しかしその後の二年間の世界情勢を見ても、あちこちで超大型の自然災害（大洪水、山火事、食料危機など）が多発し、更には周期的に襲ってくる大型地震や火山爆発によって地球危機は度を増しており、いずれ先進国においてはネットワーク社会の崩壊や、発展途上国における食糧難などが起こる可能性のある大惨事を考え合わせると、ＩＰＣＣが出している目標「二〇三〇年までに温室効果ガスを六十パーセント削減」は風前の灯《ともしび》のようで、「ロシア・ウクライナ戦争」に加え、現在世界中を更に不安に戦《おのの》かせている「イスラエル・パレスチナ戦争」の成り行きを見れば、むしろ地球の気候変動がますます悪化の方向に加速しているのではないかと不安になってしまいます。

今年二〇二三年に入って、早稲田大学の異業種勉強会からＺＯＯＭによる講演依頼を頂き、ちょうどこのエッセイを書いている最中でもありましたので、「神の領域に手を突っ込むな」をテーマに九月二十五日にスピーチをさせていただきました。

テーマの表題に「神」の言葉が入っていること、そして世界中が不安定な情勢に襲われていることから、今回のお話が皆さんに「一体どんな内容の話だろうか？」と関心を高めたようです。

ロシアのプーチンとウクライナ、中国の習近平と一帯一路、そして米国のバイデンとイスラエルといった関係を考えると、つまり世界のリーダーと言われる者たちが私利私欲で行動を取っている姿を見せつけられ、いずれ私たちの「物質文明」は行き着くところに行ってしまう、すなわち物質文明の崩壊の道を辿ることになるのではと思っています。

最終的にはほんの一握りの人類が、地球上の変化にラッキーにも対応できて生き残ることになるのでしょう。そして残った小さな集合体は、完全なる「精神文明」を形作っていることでしょう。きっとその集合体の社会は、その時の地球環境と調和した生活を続けているのでしょう。

ダーウィンが言った名言、『最も強いものが生き残るわけではなく、最も賢いものが生き延びるわけでもない。唯一生き残れるのは、変化できるものである』を、これから起こるだろうと推察される「物質文明」から「精神文明」への移行の過程に準《なぞら》えて、次のような表現に変えてこのエッセイの締めといたします。

『最も強いものが生き残るわけではなく、最も賢いものが生き延びるわけでもない。唯一生き残れるのは、地球の変化にラッキーにも対応できた一握りの集団のみである』

翁の写真館　その1

私（左）５歳の時、自宅の前にて。アイスキャンディーをかじっているのは私の弟、光二。

小学４年生の時、自宅前で。遠足に行く姿で祖母の「おつねばあさん」と。

第二部

『翁のひとりごと』シリーズ

都立北園高校に入学した時（1960年4月）の写真。

第一章　翁のひとりごと

はじめに

これを書き始めたときは、二〇〇九年八月三十日の衆議院議員総選挙の結果が出て、政権交代劇が終わり、いよいよ【新生日本】がスタートすることになったのだが、日本の歴史にありがちな【一瞬の茶番劇】に終わらぬよう、我々国民も新政府に対して、短期間で結果を求めるような安直な判断をしないよう心掛けたいものである。

私も還暦を通過して五年が過ぎた爺《じい》さんになったのだが、生きている最中に、こんな歴史的大事件に直面できたことはラッキーである。

日本の政治は世界で「超ド三流」と言われているが、一九四五年「大日本帝国」が崩壊し、連合国軍最高司令官「マッカーサー」によって戦後の日本の民主化が進められ、鳩山一郎が【日本民主党】（現自由民主党の前身）を立ち上げて以来、政党政治で第一党を続けてきて（細川・羽田内閣の時代に少数連立政権が一年弱続いたが）、ここでついに【自民党】が野党に下野したのだ。六十五年目に起きた歴史上の「ドンデン返し」であり、皮肉にも鳩山一郎の孫にあたる鳩山由紀夫の率いる【民主党】が、ここで第一党にのし上がったのだ。

これは江戸時代の後期一八四一年に、十二代将軍徳川家慶《いえよし》の老中「水野忠邦」が行った【天保の改革】に似ているという。しかしこの改革は二年余りで終わりを告げてしまうのだが、そこまでは似てほしくはない。

そんな浮世の出来事から離れた庵《いおり》で一人眺めながら、次から次へと出てくる「ひとりごと」をここに書き残しておくことにしよう。

一、「生きるということ」

「生きる」をグーグルで検索すると、谷川俊太郎の詩が出てくる。この詩は、普通の人が生きているとき「起きている」、「感じている」、「思っている」ことを羅列しているだけだが、実はそれが生きていることの証なのだろう。今、一瞬、一秒、一時間、一日、一年と時間が経過して行く中にいて、それが認識できている状態を「生きている」と表現するのだろう。

とすれば、今病院で意思がなくチューブを通して栄養剤が送り込まれながら呼吸をしている体を「生きている」と表現できるのだろうか。しかしこの方向に話を進めると「人間の死」に関しての議論となってしまうので、ここではその方向は避けることにしたい。

仏教での「四苦八苦」の四苦のうちの一つが「生きる苦しみ」である。他の三つは「老苦」、「病苦」そして「死苦」であるが、この三つは「生きているからこそ生まれてくる苦しみ」である。そして地球上で自分の意思で生まれてきたものはない。人間もそうだ。

そして今ドキドキドキと規則正しく、一時も休むことなく脈を打っている心臓は、天が与えてくれた【超精巧デバイス】としか言いようがない。人間の意思でこの超精巧デバイスを自由にコントロールはできず、できることと言えば、ただただ壊す（停止させる）ことだけである。

しかし、現代文明の下では医学が発達して、ペースメーカーやカテーテル治療法などで、脳は死んでも心臓や肺が動いている現象を作り出し、この超精巧デバイスをコントロールできるようにしてしまった。その結果として医学の世界で「死の判定」を難しくしているのだが。

おっと、またこのまずい方向に話が来てしまった。方向を変えよう。

虫も、鳥も、草も、花も、皆、生きている。なぜ人間だけが「生きるのが苦しい」のか。

それは「人間が考える動物」だからだろう。生き物は「本能的に持つ欲望」にただただ順ずればいいのに、人間はそこに「考え」が入ってしまい「貪欲」になってしまった。

するとその結果「悩み」が生まれる。貪欲と悩みは正比例する。貪欲がますます大きくなると、悩みも拡大化してゆく。拡大して行った結果が「格差社会」の顕在化に至る。欲望の塊のわれら凡人は、それだけ悩みを抱えながら生きてゆかねばならない宿命を負っているということだ。これが「生きる苦しみ」なのだろう。

二年前の正月に観たテレビ映画『佐賀の〝がばい〟ばあちゃん』が思い出された。佐賀に住むすごく（がばく）ケチなおばあちゃんのセリフ、

『金がたくさんあると、おいしい物が食べたい、今度どこどこに旅がしたい、あれを買おうか、これを買おうか、と悩みが多いのだ。貧乏ならそんな悩みはないのだよ』と子供に諭す。

また、映画『ライムライト』の中でのチャップリンが『人生に必要なものは、〝勇気〟と〝想像力〟と〝ほんの少しのお金〟だ』と言った言葉が胸に刺さってくる。

私たちは、豊かな想像力を停止させ、勇気を持ってリスクに挑戦することを避け、そこそこのお金だけが貯まってしまったために悩み始める。つくづく〝がばいばあちゃん〟が言うとおりだと思ってしまう。

それなら、「生きる苦しみ」を軽減するにはどうしたらいいか。

このように考えたらどうだろう。自分と同じ出自を持っている者はこの世にいない。したがって絶対に自分を他人と比較しないこと。そしてこの世に生まれ落ちた以上、一人では生きてゆけないので、ひとさまのためになる自分に見合った〝仕事〟を探し出し、その仕事を通して毎日の【やりがい感】、【満足感】を体で感じ取ることであろう。

このためにはチャップリンのセリフではないが、自分の想像力（あるいは創造力）を発揮し、自分なりに勇気を持ってリスクに挑戦してゆく必要がある。

しかし多くの金は必要ない。人の目を気にせず、表面的に自分を誤魔化すことをせず、金だけを最

優先に考えるような〝娑婆《しゃば》の濁流〟の中に自分の身を任せてしまうことを避けて行動すれば、〝生きる苦しみ〟を軽微にすることができよう。

この欲望の大海〝娑婆〟を去って〝お浄土〟に上る時、誰も一人なのだ。そしてお浄土には差別がないので悩みが生まれない。したがってあちらでは生きづらいことはない。娑婆を去るとき、たくさんの花輪に囲まれ壮大な葬儀が営まれ大勢の人々に送られようが、たった一人さびしく去って行こうが、この世を去る時は自分はその事象を全く識別できないのだから、なにも〝娑婆での格差〟に悩む必要はないのだ。つまり娑婆では自分に真っ正直に生きてゆけばいいのだ。気にしない、気にしない！

『起きて半畳、寝て一畳、天下取っても二合半』

二、「愛するって　なんぞや？」

これはすごいテーマだ。年を取るとこんな哲学じみたテーマを語りたくなるのだろうか。

もう残された時間が、これまで生きてきた年数より間違いなく少なくなったことを実感し始めた頃からか、「愛とは？」と気になり始めたのだ。

武者小路実篤が「愛について」こう書いている。

『人間が死なないものなら、愛は不必要なのかもしれない。しかし人間が死ぬものにつくられている以上、人間に愛が与えられていなかったら、人間ほどみじめなものは無く、人生ほど無意味なものはないであろう。

人生に救いは無く、人は殺される為に生まされたようなものである。遅かれ早かれ人間は死ぬもので、死刑の宣告を受けている者にすぎない。どんなに得意の絶頂にいるものも、自分の死は避けることは出来ない。

しかし愛を本当に内に感じることが出来る者のみ、自分の死で自分の生が終わらないことを心の底から感じ得、人生は無意味なものとは思わず、人の為に働くことで満足する』

私が学生時代の最後を迎えている頃読んだ『愛の探求』（大和書房　一九六七年　三九〇円）を書棚から引っ張り出して再読を始めたのだが、その中に前述の一節があった。

これを読んでいて、「人間は生まれ落ちた瞬間から死刑の宣告を受けているのだ」の一言にはドッキーンとさせられ、そして何か胸がス～ッとさせられたのだ。

更に実篤の文章は続く。

『実際に自分の死を考えても、死ぬことを恐ろしいとも思わず、あとの者が仕合せでいてくれることをひたすら望むことが出来るのは、愛の力が死以上だからである。歳取って死に近づくことを、少しも悪いこととは思わず、ますます本気になって仕事がしたくなるのは人間に出来るだけ多くのものを残して死にたいと思うからで、人間がこの世に生きている目的を果たしたいからである。それは人々に喜びと愛を送りたいからである。目のない花が、この地上に最も美しい花を咲かせる為に、全力を出すことを命ぜられているように、我らは死後も、人間が幸福で有るように命ぜられて、仕事をしているのだ』

九月十六日午後、鳩山内閣が発足した。就任の記者会見で『とことん国民の皆さんのための政治を作る。そのためには脱官僚依存の政治を実践せねばならない』と決意を語っていた。すぐに「八ッ場《やんば》ダム問題」が頭に浮かぶ。「マニフェストに書いたからダム建設を中止する」と突っ走っては、実篤の言う「愛の力」を無視してしまう結果となってしまう。

この問題は性急に進めるのではなく、じっくり現地住民と話し合い、「なぜダムは必要ないのか」、「だから地域開発をこのように転換を図りたい」、「そのために住民一人ひとりとそれぞれ満足の行く対策案を提示して行きたい」と、国側からは住民一人ひとりと〝愛〟をもって対応して行けば、この問題も自《おの》ずと人間としての正しい方向に道が開けて行くものと信じたい。米国のアフガニスタン問題での失敗のように、泥沼化にだけはならぬよう祈りたい。

それでは本題に戻って、「愛するとは、なんぞや?」を考えてみたい。以下に述べることは私の考えであって、他の人から見れば〝こじつけ〟と言われてしまうかもしれない。

私たちは五感を刺激するものを「好き」と「嫌い」に大雑把に仕分けする。

「お化けって、気持ち悪くて大嫌い！」と視覚で仕分けし、

「ガラスの上を釘でひっかく音が嫌いです」と聴覚でも仕分けし、

「〝くさや〟はあの臭いが嫌だが、味はたまらなく好きだ」と嗅覚と味覚で仕分ける。

そして、

「女性のもち肌のあのシットリ感が何とも好きなんだ！」と触覚で判断している。

そして「好き」なものの中で、特に自分が感情を深く注入して（あるいは心が引き付けられて）好きになり、何とかしようと思うものを「愛している」と表現するのではないだろうか。

「富士山を愛しているので、もう四回も登ったが、そのつど味が違うのだよ」とか、

「そもそも俺は女性が〝好き〟なんだが、〇子はちょっと違うんだな。きっと〝愛して〟しまったかもしれない」

なんて言うヤツがいる。この段階では〇子はそれほどヤツに対して意識がないのだが、〇子もヤツに向かって〝愛〟を感じたとき、愛は「恋」に変化して行くのではなかろうか。

恋は相手を求めようとする〝戦い〟であるので、一心不乱で盲目にさせるが、それだけにそんなに長く続きはしない「麻疹《はしか》」みたいな熱病なのであろう。

男女の関係が人の道に外れる行為を「不倫」と言うそうだが、そして誰もがその世界にちょっと興味を抱くのだが、「不倫の愛」ではピンと来ず、やはり「不倫の恋」がピッタリ表現とすれば、それは長続きしないちょっとした〝病〟なのだ。

つまり「愛する」とは、自分が自分の周りにバラマキ与えるものであるから、たくさんの愛を身の回りに与えることを一生の仕事とすればいいのだろう。それが「仕合せ」なのかもしれない。自然愛、人類愛、隣人愛、兄弟愛、そして恋愛、つまり自分が皆を愛し、皆に愛される世界の中に自分をおけば、それが幸福の世界、つまり〝仕合せな生涯〟となるのだろう。「愛する」ってそういうことなのであろうか。

『愛は与えるもの　恋は取るもの』

三、「歴史って、真実なの？」

私たちが学校で習う「歴史」は、事実の繋《つな》がりなのだろうか。学生時代に受験勉強で覚え込んだ頃は、「日本史」「世界史」を疑うことはなかったのだが、年を取ってくると疑い深くなっていけない。

歴史とはその時代、時代の権力者にとって都合がいい事象ばかりを並べ繋げたストーリーではないのか。その時代、時代の権力者にとって都合の悪い出来事はもみ消されたり、都合のいいように内容を書き換えられて、文献として残されているのではなかろうか。

九月三十日の毎日新聞の記事『国内最古の石器か』（島根県出雲市・砂原遺跡）を見て、二〇〇〇年十一月に起きた世にも信じられない『旧石器捏造《ねつぞう》事件』（宮城県・高森遺跡、北海道・総進不動坂遺跡）が思い出されたのだ。

この話をここに出すのは、歴史とは、当時の権力者の都合によって作られた以外に、考古学者や学会、協会あるいはマニアの連中によって捏造されていたケースも過去にはあったかもしれないということにある。

旧石器捏造事件は、アマチュア考古学研究家が遺物を自分で埋めておいて、それを後日自分で掘り出したという一人芝居だったのだが、毎日新聞社の記者が疑いをかけてジ～ッとその人物を追いかけ、ある朝その埋めている現場写真を撮ったとして朝刊トップスクープ記事として報ぜられたのが始まりである。

その後の調査でこのアマチュア研究家は、「一九七〇年代から捏造を始めた。皆の注目を集めたかったからやってしまった」と白状していた。

この事件の陰にある要因として、考古学上、日本では一万～三万年前頃の旧石器時代、人類の存在は広く認められていたが、三万年以前に人類が存在していたかどうかで学説理論が二つに割れていた。一九六九年頃、東北地方には前期旧石器時代の遺物があったという新しい研究論文が発表されて、にわかにこの議論が白熱化してきた。

そんな時期にこのマニアによって高森遺跡から前期・中期石器時代の遺物が見つかったとのニュースが全国、世界を走ったのだ。その後「ここ掘れワンワン」的にこのマニアが仕掛けた場所から前期・中期石器時代の遺物がゴロゴロと発掘され、このマニアは世間から『神の手』と呼ばれるまでになった。その結果、歴史の教科書上で「日本の旧石器時代の始まりはアジアでも最も古い部類に入る七十万年前に遡る」と記載され始めたのだった。


さて、この事件を考えてみよう。もし毎日新聞社の記者がしつこくこのマニアを追いかけていなかったら、日本の旧石器時代はうそのままで歴史として（真実として）教科書に記載され続けるのである。ところで、このマニアが本当に有名になりたいがためだけに一人芝居をやっていたのか？むしろ、このマニアのおかげで〝自分の新説〟が優位になると陰で動いた人物がいたのではなかろうか？

この事件後、我々はもうこの問題を忘れ去り、そしてまた学会、協会の方からもその後、正式なる見解が出ていないままと思うのだが、歴史とはそれほど軽いものなのだろうか。「すみません。あれは間違いでした」と言って、サラッと教科書の内容を元に戻せばそれで済むのか。

〝教科書〟といえば、一九九九年十一月に発刊された分厚い書籍『国民の歴史』（西尾幹二著）が思い起こされる。なぜならこの本の〝編者〟が「新しい歴史教科書をつくる会」となっていたからだ。

先日、この分厚い本を引っ張り出して再読してみた。

私はこの本の内容のように反体制的な書き下ろしが面白くて好きなのだが、このような内容の本は司馬遼太郎や池波正太郎のように歴史小説風に出版すべきで、少なくとも「新しい教科書をつくる会編」なんていう表現を使って大衆を迷わせてはいけない。この本の内容がすべて真実の歴史だと思い込んでしまうではないか。

再読して驚いたのだが、なんと第3節には『世界最古の縄文土器文明』の題目で、次の文章から始まっていた。

『東北新幹線が仙台を出て北に向うと、一関市の手前に古川市がある。古川市から二〇キロほど北に築館（つきだて）という町がある。平成五年（一九九三年）、この町のなだらかな丘陵頂部から、約五〇万年前と判定された石器が四十五点発見された。この衝撃的な数字によって、築館町の高森遺跡の名はいっぺんに有名になった』

しかし第6節『神話と歴史』のなかでは、次のようにも書かれていた。

『古代史に関しては目に見える事実だけを追い求めて、いかにもわかったようなことを言う歴史家はみな嘘を言っているといった方がいい。まして目に見える証拠だけで、目に見えない薄明の世界を安易に裁き、自らの知的立場の優越を誇示する物の言い方をする歴史家がいまだにじつに多いのだが、これはどうにも愚痴に等しい人々だと私には思えてならない』

この書籍の発刊の翌年に旧石器捏造事件が起きたことになるのだが、この文章から「おや、この著者は高森遺跡がうそだとすでに見越していたのか」と思ってしまうのだが、実はそんな先見性があったわけではなく、自分の理念に都合のいい出来事だったので題材に取り入れただけなのではなかろうか。

つまりこれまで日本考古学界の「日本での人類の存在は一～三万年前以降」という固定観念が覆されたところに共鳴して、自分の主張「すべての神話は歴史である」を同じように世間の固定観念を捨て去って認めさせるための材料として使ったのではないのか。

この著者は「歴史は物語に過ぎない」と言っておきながら、なぜこの本の編者に【教科書をつくる会】という言葉をあえて使って、あたかも〝正しい歴史はかくのごとき〟と主張したのか理解に苦しむ。案の定、この書籍に対する〝徹底批判本〟が翌年の二〇〇〇年に出版され、「何が真実か？」で議論が繰り返されている。〝歴史の真実〟とはいつまで経ってもグレーなのであろう。

毎年十二月末になるとテレビの各チャンネルで放映する「忠臣蔵」。もう私は何十回とこの作品を見たことだろう。

これは元禄《げんろく》十五（一七〇二）年十二月十四日深夜に浅野内匠頭《たくみのかみ》の仇《かたき》である吉良上野介《きらこうずけのすけ》を赤穂《あこう》藩・

大石内蔵助《くらのすけ》を筆頭に赤穂浪士四十七士が屋敷に討ち入りして仇討《あだう》ちをした事件だが、何度も映画を見ているうちに、私には浅野の殿様が正しくて吉良の殿様が悪者という概念が出来上がっていたが、しかし本当にそうだったのだろうか。

この「元禄赤穂事件」から遡ること約一〇〇年前、天正十（一五八二）年六月二日の「本能寺の変」。高校の歴史教科書ではこの大事件をたった二行でこう解説している。

『信長は政策を性急に実施しようとしたこともあって、家臣の明智光秀に背かれて殺された』

この後、光秀は豊臣秀吉に即滅ぼされ、「三日天下」として記録に残るが、「なぜ尊崇の念を抱いていた光秀が反転して謀反に走ったのか？」が理解できずに、多くの関連書物を読み、映画などを見た記憶がある。

しかし小生はいまだにこの理由に関して納得できる原因が掴《つか》めずにおり、この部分も私なりの歴史ではグレーのままである。

つまり歴史とは一つの流れを理路整然と、その時代時代の権力者（首長、豪族、天皇、上皇、僧、幕府、政府、学会、歴史学者など）に都合のいいように書き並べられた長大なる〝物語〟なのだろうか。

しかし一般の大衆物語とはちょっとだけ違って、多くの人が〝事実ッポイ〟と認めそうな信憑《しんぴょう》性において十分に【ハイ（ＨＩ）な物語（ＳＴＯＲＹ）】を【歴史（ＨＩＳＴＯＲＹ）】と言うのかもしれない。

したがって「日本史」も「世界史」も年号だけは誰にもほぼ共通だろうが、その中身は百人百様でいいと思うのだが。

各自が自分なりの「日本史」、「世界史」を持つことは楽しいではないか。

前掲の『国民の歴史』の著者も、自分なりの歴史観を持ったように。

とすれば、この本の題名も「国民の」ではなく『私の日本史観』くらいにしておけば、反撃を受けなかったのかもしれない。しかし、その題名では本は大量に売れなかっただろうがね。

『歴史とは、各自各様に編纂《へんさん》する長編小説である』

四、「日本の驚きごと」

私の友人に、「一生の中で一〇〇カ国を訪ねる」の目標を立てている人が二人いる。一人はあと十数カ国で一〇〇になるが、もう一人は数カ月前に一〇〇を突破したそうだ。

目標の一〇〇が近づいてくると世界地図と睨《にら》めっこして、いまだ行ってない国を探す作業が大変らしい。大体ターゲットとなるのが中米諸国、西インド諸島、そしてアフリカ大陸中部だそうで、小国が密集しているので一回の旅行で数カ国が回れてしまうからだという。

それにしても一〇〇カ国をすでに超過した御仁は、一〇〇番目の国に「インド」を残しておいたというのだから更にすごい。

私も現役時代は商社マンだったので、それなりの数の国々に行っているのではと、世界地図を引っ張り出してきて、行ったことのある国に赤印をつけ始めた。

私の商社時代の仕事が「電子機器の輸出」であったので、当然海外市場は当時の先進諸国が主であり、小国が密集している地域への出張の機会は皆無であった。

地図上の赤印を見て、ほとんどが北半球にあり、南半球には「南アフリカ共和国」と「インドネシア」、「オーストラリア」の三国しかなかった。赤印の総数は三十四カ国で、その内訳はアフリカ三、中近東七、東南アジア六、東アジア三、ヨーロッパ十三、北米二となっていた。

世界の先進諸国を訪ねてみて、日本との大きな違いを発見することができる。二〇〇五年に発刊した拙本『伊那谷と私』のなかで私の駐在地、アメリカのシカゴ、そしてシンガポールの文化と日本文化との違いを【外から観た日本】という題で書いているが、今回は世界の先進諸国と比較して〝日本の驚くべき現象〟を書いてみたい。

◆世界一の都市鉄道網

これはすごい！　特に巨大都市東京で見れば、ターミナル駅から郊外ベッドタウンに向かって放射状に伸びている私鉄と山手線内側を張り巡らす地下鉄とが繋がった時点から更に一層便利さが増して、世界一の鉄道網となったと言えよう。

そしてもっとすごいのは、数分間隔で電車が走っていることだ。だから「時刻表」などは始発と最終だけ知ればあとは必要ない。「ただいま○○駅にて人身事故があり、十五分ほど遅れて運行されています」との車内アナウンスもほとんど無関心で済む。

しかし、このような洗練されたサービスにも行き過ぎがあれば不慮の事故に繋がる。それが二〇〇五年四月二十五日午前九時十八分の、一〇七名の死者を出した【ＪＲ福知山線脱線事故】である。その原因は「私鉄との所要時間レース」、「早朝の過密ダイヤ」、「無理な急カーブ」、「運転手へのダイヤ厳守のノルマ」などなどいくつかの要因が、不幸にして一瞬に重なって引き起こされた悲劇であろう。

しかしこの事件が今年九月に「事故報告書漏洩《ろうえい》問題」となって再浮上してきて世間を騒がせている。どうやらこの漏洩問題も、つい最近ついに国の資金が投入された「ＪＡＬ経営問題」も同様の原因である【親方日の丸】思考がそうさせたのかもしれない。これも〝日の丸〟というのだから〝日本の驚きごと〟の一つと言えよう。

◆清涼飲料自動販売機症候群の蔓延

道の角々、コンビニの脇、駅の構内、高速道路のサービスエリア、タバコ屋の脇、ビジネスホテルの中、共同浴場の脱衣場、病院のロビー、葬儀場の待合室、どこにでもある清涼飲料自動販売機（以下〝自販機君〟と呼ぼう）。更には田舎のバス停の脇、田んぼの脇、そして登山道にある山小屋の中など、自然豊かな地にポツンと鎮座ましている自販機君。このように自販機君が異常に繁殖した国はきっと日本以外にはないだろう。

自動販売機と言っても、自販機君以外に、タバコ販売機、乗車券販売機、食券・入場券販売機、コーヒー・ココアのカップ式販売機など多種にわたるが、一台あたりの自販金額で最も高いのは駅にある乗車券販売機であるらしい（一台当たりの自販金額は、年間七一〇〇万円というのも驚きだが）。この訳は誰でも予想できると思うが、乗車切符は必要に迫られて買っているのであり、また一人当たりの支払金額も一缶の料金とは比較にならぬほど高額である。

日本自動販売機工業会のデータによれば、日本には五五〇万台ほどの自動販売機が全国にちらばっているらしい。そのうち半分近い二二〇万台が自販機君だそうだ。そしてその自販機君の一台あたりの自販金額が年間一〇二万円という。この辺の美味しい情報と設置の仕組みが自販機君症候群を引き起こすウイルスと見た。

単純に人口で割れば五十人に一台の割で自販機君がアチコチに突っ立っているのだ。

そもそもこの悪の根源は「飲料メーカー」にあるのだが。飲料全体の売り上げ（二兆円）の約半分が自販機君によるもので、飲料メーカーにとっては自販機君が大事な「小売店舗」のようなもの。したがって飲料メーカーは設置場所（ロケ先）の取り合い競争に走らざるを得ず、自販機管理運営会社（オペレーター）のケツを叩いて地所取り戦争が繰り広げられている。日本にしかない恥ずかしい〝内陸戦争〟である。

オペレーターが農家を訪ね、お年寄りに「どうですか。お宅のあそこの田んぼの脇に自動販売機を置かせていただくと、年間○○万円のお小遣いが入りますよ」と誘われて、オペレーターがすべて任されて設置してゆくのだ。自然豊かな美しい景色の中に、それをぶち壊すようにポツンと立たされた気の毒な自販機君。

ある地方の水田地帯。田んぼからのあぜ道が車道に出る角に、自販機君がポツンと鎮座ましている。そばに電灯が付いた細い柱が立っていて、ロケ先の提供者から引っ張ってきている電線が結わえつけられ、自販機君に電気を供給している。

真っ昼間、自販機君には強烈な直射日光が燦々《さんさん》と降り注いでいる。そばに近づくとブ～ン、ブ～ンと冷却用のコンプレッサーの音がする。きっと夜には一晩中あの裸電球がつきっ放しなのだろう。こんな自販機君が日本中に蔓延しているのだ。

この自販機君のマーケットでは、飲料メーカーも、オペレーターも、ロケ先を提供してマージンを得ている人々も、誰も儲けておらず、儲けているのは〝電力会社〟だけという全く『ふざける菜！』的な市場であり、そしてただただ地域の景観を損なわす〝魔機〟となっているのだ。

これから日本がエコ社会を目指すなら、いっそのこと私たちが多少不便になるのを覚悟して、このような自然にマッチしない自販機君に引退してもらったらどうだろう。

◆文化遺産を自爆破壊する日本人

ヨーロッパの国々を訪ねて感じることだが、昔ながらの街並みがしっかりと保存維持されながら残っている。それは、それらの遺産が簡単に短期間に造られたものではないことをよく知っているからであろう。

しかし日本はどうだろう。意外とあっさりと文化遺産・景観を捨て去っているケースがある。このような思考はどこに起因するのだろうか。「欧米文明へのあこがれ」か、「舶来主義」か。

商社マン時代に、外国からのお客様を京都観光に案内した時の体験。新幹線が京都駅に入った時に、私は恥ずかしい気持ちにさせられたのだ。「さあ、これからお客様に日本の伝統的な世界をご案内しよう」と意気込んでいた矢先に、何か〝横浜岸壁の倉庫裏〟に入り込んだ錯覚に陥った。駅ビルの上を見上げれば、何か〝デパートの裏側〟を見ている感じ。明らかに日本の美を無視した駅ビルのデザインである。

東海道新幹線・新横浜駅が出来た時、線路を跨《また》ぐような駅ビルが出来て、これが便利でコスト・パーフォーマンスが高い設計なのかと思ったが、新横浜駅のように全くの荒れ野原に駅を造る場合はこんな設計でもやむを得ない。しかし門前町として全国的に有名な長野市・善光寺への乗降駅「長野駅」も、長野新幹線が走るのを機に、新横浜駅的な無味乾燥の駅ビルに造り変えてしまったのだ。その後、個性を全く失った長野駅前の広場も何となくさびしい感じがする。

日本人は長年培ってきた文化を意外と簡単に捨て去る曲芸を持つ一方で、簡単に〝舶来品〟に飛びつき受け入れる貧乏人根性をも持ち合わせている。

そこで十一月のフレッシュな話題で〝日本の驚くべき現象〟を述べてみよう。

今年は「ボージョレヌーボー」の当たり年だそうで、フランス・ボージョレ地方での天候がブドウの生育に最適だったらしく、二〇〇九年ワインの品質は最高と言われている。

日本の驚きとは、このボージョレヌーボーが海外に輸出される量のおよそ半分が日本に向けてであることにある。それなら日本人はよほどのワイン通かと言えば、ボージョレヌーボーの消費者のほとんどが、ワインを買うのがボージョレヌーボーの時だけというのだから摩訶《まか》不思議である。

ボージョレの解禁日（十一月第三木曜）がフランスより早く来るので、地元フランス人より一足先に飲めるから、というのもその理由には弱すぎるし、やはり私には「なぜ多くの日本人が一斉にこのような行動に走るのか」理解に苦しむ驚き現象なのである。

バレンタインデーにチョコレート屋に殺到するレディー様には、この辺の心理がお分かりなのかもしれない。

『隣も芝生庭　我が家へは家庭教師』

（注：意は我が家の庭に芝生を植えると、すぐに隣家の庭にも芝生が入った。隣家の息子に家庭教師が付いたと聞いて、我が家の息子にも家庭教師を付けたという平和な日本の〝日常〟である）

五、「地球が暖かくなっているの？」

私は子供の頃、昆虫が好きで、特に「セミ（蝉）」に対しては異常に興味を持っていた。

その理由は子供の頃、祖母から、

「セミはね、土の中に七年も居て外に出てきて七日で死んじゃうのだよ。だからあのように一生懸命で鳴いているのだよ」と教えてもらったことに起因しているのかもしれない。

なぜなら七年土の中で、外に出てたったの七日間というのを非常に奇異に感じていたからだろう。

小学生の頃、何人かの仲間と昆虫採集に出かけたとき、私は木の下に来て、鳴き声を聞いただけで、いち早く「セミ」を見つけて採ってしまうので、仲間から『蝉吉』というアダナを付けられていた。

我が家の近くでは、毎年、梅雨が明けてまもなくすると「ニイニイゼミ」が鳴き始め、それから「アブラゼミ」が鳴き、次に「ミンミンゼミ」が一緒に鳴き始め、〝蝉時雨《せみしぐれ》〟が襲ってきて夏の真っ盛りとなる。そして夏のピークを過ぎた頃、「ツクツクボウシ」が鳴き、晩夏の夕焼けが美しい頃「ヒグラシ」が物寂しく鳴き始めていたのだが。

ところが、近年は何か変なのだ。今年もそうだったが、家の近所で「ニイニイゼミ」の鳴き声が聞こえない。そして突然ミンミンとアブラゼミがほぼ同時に鳴き始めた。それから驚いたことに、関西方面でしか聞けなかった「クマゼミ」の鳴き声が近所で時々聞こえるではないか。これは気候温暖化が原因なのであろうか。

今年の十月七〜八日に、伊那谷の高遠に松茸《まつたけ》を食べに行く機会に恵まれた。しかし期待を裏切り、今年は松茸の大不作の年であった。

実は今年の八月、〝松茸三昧コース〟で知られる高遠の旅館を訪ねた時、そこの女将が、「今年は例年より早く、ポツポツと松茸が採れ始めているので今年は豊作だと思うよ」と言っていたので、十月七日に夫婦で松茸三昧を楽しもうと訪ねたわけだが、旅館の女将が言うには、「今年は九月に雨が多くて、全く松茸が採れないよ。あなたたちまでは何とか大丈夫だが、来週からの予約のお客様には、期待を裏切ってはいけないのですべてお断りしようと思うよ」と元気なく説明してくれた。

しかし私は、この松茸不作には気象異常の他に別の要因があるのではと考えていた。それは年々北上してきている【松くい虫の被害】がいよいよ高遠付近にも出始めたのではと。

〝松枯れ〟は昆虫の「マダラカミキリ」が運ぶ寄生虫が松の木の中で急増殖してアッという間に枯らせてしまう現象だが、このマダラカミキリの生息範囲が年々北に延びてきて、ついに高遠付近でも広範囲に松を枯らし始めているために、松茸の生育にも悪影響を及ぼしているのでは、という推測である。もしそうなら、これも地球温暖化の影響ということになるのだが。

さて「地球温暖化問題」と言えば、九月二十二日〝国連気候変動サミット〟での鳩山首相による『温室効果ガス二十五パーセント削減』宣言が思い出される。

国連の場で世界へのメッセージを英語で語り、「日本は二〇二〇年までに一九九〇年比で二十五パーセント削減を約束する」と言い切ったとき、会場から拍手が起きたあのシーンには興奮させられた。これまで日本の政治家で世界のヒノキ舞台に立って、喋ったことに世界から拍手をもらったシーンなど全く見たことがなかったからだ。やっと世界で喋れるネゴシエーター（交渉人）が日本の政界に現れたのかとうれしく感じた。

ところで〝地球が暖かくなっているのか〟に関しては、私は地球の地表面を覆っている大気圏内に存在する「温室効果ガス」（例えば水蒸気や炭酸ガスなど）が間違いなく人為的な影響によってバランスが崩されて大気温度が上昇してしまっていると確信しているのだが。

つい先日、東京大学での公開講座『実感！　地球温暖化』に参加して講演を聴いてきたが、この時に配布されていた資料の中に『地球温暖化　懐疑論批判』という小冊子があり、その内容を読んでビックリした。

なんと大学の教授の中に、

「温暖化への人為的な影響に関する世界的な合意はない」

「そもそも温暖化が起きているかは分からない」

「衛星による観測データでは温度上昇が見られない」

「二〇〇一年以降は、気温上昇が止まっている」

「最近の温暖化は主に太陽活動の影響である」

「過去約二〇〇〇年間の気温変動を見れば、過去一〇〇年間の温暖化は異常なものでない」

「最近の温暖化は自然変動に過ぎない」

「二酸化炭素の温室効果による地球温暖化はなく、気温上昇が二酸化炭素濃度上昇の原因である」

「生物にとっては今の地球は冷たく、もう少し暖かくなった方がよいという全体的な傾向がある」

「京都議定書はとてつもない不平等条約である」

などなどと主張して、まじめに〝懐疑論〟をぶつけているという。

何ということであろうか。専門分野の学者同士でこのような議論を取り交わしていることが、おめでたいというか、「ぬるま湯の中のカエル」と言おうか、私には驚きなのだ。

人為的原因がいくつも重なり、とんでもない事態が起きている現状を覗いてみたい。

隣の国、中国ではちょうど日本の昭和四十年代と同じで、産業復興に沸いている。工場から出る廃水が近くの小川に垂れ流しされ、黄河に架かる世界最大規模の「三峡ダム」が川の流れのリズムを壊し、ついに渤海《ぼっかい》、紅海を汚染して海水温度を上昇させ、ここで生息する「エチゼンクラゲ」にとっては最高の生息環境となり大量発生を引き起こす。

ここで育ったクラゲちゃんは、初夏に外海に向かってプカプカ。東シナ海に出ると流れの強い黒潮（対馬海流）に乗って対馬海峡を抜けて日本海へ。真夏になるとそのクラゲちゃんたちは北陸沿岸付近で傘径が三十～五十センチメートルに成長し、更に十月には津軽海峡を抜けてグルリと太平洋側へ出てくるが、その頃には体重一〇〇キログラムの巨体に。今では紀伊半島付近まで南下してきているという。

このエチゼンクラゲに触れた魚は毒が回って死んでしまうというからたちが悪い。漁師にとっては死活問題である。

もっと恐ろしい話が十一月二十日の日本経済新聞に載っていた。

工場やビル、自動車から排出される炭酸ガスが地球温暖化によって海に解ける量が多くなり、海が酸性化する。すると海中の炭酸イオンが減少し、プランクトンの成長に悪影響を及ぼす。プランクトンが減れば魚が減るという、生態系に深刻な問題が起こる恐れ大と報道している。このままでは地球上から刻々と人間の食うものが減ってゆくという警告なのだ。

前述の東大・公開講座にて知ったことだが、世界銀行が二〇〇七年に一九九四年から二〇〇四年までの十年間における炭酸ガス排出量上位七十カ国（日本は排出量世界第四位）の「政府政策パーフォーマンス」を順位付けしたそうだが、なんと日本はその七十カ国中六十一番目という恥ずかしい位置にいるらしい。

その最大原因が、日本とイランが化石燃料の〝石炭〟の割合を極端に伸ばした、つまり石炭火力発電が急激に増えたためという。

そして更に日本が化石燃料（ガソリン、軽油、重油、石炭、天然ガス）に課している税金が、イギリス、ドイツ、デンマークに比較して半額以下という小ささで、何とも日本の政治は当該問題への政策面では、はなはだ貧弱と言えそうだ。

今回大勝を収めた民主党のマニフェスト上の「ガソリン暫定税率の廃止」や「高速道路の無料化」などの政策は、ますます二酸化炭素を撒き散らす結果となり、世界が向かわねばならない方向と大きな矛盾がありはしないか。

「いずれ地球には〝氷河期〟が襲ってくるのだから――」といった議論は今はいらない。

「人類が人類の手ですでに壊してしまった地球を、我ら人類の手で今から少しでも元に戻してまいりましょう」という話なのだ。

料金受取人払郵便

新宿局承認

2524

差出有効期間
2025年3月
31日まで
（切手不要）

郵便はがき

1 6 0-8 7 9 1

1 4 1

東京都新宿区新宿1－10－1

(株)文芸社

愛読者カード係 行

お名前《ふりがな》		明治 大正 昭和 平成 年生 歳		
ご住所《ふりがな》	□□□-□□□□			性別 男・女
お電話番号	（書籍ご注文の際に必要です）	ご職業		
E-mail				
ご購読雑誌（複数可）		ご購読新聞 新聞		

最近読んでおもしろかった本や今後、とりあげてほしいテーマをお教えください。

ご自分の研究成果や経験、お考え等を出版してみたいというお気持ちはありますか。

ある　ない　内容・テーマ（　　　　　）

現在完成した作品をお持ちですか。

ある　ない　ジャンル・原稿量（　　　　　）

書　名				
お買上 書　店	都道 府県	市区 郡	書店名	書店
			ご購入日	年　　月　　日

本書をどこでお知りになりましたか？
　1.書店店頭　2.知人にすすめられて　3.インターネット（サイト名　　　　）
　4.DMハガキ　5.広告、記事を見て（新聞、雑誌名　　　　）

上の質問に関連して、ご購入の決め手となったのは？
　1.タイトル　2.著者　3.内容　4.カバーデザイン　5.帯
　その他ご自由にお書きください。
（　　　　　　　　　　　　　　　）

本書についてのご意見、ご感想をお聞かせください。
①内容について

②カバー、タイトル、帯について

弊社Webサイトからもご意見、ご感想をお寄せいただけます。

ご協力ありがとうございました。
※お寄せいただいたご意見、ご感想は新聞広告等で匿名にて使わせていただくことがあります。
※お客様の個人情報は、小社からの連絡のみに使用します。社外に提供することは一切ありません。

■書籍のご注文は、お近くの書店または、ブックサービス（0120-29-9625）、セブンネットショッピング（http://7net.omni7.jp/）にお申し込み下さい。

日本がその話を一歩一歩実践して行きながら、地球上のリーダーになろうという「鳩山イニシアティブ」によって、少しでも世界の中で「政府政策パーフォーマンス」を高めて行きたいものである。十二月にはコペンハーゲンで【COP15】が開催されるが、そこで鳩山総理大臣が世界を一つにまとめ上げて地球温暖化問題に真剣に取り組んでゆくコンセンサスを打ち出すことができれば、「京都議定書」から更に一歩も二歩も日本がリーダーとして世界を引っ張って行けるのだが。

地球人がすべて「ぬるま湯の中のカエル」になりませぬようにと祈るばかりである。

『シーオーツーの丹前脱いで　涼風通る浴衣に替えて』（地球の叫び）

あとがき

二〇〇九年も終わろうとしている。昨夜のクリスマス・イブには鳩山首相が悲壮な顔をして「偽装献金事件」に関し、国民に対して釈明記者会見を行っていた。

「自分は私腹を肥やしていないので、この点を国民に理解いただき、今後首相として相応《ふさわ》しくないか、国民の審判を受けたい」ということで辞任せず、始めてまだわずか一〇〇日目である新政権の政策を推し進めてゆくという姿勢を国民の前に示した。

国民の審判は、首相が日本の将来像を描き出して、それに向かって如何に具体的施策に打って出るかにかかっており、「友愛」の言葉だけで〝のらりくらりの八方美人〟では早晩国民から「ダメ」の審判を受けるであろう。

敵方「自民党」もいまだ過去の呪縛から抜けられずに、古典的長老を温存し右往左往しているのだから、鳩山首相にとってもラッキーなタイミングなのである。一応身辺問題はケリを付けたのだから、今後はそれこそ自分のもってゆきたい方向を明確に国民に示し、思い切ってその方向に日本の舵を取ればいいのだ。

一旦船長に決まった以上は、しっかりと船の方向を決めて進まねば、船はぐるぐると回りまわって国民は目を回してしまう。これまでで懲りた国民はそんな船長は望んでいない。

二〇一〇年に入ると「通常国会」が始まるが、その際に自民党さんよ、是非「鳩山首相、引き降ろし」に躍起となるのではなく、「日本をどうするのか」で真剣に民主党と議論を取り交わし、あるべき二大政党の姿を目指せば、いずれは〝自民党の返り咲き〟のチャンスもあるのだから。国民はそのような内容のある国会の議論を期待しているのだ。

それにしても、このエッセイを書き始めたのが八月三十日の鳩山新政権が誕生した日からだが、その後十二月末までの四カ月間は「八ッ場ダム建設中止問題」、「沖縄普天間基地移設問題」、「鳩山イニシアティブ」、「ガソリン暫定税率の廃止問題」と次から次へと大問題が吹き荒れる一方で、「鳩山一族偽装献金問題」で本人の足元をぐらつかせ、このエッセイの中で書いてきた政治がらみの「ひとりごと」も一瞬にすっ飛んでしまうかとハラハラものだった。

何とか「来年度予算の編成」も九十二兆円という巨大数字でまとまったようだが、ついに国債発行額が歳入を上回るという借金経営での前途多難な新政権の二〇一〇年スタートとなる。

自民党政治の六十年間で歪《いびつ》にひずんだ社会を変えてゆく作業は、そう簡単なものではない。そして、これまで「平和ボケ」のまま来てしまった我ら国民もある程度の痛みを負担して、孫の世代にこれ以上の負の遺産を持ち込まないように一人ひとりが努力してゆかねばならない。

寅《とら》年の過去を見てみると、一九六二年の不景気（景気の底）、一九七四年の空前のゼネスト、一九八六年の円高不況、そして一九九八年の日本版ビッグバンの開始、世界的に見ても一九六二年ニューヨーク株価大暴落、韓国でデノミ、一九八六年英国ビッグバン、イタリアでデノミ、一九九八年ロシアでデノミという具合に、来年二〇一〇年寅年も決して明るい一年ではないであろう。しかし、じっと我慢して日本の新しい門出に向かって皆で苦しみを乗り越えてまいりたいものだ。

そろそろ庵の煤払《すすはら》いも終わりかけている。それでは皆様、良いお年をお迎えください。

完　（二〇〇九年十二月二十六日）

第二章　老いの証明

第一話　『すごい体験』　二〇一〇年二月　記

結婚三十四年目、二月十四日のバレンタインデーが我が夫婦の結婚記念日であり、これに引っ掛けて二月十一日出発、二泊三日の『蔵王樹氷鑑賞の旅』をセットアップした。

行程は一日目が新幹線を郡山で下車、そこからバスで中尊寺・金色堂を訪ね、田沢湖高原温泉郷で泊。二日目は乳頭温泉、角館、秋田ふるさと村と回って鬼首《おにこうべ》温泉で二泊目。そして三日目は銀山温泉、山寺を経由して午後二時過ぎに蔵王に入って、地蔵山頂（一六六一メートル）までケーブルで登って樹氷を見るといったコースになっている。

さて「すごい体験」とは、その旅の初っ端《しょぱな》に体験した出来事だったのである。

二月十一日出発の朝、集合は九時四十分、東京駅北口改札口の前。すべて万端整えて八時五十分に家を出た。東京駅まで二十分ほどで行けるので、時間に余裕を持っての出発である。

春日—水道橋—御茶ノ水—東京駅と電車を順調に乗り継ぎ、ゆっくり歩いて九時二十五分には指定されていた北口広場に到着した。たくさんの旅行団があちこちに輪を作って添乗員の案内を受けている。しかし指定された場所に我がグループがいないようだ。まだ十五分あるから添乗員が来ていないのかも。

ところが九時三十五分になってもどこにも我がグループが見当たらない。おかしい??

ポケットに入っている旅行社から送ってきてあった説明書を取り出して眺めた。

なっ！　なんと！　集合時間は「九時十分」と太字で書かれているではないか!!

新幹線の発車時刻九時四十分を集合時間と勘違いしていたのだった。

時計を見るとただいま九時三十九分。出発まで残り一分。

もうだめだ！　間に合わない！　つくづく自分がバカに思えてくる！

さてどうしよう?　冷や汗が出始める。

そういえばこの場所に来る途中のＪＲ北口改札口を出た所で、同じ旅行社が別のグループに説明していたのが思い出され、そこに戻れば何とかなるかもしれないと思い走り出す。ワイフも無我夢中で付いてくる。この戻りが一〇〇メートルほどはあるだろうか。

走っている間、強烈な速さで自己反省が頭をよぎる。

「なぜ簡単に思い込みをしてしまうのか」

「自宅を出る前にあれだけ余裕があったではないか。なぜもう一度しっかりと旅行説明書に目を通さなかったのか」

「本当におめでたいよ、馬鹿もんが！」ってな具合。

ふうふう言いながら改札口付近に来たが、もうそのグループも散っていた。


するとワイフが「旅行説明書に書かれている【当日緊急連絡先】に電話してみては」と妙案を出す。しかし携帯からは、「ただいまサービスは終了しました。明日お電話ください」とのテープ録音の音声が空しく伝わってくる。これでは緊急連絡の役目を果たしていないではないか、と腹が立ってくる。

次に、東京駅なら旅行社のオフィスがあるかもしれないと思い、中央口方面に向かって走り始める。しかし、あったとしてもこんな時間にはオフィスはクローズしているだろうと一方で不安を抱きながら、小走りに歩きながら頭の中では旅の一行に途中で追いつく方法を思案していた。後からの新幹線で追いかけ、直接に平泉の中尊寺まで行ってそこでグループを待ち構えていれば、一行と合流できるだろう。このような考えに辿り着くと少し気持ちが治まった。


とっ、その時、ポケットの携帯が「ジリジリリ〜ン」と鳴った。慌てて携帯を取り出す。

「宮原さんですか？」

「ハイ、そうです」

「新幹線は信号機故障とかで出発が遅れています。私たちも二十番ホームの五号車の前で待っていますので、至急来てください」

「えっ！　本当ですか、すぐ行きますのでよろしく」

と言って携帯を切り、ワイフに状況を説明して走り出した。また戻るように新幹線の北口を目がけて走る、走る。ワイフは後ろから付いてくる。

新幹線北口改札口のところに来て二枚入場券を買う。自動販売機の前では意外と冷静な自分がいた。そして急いで改札口を入り、慌てて「東北新幹線は何番ホームですか」と駅員に聞く。すると、「この口は東海道新幹線ですから、東北新幹線はこの先の左側奥です」と言われ汗がドッと出てくる。また改札口を出て走りに走る。ワイフもネを上げずに付いてきてくれる。

【火事場の馬鹿力】ではないが、お互いにビックリするパワーである。

東北新幹線の改札口に辿り着き、事情を説明して入場券を見せて中に入れてもらう。

すると駅員が「ここからホームまで長い階段でエスカレータはありませんが大丈夫ですか」と心配そうに聞いてくる。上のホームの方から発車ベルのような音が聞こえてくる。そんなことかまってはいられない。それっ!!

ホームの上に出るとダイヤの乱れのためか人であふれていた。そして発車のベルが鳴っている。五号車まで、五号車までと、二人で一生懸命ホームの中央付近に向けて走りに走った。

とっ、その時ホームの発車ベルが鳴り止んだ。

「あ～ぁ！　間に合わなかった。ダメだったか」と思いながら、静かに動き出した車両をよくよく見ると、それは長野新幹線だった。まだツキは残っているぞ。

よくよく二十番線側を見れば、確かに遥《はる》か彼方《かなた》に東北新幹線が停まっている。それ！　走れ！

しかしその時、またまたけたたましく発車のベルが鳴り始めた。これは間違いなく二十番線の発車ベルだ。

「電車が出てしまう！」「どうしよう」、「開いている扉から飛び乗ってしまうか」

しかしワイフが少し後ろを走ってきているので無理な挑戦は諦めた。

ベルが鳴り終わると静かに新幹線は動き出した。ああ、ついに間に合わなかった。ダメだったか。

とっ！　斜め前方に【蔵王樹氷鑑賞ツアー】と書かれた幟《のぼり》が目に入り、その周りに人垣が出来ていた。そばに寄って「宮原です」と言った。すると添乗員らしき人が、

「あ～、宮原さん、今電車が遅れていて、あと十五分ほどで我々の電車が入線となるそうです」と静かに言う。

「何？　まだ時間が充分に残っていたではないか」と心の中で怒っているのだが、すぐに冷静さを取り戻すとワイフの顔を覗き込んで、

「よかったね。僕たちはなんと運がいいんだろう」と言った。

ワイフも顔を汗で濡《ぬ》らしながら笑っていた。

しかし、今起きた十分間の出来事は何であったのだろうか。

多分、私は結婚してからの三十四年間で、初めてワイフと一緒に走ったのではないだろうか。

後日談。

おかげさまでこのツアーは大変に楽しかったのですが、帰ってきて数日後、ワイフは「膝が痛い」と言い始め、ただいまスポーツ・クリニックに通院中でございます。ハイ!!

第二話　『ボケ除《よ》け俳句』二〇一〇年三月　記

衰えにブレーキをかける策として「俳句」作りに挑戦してはと考えた。

パソコンで時々、マージャンゲームやスパイダ・ソリティアをやっていると、ワイフがそれを見て、「何を真っ昼間からお遊びしているのですか」と嫌みを言ってくるので、「頭のボケ防止なんだよ」と返しても、何となく自分自身バツが悪いのは事実である。

そこでそんな時には、難しい顔して俳句でも作っていれば、少なくとも遊んでいるとは見られないで済むだろうと考えたのだった。

俳句といえば、以前に私はチットばかりかじった時があったのだ。それは今から十年ほど前、仕事で長野県・伊那市に単身赴任していた頃、会社のそばの畑のど真ん中に「井月」の墓があったのがきっかけだった。

井月とは江戸時代末期から明治の初め、伊那谷をさすらっていた乞食俳人である。この井月の生き様と俳句の中身に興味を抱いて、当時伊那の図書館に通って関連資料や本を読んでいるうちに、自分でも俳句を作るようになっていたのだ。

そして二〇〇二（平成十四）年にはエッセイ『伊那谷・花木編』を書き、その中に下手な俳句を数句載せている。

しかしその後「近・現代俳句」、特に太平洋戦争に負けて以降の俳人たちの作品を読むうちに、何か俳句がつまらなくなってきたのだ。五七五型にこだわらない、無季語の俳句を読んでも全く感激しないのだ。

それらの俳句は「造型俳句」とか「前衛俳句」とか言われるが、それらはどんなことを勉強すれば、そしてどんなところを捉えれば前衛俳句と評価してくれるのか、その基準が私にはよく分からない。

たとえば次のような下ねたの近代俳句のどこがいいのだろうか。

ちんぽこもおそそも湧いてあふれる湯　（種田山頭火）

この種は「川柳」の世界に入れたらお笑い感からしてピッタリではないだろうか？

しかし、こんな考えを持つのもまだまだ俳句の深さを知らずに、単に表面的にしか理解していないためなのかもしれないが、とにかくそんな気持ちが小生を俳句から遠ざけていたのだった。

ところがある日、インターネットで『芭蕉の【あらび】と【かるみ】について』という記事に触れた。

その記事によれば、どうやら芭蕉も晩年は風雅の精神とは離れた「荒びたる」つまり洗練されてない粗野である句でも、また「軽い」俗っぽい句でも、高雅な句では表現できない詩情が表現されることがあると言い出したのだ。つまり芭蕉の晩年は、どちらかと言えば凝った句作りはせず、格調高く見える句で実際は陳腐な句を避けるようにしたそうである。

こんな話に触れて、ちょっとまた俳句の世界が気になり始めたのである。

能楽の世界でも、一度名人の位に達した者が、その位置に満足せずに、あえて俗な表現、掟破《おきてやぶ》りの芸風を示すことを【蘭位《らんい》＝たけたる位】と言うそうで、一度高雅な表現を身に付けた者が、それに満足せず、自己を否定して、もう一度世俗の世界に帰って行くという意味がこめられているそうだ。

こんな精神状態であった晩年の芭蕉が作った句に……

につと朝日に迎ふよこ雲　（芭蕉）

私の場合だが、蘭位には全く関係ないが、いよいよ春のすばらしい季節になると、晴れ渡る空、暖かな風、あぜ道の花々、昆虫や鳥たちの活動、そして野辺山の新緑と俳句の世界がパ～ッと広がるのだ。

そこで私は『俳句の作り方』という古い本を書庫から引っ張り出して再読し始めた。

よし、もう一回俳句作りに取り組んでみよう。衰えの進む我が身のボケ防止のために実践に移そう。そして「現代俳句」ではなく、私には取り組みがいのある「伝統俳句」の世界から入って行くことにしようと決めた。

少しでも芭蕉の【蕉風の世界】に近づけたらうれしい。ある雑誌に書かれていた【蕉風の流儀】をここに書き出しておいて、これからの私の俳句作りの〝道しるべ〟としよう。

【蕉風の流儀】

『幽玄閑寂』

哀感を余情で表し　その繊細な心を　日常的な言の葉に託し

飾りやおごりを削いだ　枯淡な味わいとともに

静寂の美しさを表現する

第三話　『ケチな読書術』　二〇一〇年三月　記

私は子供の頃は読書が大の苦手であった。そういえばその頃、両親が本を読んでいる姿をほとんど見たことがなかったので、その点は親譲りなのかもしれない。

小中学生の頃、国語の授業が最も嫌いだった。理由は順番が来て立って教科書を読ませられた時、スムースに読めずにいつもつっかかりながら読んでいたから。そして漢字の読みも苦手な方だった。中学の国語の時間、教科書を読んでいる時、
「そして自らの努力で……」という箇所を、
「そしてじらの……」と読んで皆から笑われたことを今でも鮮明に覚えている。

しかし人生とは不思議なものである。中年を過ぎた頃から結構な量の本を読み出したのである。それも乱読で、同時に二、三冊を並行読みする時もあった。したがって、本の内容がしっかりと頭に残っているケースは稀であるが。

そしてなんと五十歳の後半になって、今度はエッセイを書き始めたのである。大学も工学系を歩いてきた自分を考えると、想像もつかない変異である。

先日、エッセイ作品数を数えてみたら三十五点にもなっていた。若い頃、本もろくに読まなかった者が、年を取って文章を書くとは、摩訶不思議な現象ではなかろうか。

さてさて、年金生活に入った私の「ケチな読書術」をご披露したい。「読書術」の表現となると、相当な「術」と思われそうだが、「ケチな術」ということでご容赦いただこう。

我が家は「神田神保町」に近く、本探しには地理的に恵まれている。最近はよほどのことがない限り新刊本は買わない。「神保町」は昔から【古本の町】であり、定期的に「古本屋巡り」をするのが私の楽しみの一つになっている。

定期的と言ったが、実は月に一～二回、健康のために「半日ウォーキング」をするのだが、そのコースに必ず神保町を通過するように組んでいる。この理由は、家を出る時のリュックには水ボトルをサイドポッケに入れてあるだけで中は空にしておき、神保町にて古本を数冊購入して、これをリュックの重みにするのである。つまり、ある程度の重さを持った小型リュックにして、それを背負って歩こうというわけで、一石二鳥を狙っているのだ。

古本の平均購入価格は、厚手の学術書でも一〇〇〇円以下で、ほとんどが「三冊まで五〇〇円」の古本店で購入するようにしている。新書や文庫の古本は、サイズ的にも重さ的にも貢献しないのでほとんど買わないようにしている。

それでは二月二十一日（日曜）の「半日ウォーキング」のケースを例に挙げて、「ケチ」ぶりを紹介してみよう。

この日はあまりに天候が良く、家に燻《くすぶ》っていてはもったいないと、次のようなコース設定をして空のリュックを担いで外に飛び出した。十三時に我が家を出発、後楽園―神保町―浅草橋―蔵前―御徒町―本郷三丁目、そして午後四時前に帰宅した。万歩計による歩数は一万二四三五歩となっていたが、この時に購入した本は四冊で二・一キログラムだった。

さて、その古本とは……

（1）『樹木と文明』コリン・タッジ著　大場秀章監修　渡会圭子訳　アスペクト社
（2）『人類　究極の選択』岸根卓郎著　東洋経済新報社
（3）『袖すりあうも他生の縁』清水義範著　角川書店
（4）『尖閣列島』井上　清著　第三書館

ところで神保町には古本屋が一七〇店以上あるそうだ。そしてそれらの店がそれぞれ専門色を出しているところが特徴である。分野別に美術、文芸、文学、古書、学術や最近のマンガ、スポーツ、アイドル、アダルトなどなど。更には中国語本、洋書、宗教などと、ありとあらゆる分野の専門古本屋が軒を並べているのである。したがって、自ずと自分好みの本の置いてある店は絞られてくる。

この古本選びも、男女間の好き嫌いに似ているように思う。だからこそ、これほど多くの古本屋が神保町に集中していても、店がしっかり特徴さえ出していればマネージして行けるのであろう。

さてさて、今年に入ってから三月末までに読み上げた古本は十冊になる。購入の総額は三七〇〇円ほどである。もちろんこの古本以外に新刊本は数冊読んでいるが、今年一年間、古本だけを書棚（名付けて「古本書棚」）に並べてみることにした。これらの本のタイトルから、私がどんな種類の本を好んで探し出しているか特色が出ているかもしれない。

この中から数冊、印象深かった本を選び、その読後感を述べてみたい。

①『尖閣列島』井上 清著　第三書館（一九九六年十月発刊）

私は「尖閣列島」は当然日本の領土と思っていたし、そのように学校で教わったと記憶している。地図帳を開いて確かめてみても、尖閣列島（諸島）までは日本領土と表示されている。しかしこの本は、「実は歴史的に見ても間違いなく中国の領土である」と主張しているのだ。興味あるではないか。この本によれば、尖閣列島は中国・明の時代から「釣魚島《ちょうぎょ》」と中国名が付けられており、日本の文献でも江戸の中期一七八五年に林子平によって書かれた『三国通覧図説』の中の付図でも、「釣魚島」は中国領土として色分けして表示されていた。そのことから見ても明らかに中国領土と主張している。

更には地理的に見ても、中国から東方向の琉球《りゅうきゅう》に向けての航路は偏西風に乗って容易に航海ができたと思われ、当時日本側から西に向かっての逆方向の航海は至難の業と思われることからも、日本が中国より先駆けて「釣魚島」を開拓したとは考えにくい。そして日本は日清戦争の勝利に乗じて釣魚島が「無人島」だったのを理由に中国に対して日本の領土と主張したことになっており、中国は「略奪された」と主張している。

誰も住んでいない小島を自分のものだと言い争うのも大人気ないと思うのだが、こと国土の問題となると「はい、そうですか」と簡単には引き下がれないものだ。国の境界線がどこかにより「二〇〇海里問題」にも触れて、それぞれの国の管轄権にも関係してくるので簡単に解決する方法はないであろう。

韓国との竹島問題、そしてロシアとの北方領土問題のごとく、人間はいつまでも「ショバの取り合い」で争い続けるのだ。

南の太平洋上にも同様の問題を抱えている。太平洋に浮かぶ孤島「沖ノ鳥島」が日本領土の境界となっているが、中国が「あれは単なる岩」と主張したことに端を発し、石原東京都知事が波で削られて島が消えてしまうのを避けるために、慌てて島の保全工事を行い、その付近で漁業の操業を始めたのが五年ほど前の出来事だったが、結局は欲の突っ張った人間様には戦争を回避できないのと同様に、領土問題を解決できる道を見つけることはできないのであろう。

②『人類　究極の選択』岸根卓郎著　東洋経済新報社（一九九五年四月発刊）

この本は五八〇ページに及ぶ分厚い本なのだが、十日程で読み上げたのは私にとっては相当速いスピードである。

そもそもこの本が古本屋で私の目に留まったのは、本の副題「地球との共生を求めて」という小さな字に引き付けられたことにある。

古本屋を歩いていていつも不思議に思うのだが、ありとあらゆる種類の古本が並んでいる群れの中で、私が読みたいと思わせる本の表題だけが私の視界の中でぼやけずクッキリと見えるのだ。ス～ッと通過しそうなところでふと立ち止まり、「ほら、私を取り上げて！」と訴えている本をスッと抜き出し、ペラペラと中身をチェックして、そして価格をチェックして、それを購入するのである。「躓《つまず》く石も縁の端」の諺《ことわざ》ではないが、そうして選ばれた古本も私の手に入る縁を持っていたのかもしれない。

この本は私にそんなことを考えさせる〝究極の選択〟のような、読みがいのある本であった。

私はこれまでにスピーチの機会があると、「二十一世紀はこころの時代」というテーマで欧米型文明である〝人間中心主義〟の行き詰まり、〝森の民〟である日本人の日本文化の取り戻し、〝少欲知足〟の精神での日常生活の改善などを訴えてきたが、この本は私のような直感的思考からの話ではなく、環境問題を「文明」、「技術」、「哲学」、「宗教」、「文学」、「倫理」、「政治」、「社会」の各方面から現実的に解明しており、深く感銘を受けた。

この本の第1章「序論」での次のような書き出しからしても、私をグ～ッと引き込ませてしまうのだ。

「文明の前に森林があり、文明の後に砂漠が残る」

「自然破壊を非難する文章ですら、緑（森林）を食い潰して作られた紙の上に印刷されるという事実を忘れてはならない」

「物的な豊かさのみを追求する時代の科学的物質文明（物欲文明）の下では、人類は『乱開発・乱獲→大量生産→大量消費→大量廃棄』によってこの自然の精緻な生態系の秩序を大きく撹乱している」

こんな内容で始まるこの本は私の興味を掻き立て、次へ次へとページを読み進ませる。

この本の発刊は一九九五（平成七）年四月であり、今から十五年前である。この年の一月には〝阪神淡路大震災〟があり、三月にはオウム真理教による〝地下鉄サリン事件〟のあった年で、もう遥か昔のように感じるのだが、この環境問題に関しては十五年前から何も変わらず、むしろ今はもっと悪くなっているように感じてならない。

「環境問題が日に日に悪くなっている」と感じてしまうのは、政治も経済もその場その時の対策で逃げまくって将来にツケを残しているように思えるからだろうか。「高速道路無料化」、「ガソリン税の廃止」とか「原子力発電の増大」とか、本当に次世代のことを考えているのだろうか。

この本では「日本人の脳は左脳と右脳に回路がある〝左右脳型〟な脳であるから、西洋人の左脳型の脳とはその機能において大きな違いがある」と説明している。この結果として「論争を好む西洋人気質と、和をもって貴しとする日本人気質の違いが見られる」という。

我々日本人も一神教の欧米文化からオサラバして、多神教の我が大和魂の日本人による「調和主義的文明」を地球上で実現してゆく時代が到来しようとしているのではないのだろうか。

この本は、倫理面からも「環境破壊は、現代世代が加害者となって、未来世代がその被害者になるということだ」とも指摘している。そして「現代世代が地球資源を使い尽くし、地球環境を破壊し尽くすことは、これからこの世にやってくる罪なき『最も弱い立場』の未来世代の人々を、現代世代の人々が一方的に殺戮し尽すことになる」と警告している。

だから「現在の繁栄は未来の窮乏であり、現在の成長は人類の終末を意味する、と知るべきである」と言い切っている。

そうならぬためには「社会的規範として世代間倫理は、各人や各集団や各国が、それぞれの責任において自然破壊や資源枯渇の負荷を次世代へ積み残してはならない。これが【持続性の世代間倫理】であり、そして自然の生存権は人間だけではなく、全生物種、全生態系、景観などにも生存の権利があるので、人間がそれを否定してはならない」と主張している。

私も全く同感で、この明快な指摘で胸がス〜ッとしてくるのだ。

十五年前にこの本の著者・岸根卓郎氏が広い分野からの解析により明快に述べられていたことが、現在では〝持続性〟に関しては【サステナビリティ学問】として大学などに学部が新設され研究が始まっているし、〝全生物種の生存〟に関しては一例として、今年十月に名古屋で【生物多様性ＥＸＰＯ２０１０】が開催され、人間中心主義から脱皮して、あらゆる生物が地球上で生き残れるようにしようとする産業界の取り組みが披露されることになっている。

我ら人類も〝このままでは人類の終末〟であることに気付き始めているのだろうか。そして世界中が日本人のリードにより調和主義的文明に入って行く前触れかと思うと仕合せな気持ちにさせ、自分の頭を整理させてくれたこの十五年前の分厚い本に感謝、感謝の気持ちである。

今は友人から紹介された新刊本『日本の分水嶺をゆく』（細川舜司著　新樹社）を読んでいるのだが、その次に読む本がないので何となく不安になっていた。

早速神保町に出かけ、次の四冊を一五五〇円にて購入してきた。総重量は一・六キログラムであった。

（1）『梅と雪　水戸の天狗党』杉田幸三著　永田書房
（2）『これを読んだら連絡をください』前川麻子著　光文社
（3）『くたばれ　竹中平蔵　さらに失われる十年』藤沢昌一著　駒草出版
（4）『歴史散歩　江戸と東京』堤　紫海著　文化総合出版

これでこの先一カ月半は何とかもちそうで、変な不安から抜け出ることができたようだ。

第四話　『あたりまえの喜び』　二〇一〇年四月　記

庵に入っていろいろ考える時間があると、大変なことに気付き始めるのである。おかげさまで私は六十五歳になった今日まで健康な家族に包まれて順調に生きてこられたのだが、これが「人間としての当たり前の人生」であったのだろうか。と考えると、実はこれこそ〝驚異の人生〟であったと気付き、感謝の念を抱くに至ったのである。

我々は、五体満足の形で産み落とされた後、すぐに「それが当たり前」という感覚となり、神が人間に与えてくれた〝超高密度精密装置〟によって行動ができていることも「当たり前」と思い込んでしまっているのではないだろうか。

つまり「食べる」「歌う」「詠う」「叫ぶ」「泣く」「笑う」、そして「書く」「描く」「取る」「投げる」「歩く」「走る」「跳ぶ」、更には「寝る」「起きる」「思う」「想う」などの何から何までの行動が、頭からの指令どおりに（欲求どおりに）正確に動作できることを「当たり前」と思い込んでしまっている。

「当たり前」の言葉に含まれたニュアンスとして、「あって当然」とか「あるべき権利」といった雰囲気で、なにか見下したような言葉に感じられる。どうしてであろうか。「当たり前」の語源に何か原因があるように思える。

「当たり前」の語源をインターネットで調べると、次の二説があるという。

①「当然」の当て字「当前」が広まり、それが訓読されて「あたりまえ」になった。

②分配される分を「分け前」、取り分を意味する「取り前」などと言い、それを受け取るのは当然の権利であることから、「当然」の意味を持つようになった。

いずれにせよ、やはり「当然の権利」という強い意味合いがあるので、そこには感謝の意などは全く感じなかったのであろう。

ある新聞記事に次のような内容の一節があった。その概要を記す。

「五体満足で不自由なく生活していると、健康であることが〝あたりまえ〟と思いがちです。しかしあたりまえと思うこころからは感謝の心は生まれず、愚痴しか出てきません。考えてみると、一人でトイレに行ける、一人で食事が出来る、という一つ一つの動作は、機能を失った人にとっては、途方も無く大変なことであって、その背景には大きな働きが有っての事です。この働きのことを〝仏性〟といいます」

私はこれまでなんと長くの間、きっと愚痴ばかりを言い続けてきたことだろう。

さてさて、私が庵でこんなことを考え始めたきっかけには、もう一つの引き金があったのだ。それは最近世間で広まっている『ＰＰＫのすすめ』であった。皆さんは「ＰＰＫ」をご存じだろうか。そして「ＰＢＮ」はどうだろう。更に「ＡＤＬ」は？「ＩＡＤＬ」は？

「全く知らない」という方々は、まだまだこんな世界には無関心でいられるということで、日々の生活に邁進《まいしん》して行ってほしい。ただし日々の「当たり前」に感謝しながら。

さて『ＰＰＫのすすめ』だが、ＰＰＫとは「ピンピンコロリ」の略だそうで、そもそもは長野県の伊那谷の南部、下伊那郡高森町で昭和五十四年に県の体育会が開催され、体力・健康作りのキャッチフレーズとして利用したのが始まりという。

あまりにゴロがよいことと、更に平成十年秋に医事評論家の水野肇《はじめ》さんほかによる著書『ＰＰＫのすすめ』が発刊されて、全国的に「ＰＰＫ運動」が広がったそうだ。

ある医師が発信しているホームページにこんなことが書かれてあった。

「20歳の成人までの成長期を〝第一の人生〟、それから社会に出て活躍する年代を〝第二の人生〟とすると、定年退職後の人生は〝第三の人生〟ということになります。第三の人生を迎えると、老いが不安なのはその後に控えてある〝死〟に対して悪いイメージを持っているからだと思います。現在の死のイメージは、病院でまるでスパゲティのように点滴などの管に繋がれて、やせ衰え苦しみながら死んでゆくと言うイメージです。また認知症患者を長年介護してきて疲れ果てた家族に、『大きな脳出血が起きましたので、命の保証は出来ません』とお話すると、まるで良かったとばかり安堵の表情をされる方を何人も見てきました。こんな姿を見てくると、自分は死ぬ前までは元気に生きて、死ぬ時はコロリと逝きたいと願うようになりました」

そしてこの医師は、最後に次のような言葉で締めている。

「ピン・ボケ・ネタキリ（ＰＢＮ）を避け、ＰＰＫを目指しましょう」

ところで年金生活に入り、年を取るとともに「当たり前」であった諸機能が当たり前に働かなくなってくるのが一般現象であろう。「目は見えにくくなる」「耳は遠い」「手は上がらない」「肩がいつも痛い」「腰が痛い」「膝が痛い」「寝つきが悪い」「トイレが近い」などと、働いて忙しい盛りにはこんな体力事情の一つ一つを気にしていられなかったのだが、職から離れ時間が十分に取れる生活に入ると諸機能の低下に気付くのだ。

そう、これが恐ろしい前兆である。つまり医院に飛び込み、特効薬と言われて薬をもらい、そしていつの間にか薬漬けに至るのである。

しかしこの問題を違った角度から取り上げ、科学的根拠を示しながら、「ＰＰＫの道」に進める方法論を紹介した人物がいることを知った。

それは四月に開かれたセミナー『低炭素社会の構築に向けて』というテーマで小宮山宏氏（三菱総合研究所　理事長・東京大学　総長顧問）が語った講演の中でのことである。

この講演で配られた資料の一つ〈下図〉をご覧いただきたい。

科学的根拠とは、このグラフは全国の高齢者（男性）をピックアップして、二十年間の追跡調査より分析したものだからだ。

この最も左のライン（比較的若くに死亡）が恐ろしいラインで、二十パーセント近くもいるのだ。このラインの丸で囲まれた斜線部分がＰＢＮ（ピンボケネタキリ）期間で、〝介護〟という世話で若い世代に多大なる迷惑をかけている期間である。これが長ければ長いほどつらい人生となる。

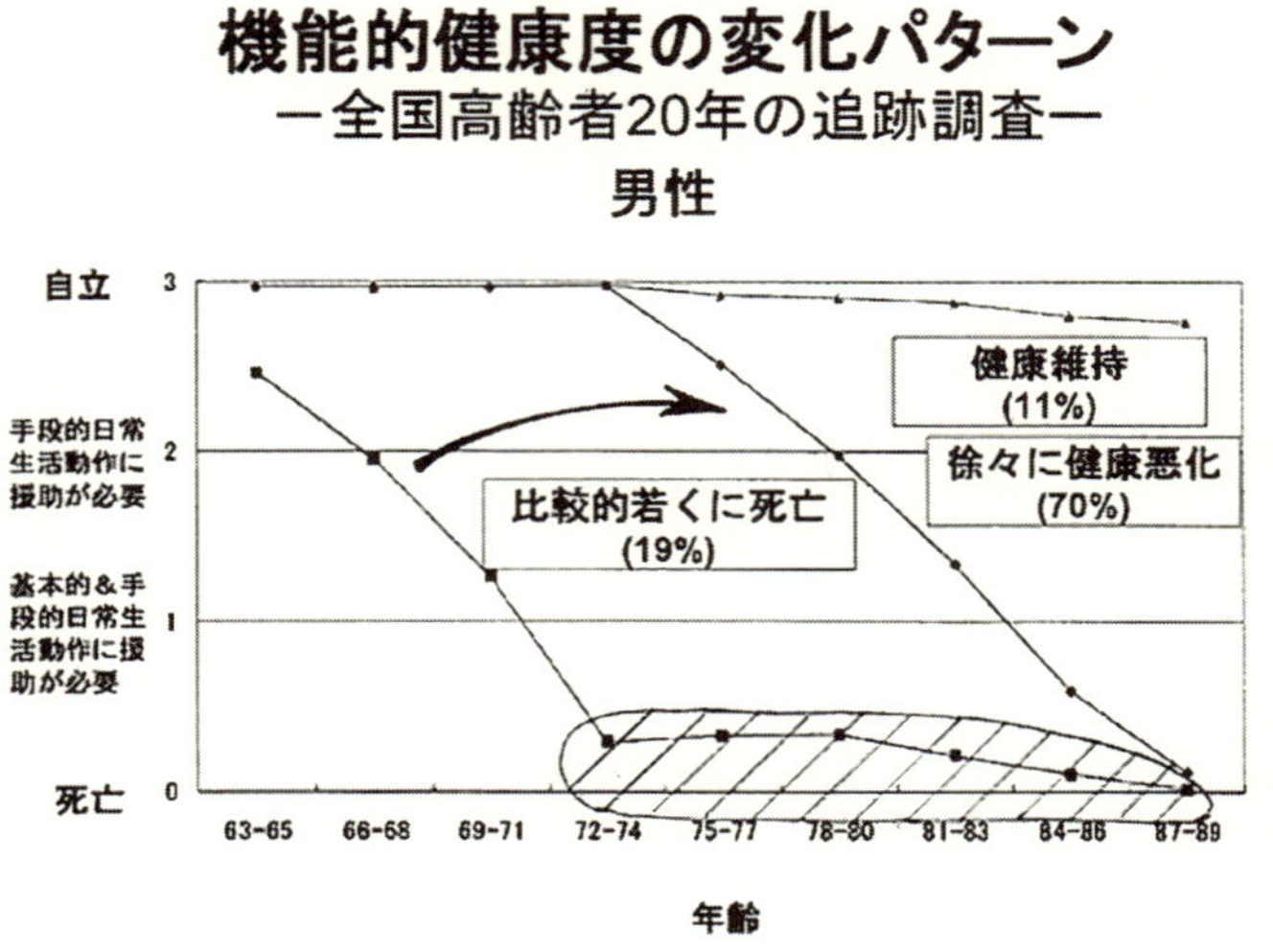

出典）Akiyama et al. (2008) アメリカ老年学会2008年年次大会

一番右上のライン（健康維持）が十一パーセントもいるが、これは羨ましい限りだが、まあせいぜい真ん中のライン（徐々に健康悪化）の七十パーセントラインに沿って残された人生を送れば、それがＰＰＫだと示唆している。

そしてあなたが、今ハッと一番左ラインに沿っているのではと気付いたら、今すぐに真ん中の線にジャンプアップするように努めればよいのだと小宮山氏は言う。それが図に示した矢印である。

そのための一番効き目のある〝薬〟は（つまり行動は）、【社会への積極的な参加】であると小宮山氏はヒントをくれている。

さて、この図の横軸は六十三～八十九歳までの年齢で、縦軸の0、1、2、3について解説しよう。

3＝自立。

2＝手段的日常生活動作（ＩＡＤＬ）に援助が必要なレベル。

ＩＡＤＬ（Instrumental ADL）＝手段的日常生活動作とは、買物、洗濯、電話、薬管理、金銭管理、乗り物、および趣味活動など。

1＝基本的（ＡＤＬ）および手段的日常生活動作（ＩＡＤＬ）に援助が必要なレベル。ＡＤＬ（Activity of Daily Living）＝基本的日常生活動作とは食事、排泄《はいせつ》、着脱衣、入浴、移動、寝起きなど。

0＝死

ところで、何ゆえに小宮山氏の講演の中でＡＤＬやＩＡＤＬが登場してくるのか、不思議に思われるだろうが、実はこの講演の最大テーマである「日本が低炭素社会を構築」するには、新しい産業、新しい雇用、そして経済の活性化を起こさねばならぬが、そのためには三要素が考えられるという。それは、

①【グリーン】（エコハウス、省エネ家電、エコカー、太陽光パネル、風力発電、水、食料など）
②【シルバー】（バリアフリー・インフラ、健康管理、視覚・聴覚支援など）
③【知】（教育、生涯学習、付加価値創造など）

となるが、日本は③が不得意であるので①と②に注力し、日本は特に老齢化大国としては世界の先進であり、かつ技術大国であるから②で世界のリーダーとなればよい、と主張する。

「団塊の世代」が一斉に定年を迎えた日本がこれから生き残る道は、シルバー産業での新しいビジネスモデルの発掘に取り組み、その分野での世界のリーダーという道を辿るべきと主張しているのである。

なるほど、隠居生活だ、なんて言ってのんびりとしてはいられない。それでは「ＰＢＮ症候群」にハマルのが落ちである。

これまで私が六十五年間、当たり前のような人生を歩いてこられたのも、ラッキー中のラッキーで「ありがたい」と感謝せねばならぬのだ。当たり前に過ごしてこられたことは驚異なことだったと気付いた。つまり「そう簡単には有り得ない」、すなわち「有り難い＝感謝」なのである。

これからは、いつまでも基本的日常生活動作（ＡＤＬ）、そして手段的日常生活動作（ＩＡＤＬ）が当たり前にでき続けるよう「ＰＰ」で生きながら、そして「ＰＰ」を続けていられる日々に喜びを感じつつ「Ｋ」に辿り着こうと自分に言い聞かせた。

〈完〉

第三章　新しい時代への入り口（コロナ禍がもたらしたもの）

はじめに

ただいま未曽有の大惨事が世界中を襲っている。毎日の世界ニュースを観ていても世界中の人間が全く同じ災禍に直面しているのだ。

「新型コロナウイルス蔓延による悲劇」、そして「局所的に襲ってくる大雨による大水害」、「大干ばつによる山火事」などなどが各国を襲っており、この地球単位でとんでもないことが起きていることは神からの啓示ではないだろうか。

コロナ禍において「巣ごもり生活」を強いられ、毎日不安なストレス生活の中にあって、この「神からの啓示」に関して常日頃から思っていた考えを書き綴《つづ》ることによって、毎日の蟄居《ちっきょ》生活から生まれるストレスから解放されればうれしいのだが。

（二〇二〇年八月十六日　記）

一、世界が一瞬にして大禍に直面

二〇二〇（令和二）年はとんでもない出来事で始まった。それは一月二十日に横浜港を出港したクルーズ船「ダイヤモンド・プリンセス号」の乗客で、一月二十五日に香港で下船した八十歳台の男性が「新型コロナウイルス」に感染したことが二月一日に判明し、二月三日に再度横浜港に入港し、乗船者三七一三人に対する検疫が実施されたのだ。

この時点では、私たちはクルーズ船内で起きた単なる一事件という眼で捉えていた。乗船者はほとんどがセレブな高齢者で、人生のご褒美にとご夫婦での楽しいクルーズの旅だったことだろう。しかし皮肉にも旅の最後で〝お金〟では解決できない「ウイルス感染問題」に直面してしまったのだ。

しかし、今回の出来事はこのクルーズ船内での単なる事件では済まされず、中国・武漢市を発生源として全世界に向けて「新型コロナウイルス感染拡大」という大事件に発展して行ったのだ。

その感染拡大は、二月になってフランス・イタリアにひろがり、三月中旬には更に世界各地へ感染拡大してゆく情勢をみて、ついにＷＨＯが「パンデミック」相当と宣言した。

イタリアではあっという間に死者が中国を上回り、更に三月末にはアメリカで感染者が急拡大し、中国、イタリアを抜いて世界最多となった。

四月に入ると世界全体の感染者数が一〇〇万人を超え、日本でも感染者一万人、死者二〇〇人を超えた。

五月には世界全体の感染者数が五〇〇万人を超え、アメリカでは死者数が十万人を超えた。

六月に入るとブラジルで急激に感染が広まり、感染者数はアッと言う間に一国で一〇〇万人を超え、そして世界での感染者数は一〇〇〇万人を超えた。

八月の時点で世界の感染者数は二〇〇〇万人を超え、死者数は七十万人に達し、感染規模ではアメリカ／ブラジル／インド／ロシア／南アフリカの順となっており、日本の感染者数は五万人、死者は一〇〇〇人を超えた。たった半年で「コロナ蔓延」は世界中を塗り潰したのだ。

ところで「感染症」とは有史以前から現在に至るまで、ヒトの疾患の大きな部分を占めており、古代メソポタミア文明でも「四災厄」の一つとして数えられ、紀元前十三世紀の中国でも甲骨文字で疫病を占卜《せんぼく》する文言が書かれていたそうで、医学の歴史は感染症の歴史に始まったと言えよう。

感染症には「細菌」によるものと「ウイルス」によるものがあるが、前者の代表例として「ペスト」、「ハンセン病」、「コレラ」、「梅毒」、「結核」など、後者としては「はしか」、「天然痘」、「エボラ出血熱」、「エイズ」、「日本脳炎」、「インフルエンザ」、そして「コロナウイルス」等がある。

しかし、それら感染症も昔はジワジワと時間をかけて感染が広がったのだが、今回の「新型コロナウイルス」は人間を運ぶ輸送システムの発達などにより、一瞬にして全世界に広まってしまった。

人類は有史以前から「感染症」と付き合ってきたのだが、過去における感染症の蔓延の結果として歴史を大きく変えたという記録が数多く残されており、感染症の大流行の後で再び元どおりの生活に戻ったというケースはほとんどないのである。

例を「ペスト」のケースで見てみよう。

六世紀、東ローマ帝国で流行した「ペスト」は約六十年間も続き、結局は東西のローマ帝国再建の道は絶たれたという。

次に十四世紀に猛威をふるった「ペスト」は、まずは中国で広がり、それが「モンゴル帝国」が発展させた東西交易の道を辿ってヨーロッパ全土に広がり、死者の数として、全世界で八五〇〇万人、ヨーロッパの人口の三分の二にあたる三〇〇〇万人、イギリスやフランスでは人口の過半数が死亡したと推定されている。

この人口減は労働力不足を来し、封建制度が没落して王権の伸長が図られ、中央集権国家へと脱皮していった。

十九世紀末には中国・雲南省を起源として香港から全世界に拡大した。このときコッホに師事した北里柴三郎は日本政府により香港に調査派遣されて、「腺ペスト」の病原菌を共同発見している。

二十世紀に入ると、清朝末期の満州で「肺ペスト」が流行。ロシア帝国と日本は、ペスト対策の実施を口実に満州進出を企むが、清朝政府は一九一一年、奉天での「世界ペスト会議」を開き、その際に日露に限らずアメリカ、メキシコや英独仏伊などの代表者を招くことで、日露の影響力の低減を図った。これは帝国主義のもとで、感染症とその対策が政治問題化した好例である。

このように感染症のペストだけを見ても、長い年月の歴史とその折々の時代変化を辿ってきているが、現在になっても「ペスト菌」の絶滅には至っていないのである。

上述のペスト蔓延の歴史から見ても分かるように、初っ端の発症は「中国」であるが、今回の「新型コロナウイルス（ＣＯＶＩＤ－19）」も中国の湖北省・武漢で発症しており、二〇〇二～二〇〇四年に流行したＳＡＲＳも中国・広東省から始まったのだが、なぜこれほど中国が深く関わっているのだろうか。

この新興感染症（コロナウイルス）と中国との因果関係を解明しているのが、地理学者で世界的ベストセラー『銃・病原菌・鉄』や『危機と人類』をものしたジャレット・ダイアモンド氏で、次のように警告している（日経ビジネスＷｅｂ記事を要約）。

『新興感染症は「動物由来感染症（ズーノーシス）」であって、動物の宿主から人間に感染したものだ。病原菌は宿主の体内の生化学的な環境に適応すべく進化するので、新たな宿主の体内環境が元の宿主の体内環境と似ていれば、感染するのが容易なので、人間が罹るズーノーシスのほとんどは他の哺乳類からの贈り物だ。ＳＡＲＳやＣＯＶＩＤ－19の原因ウイルスはコウモリを発生源としており、肉食動物のハクビシンを仲介して人間に感染したと言われている。中国には「野生動物市場」が存在し、ここが感染の効果的な発生源となっていると指摘されているにもかかわらず、これまで中国政府は全く手を打ってこなかった。今回のＣＯＶＩＤ－19の経験から、中国政府は全世界の人類のために野生動物の取引を禁止すべきで、こうすることで、中国自身も次の新しいウイルスの最初の犠牲国にならないで済むのだ。しかし中国では長年野生動物を食用とし、また伝統的な医療薬として役立ててきた歴史を考えると、野生動物の売買を止めることはできないであろう。したがって、これまでの感染症の歴史のようにいずれ次の新しいウイルスが現れ、その損害は何億人もの人命を奪い何十年も続く前例のない長期的な不況に陥ることになろう』

このように指摘している。

二、ET（地球外生物）の来襲か

コロナウイルス騒動が始まると、感染者を隔離する特別な医療施設が準備され始めた。

一般病院ではビニールで覆われた部屋を用意して、感染者とはビニール越しに会話や診断をすることになる。治療する医者や看護師は全身防護服をまとい、マスクと手袋をして感染者と対応している異様な姿である。

こんな姿を見ていると、四十年ほど前の一九八二年に大ヒットした映画『E．T．』のワンシーンを思い出してしまう。

そう、あれはETと仲良しになったエリオット少年の家が地球外生物対策特別部隊に包囲されるシーンだが、周りと遮断するために人の歩ける大型ホースのような管が玄関からETの居る部屋に繋がれ、その管の中を宇宙服に身を包んだ作業隊員が行き来しているシーンだ。この姿はあたかも現在コロナウイルス対策で緊急設置された、病院の「レッドゾーン」の状態のようだ。

そんなことを考えると無性にもう一度映画『E．T．』が観たくなり、早速DVDを購入した。

この映画を観ていてすごく印象に残るシーンがある。ETがエリオット少年に「おうち！」「おうち！」と訴える。そしてETがエリオット少年と家族の平和そうな情景を陰から見ながら、寂しそうにするシーンである。エリオット少年は、ETの言う「おうち」の意味を「ETはお家に帰りたいのだ」と理解して、何とかETを宇宙の遠くの星に帰す努力をするのだ。

ラストシーンは、何とかETの星と連絡が取れて宇宙船がETを迎えに来るのだが、もしも地球に置いてきぼりにされた一人ぼっちのETが、エリオット少年と巡り会わずに大人に見つかってしまっていれば、地球外生物の研究用モルモットとして利用されてしまったことだろう。

そんなことを考えていると、私はハッと気付かされた。もしかすると〝コロナウイスル君〟は、地球を救いに来ているETなのではないのかと。

三、ウイルスとは何者だ

ウイルスと人間との付き合いは永いが、いまだはっきりと相手がどんなものなのかは分かっていないのだ。語源はラテン語の「VIRUS」で〝毒液、粘液〟という意味らしく、「人間を病気に落とし込む毒」と解釈され、得体の知れないものということになる。

ウイルスのサイズは細胞より小さく、光学顕微鏡で見える細胞（ミクロン・サイズ）に対して、ウイルスは電子顕微鏡でなければ見えないナノ・サイズ。したがって電子顕微鏡が開発された一九三〇年前半までは、どんなものかは全く掴めていなかったことになる。

そしてウイルスは自分を複製するための〝設計図〟は持っているものの、その設計図を基に組み立てる設備は持ち合わせていないために、その設備を持ち合わせている〝細胞〟の中に潜り込んで（感染して）、そこで複製をつくる（増殖する）のだ。つまり生きた細胞に寄生し、細胞が増殖するために使用する遺伝子材料やタンパク質を横取りし、利用して増殖するのだ。

したがって、ウイルスは自力で増殖できないので「生物」ではないと言われているが、一応は「微生物」のカテゴリーに入っている。

映画『E．T．』でも、エリオット少年の体の中にETの分身が入り込み、エリオット少年にはETの気持ちが理解できるようになるのだ。そしてエリオット少年は一生懸命に地球上の言葉をETに教え、ETはその言葉を真似《まね》しようと練習を繰り返す。つまりETとの意思疎通ができたということは、お互いに「信頼関係」が生まれた証となる。

もしコロナウイルス君もETなら、戦ってはいけない。神様が、人間があまりに悪い行動に出た時にウイルスを人間の人体に潜り込ませて、「人間よ、調子に乗って地球を破壊するのをやめて、本来の姿に戻ってウイルスと共生せよ」というご示唆なのだろうか。

それに気付いた私たちは、「敵と戦う」という態度をやめて、「With コロナ」と言い出したのであろうか。

四、文明が作り出した「化学物質」も地球を壊す敵

ウイルスは「生き物」ではないのに、顕微鏡でなければ見られないものなので、一応「微生物」の分類に入れている。つまり微生物学として扱われているのだ。

微生物についてウィキペディアで調べて要点をまとめると次のようになる。

微生物には「カビ」「原虫」「細菌」そして「ウイルス」などがあるが、そのサイズは例えばゾウリムシの一ミリメートルくらいからウイルスの十ナノメートル（一ミリメートルの十万分の一）で、その姿を観察するには光学顕微鏡や電子顕微鏡でなければ見えない世界である。そして地球上のあらゆる生物圏（上空五〇〇〇メートルから地下一〇〇〇キロメートル以上）のあらゆる水圏や土壌に生息している。

微生物の働きの中で、私たちが体験する分かりやすい例として「腐敗現象」がある。食物を放置しておくとカビや細菌類が繁殖し、その結果として食物は変質して腐ってしまう。

しかし、この現象の中で出現する微生物は多種にわたり、それぞれに性質が異なるから、どれが原因で何が起きたのか我々には詳細に分析ができないのだ。

したがってこの現象を〝微生物の働きで腐敗が起きた〟と表現する。しかしこの現象は有機物を食べて体内で分解して無機物とし、残りを排出するという点では、我々の生命活動とさほど変わらない。自然界で死んだ有機物塊は微生物の働きで無機物に変わってゆくが、この過程を「分解」といい、自

然界における「浄化力の源」と考える。この腐敗の具合によっては、利用可能なものが出来る場合もあり、その場合は腐敗とは言わずに「発酵」と言っている。

もう一つ「腐敗現象」で分かりやすい例がある。それは私たちの「大腸」で起きているのだ。大腸には「腸内細菌」として「善玉菌（ビフィズス菌や乳酸菌など）」、「悪玉菌（ウェルシュ菌など）」と、「日和見菌」の三つの菌がお互いに上手にバランスを図りながら「腸内環境」を整えているのだが、このバランスが狂うと「腐敗」が発生し、さまざまな病気を引き起こすのだ。

つまり微生物は、地球上の河川や土壌、そして生き物（つまり人間も含め）を常に元の自然の状態に保つように休むことなく働いているのだ。つまり腐ったものや汚い水の中に微生物である菌が大量に発生して、一生懸命に腐敗物を分解してくれているのである。自然豊かな地球を保ってくれているのは、この微生物のおかげと言えるのだ。

考えてみれば、地球上の自然の状態を壊しているのは人間なのである。例えば、家庭から排泄される化学洗剤や食品添加物を含んだ汚染水が川に流され、畑に撒《ま》く化学肥料によって土壌は汚染されるが、これら不自然な化学的なもので腐敗が起こる時、微生物が現れて元の姿に浄化する活動をしてくれているわけだ。

生物ではないウイルスが微生物のカテゴリーに入っているのは、ウイルスも微生物と同じ〝元に戻す浄化活動〟をしている優れものだからである。

ウイルスが人体に入ると、人体の中の腐敗しかかっている場所で速やかに「炎症」を起こしたり、また不要物の排出（例えば下痢、鼻水、嘔吐《おうと》など）をするなどして、腐敗の部分を元の状態に戻そうとするのだ。そしてこの浄化作業中に発生する「熱」によって、人体に入ったウイルスを徐々に体外に放出することで〝元に戻す浄化作業〟は終了するのだ。

ところが問題なのは、この自然に浄化している過程で、西洋医学は抗生物質や熱を抑えるための解熱剤を飲んで、この浄化作業を抑えてしまおうとする。それらの薬によって一旦症状が収まったように見えるが、実はウイルスは異常なものを元に戻そうと、もっと強力な力を持つものに進化してしまうのだ。

結果的には人体そのものが独自で持っている「免疫機能」とウイルスとの激レースとなり、ついには人体が負けた場合は〝死〟に至るのだ。しかしこの〝死の結果〟とは、ウイルスが「地球を浄化する」という絶対使命をやり遂げたということであり、〝微生物がこの地球を救った〟ということなのだ。

と考えれば、我々が地球保護を考える場合は、戦うべき本当の敵は「ウイルス」ではなく、「便利だから」とか「楽だから」と言いながら私たちが使いまくっている「化学物質」も、地球環境を破壊しているので「敵」と言えるであろう。

そして「新型コロナウイルス」のような新たに出現している「新興感染症」のケースは、ジャレット・ダイアモンド氏も警告しているように、人間が何でもかんでも地球上の野生動物を食することは、「生物連鎖」をぶち壊す行為であり、地球破壊をしている地球の敵であって、その行為をやめるべきだとウイルスが人間に忠告していると捉えるべきではないのか。

五、「新型コロナウイルス（COVID－19）」と日本人

二〇二〇年十月一日現在で、「新型コロナウイルス（COVID－19）」の世界全体での感染者数は三四〇〇〇万人弱で、死者は一〇〇万人を超えた。

死者数の多い国のトップ5は、十月一日現在で二十万人強のアメリカを筆頭に、十四万人のブラジル、ほぼ十万人のインド、八万人弱のメキシコと続き、三万人台でほぼ同数のスペイン、アルゼンチンも続いて、この六カ国の合計で約六十万人となり全世界の半数。この結果から見ても、どうやら先進国とか発展途上国の違いには関係ないようだ。

傾向から見ると、やはり人口が多い国で、伝達が速やかに国民の末端に届かぬ国、そして挨拶を相手と接近して行う生活習慣の国、更には独裁者（あるいはそれに似た最高リーダー）が、国民に対して「ウイルスは単なる風邪の一種」と〝雄叫び〟を上げているような国々が、ウイルスから大打撃を受ける結果となった。

アメリカ・トランプ大統領やブラジル・ボルソナーロ大統領などは、強がる態度に出た結果として自らコロナウイルスに占拠された。

さて、日本はどうなのか？　世界を襲っているこのパンデミックの中で、なぜ日本は比較的に小さな打撃で済んでいるのだろうか。十月一日現在で感染者数は八万人、死者はわずかに一六〇〇人である。

私の考えでは、最大の救世主は「日本国民のマスク習慣」にあると思っている。マスクは「飛沫《ひまつ》感染」における最大の防御策なのであり、日本人は昔から「風邪やインフルエンザに罹《かか》れば、すぐにマスクを掛ける習慣」を持ち合わせている。

〝昔から〟と言ったが、江戸時代の人々がマスクをしている姿は見たことがない。それではいつからマスクを使い始めたのだろうか。

それは一九一八年三月にアメリカのシカゴ付近で最初の流行が起こった「スペイン風邪（鳥インフルエンザの一種）」で、当時アメリカ軍の第一次世界大戦参戦とともに大西洋を渡ってヨーロッパで大流行（スペインから広まったので「スペイン風邪」と呼ぶ）した。その第二波が一年後に世界中に広がり、病原性が更に強まって重症な合併症を起こして死者が急増、一九一九年春になると第三波が世界中に再度広がり、日本での被害はこの時が一番大きかったそうだ。

このスペイン風邪が世界的に流行した際に、その予防品として「マスク」が世界中で使用されたと言われる。

ところが欧米人は、そもそも〝鼻、口を覆うことを嫌う習性〟を持っているそうで、それ以降マスク着用は廃れてしまったが、日本ではその後一九三四（昭和九）年に流行したインフルエンザの時にマスク（当時は「呼吸保護器」と呼んだ）が大流行し、一九五〇（昭和二十五）年には布に代わる「ガーゼマスク」が生まれ、日本人は〝他人に迷惑をかけないために、風邪を引けばマスク着用〟が習慣となって受け継がれてきたという。

そう考えれば今回の【アベノマスク】も対策として的を射たものだったが、あまりにも〝瞬間的な思いつき〟だったのか、国民へのマスク緊急配布についての事前説明が不十分であったこと、更にマスク調達のまずさから医療機関や国民が欲しがっていたタイミングには間に合わず、残念ながらお粗末な結果に終わってしまった。

更にマスクに加え、多くの日本人が持ち合わせているウイルスの大敵「うがいと手洗い習慣」も、爆発的感染を抑えた一因であろう。日本人の持つそのような公衆衛生への関心の高さが、ウイルス感染を最小の規模に抑えていると考える。

ここで「なぜ、日本が比較的小さな打撃で済んだか」についての、世間で報道されている【諸説】(これを〝Factor X〟と言っている)のいくつかを紹介しておこう。

まずはその一つ目、医学的・疫学的な面からの仮説だが、日本人やアジア諸国の人々は、すでに今回の新型コロナウイルスに似たウイルスに感染していた経験があり、「歴史的免疫」を有していたのではという説だ。

もう一つに、アジア系人種「モンゴロイド」である黄色人種には感染者が少ないという説だが、これはニューヨーク市の人種別感染状況調査でそのようなデータ結果が出ているという。

更にもう一つの説だが、新型コロナウイルスにはS、K、Gの三つの型があり、これらは順にまずS型が発生し、次のK型も無症候性か軽症だが、G型は重症化しやすい特性を持つという。恐ろしいのは、S型にはG型に対する抗体依存性免疫増強(ADE)効果を持つ場合があるということだ。欧米諸国は中国からの渡航を素早く全面的に制限したため、S型は蔓延したがK型の流入を防げた。だが、その後G型が入ってきた時にADE効果により爆発的に感染が広がってしまった。

一方で日本は初期対応が一カ月ほど遅れ、二月に入って中国が「春節」を迎え、日本は大量の中国旅行者を迎え入れK型が流入し、無症候か軽症なK型に対する集団免疫が出来ていたため、G型に対して重症化を抑えることができたというラッキー説。

十月九日の新聞記事によれば、新型コロナウイルス対策を検証した民間グループが安倍前首相に提出した報告書では、「泥縄だったけど、結果オーライだった」との官邸スタッフのコメントが添えられていたというが、「日本の感染症に対する備えの甘さが政策の選択を狭めた」などと総括していた。


私が考えるもう一つのラッキー説として、日本はこれまで歴史上で大きな感染症問題で大打撃を受けてきていなかったために、国（厚生労働省）は徐々に各地にある「保健所」の合理化を図り、職員削減などを実施してきていた。

ところで日本では感染症の扱いは厚労省であり、その対応は傘下の「保健所」で行っており、一月に始まった「新型コロナウイルス」感染問題に対して、三月に入って厚労省が国民に対して対処方法を発表した。それは「もし体温三十七・五℃以上で咳《せき》が出て体がだるい症状がある場合に、保健所に連絡しPCR検査を受けるように」という内容だった。

しかし、その直後から保健所の電話はいつも話し中で繋がらなくなった。そこで厚労省は専門の「コールサービスセンター」を設置して対応したが、ここもほとんど電話が話し中で繋がらなかった。

この理由は保健所側の態勢が人手不足のために電話はバンクし、即席に作ったコールサービスセンターも回線数不足で電話はすぐにパンク。この状態に対して政府は緊急対応策を取らずにいた。

このように真剣に取り組まない背景には、各地にある保健所の職員の管轄は「厚労省」なれど、保健所の設置・運営は「地方自治体」の管轄で、その二面性がお互いに牽制《けんせい》し合う結果となり、国の存亡が懸かる仕事に身が入らなかったのではなかろうか。

一方で、もしマトモに対応していたら、大勢の人がＰＣＲ検査に訪れ、病院がパンクし医療崩壊をしてしまうと考えたのではないか。それとも大勢の疑似感染患者を一挙に受け入れた場合に、それを処理するだけのＰＣＲ機の台数を日本は持ち合わせていなかった、という物理的背景がもう一つの理由だったかもしれない。

そのような経緯があって、十月になっても一日のＰＣＲ検査人数は数千人で、感染者数が数百人という発表を繰り返しているのである。もしかすると、もし一挙にＰＣＲ検査を実施していたら、アメリカや欧州のように無症候感染者数が莫大《ばくだい》な数字となっていたのかもしれない。

しかし、韓国や欧州のように国民のほとんどにＰＣＲ検査を施し急場を乗り切ったと言っていた国々が、今第二波に襲われているのであるから、ＰＣＲ検査も当てにはできないと言えるのかもしれない。

とすれば、日本はただただ〝ラッキーだった〟ということなのだろうか。

六、マスコミ報道と「インフォデミック現象」

さて、日本人の持つ「マスク、うがい、手洗いの習慣」によって、他国に比べ「ウイルス蔓延」を小規模に抑えられているという状況はよしとしても、この「コロナ禍」における新聞、テレビなどによる報道は目に余るものがある。

特に最悪なのが、テレビで流れている「ワイド番組」なのだ。最近のワイド番組はニュースを中心にした編集構成となっている。朝のワイドショーから夜に至るまで、次から次へとワイドショーが展開するのだ。

その番組内で、コメンテータと称して大学教授、弁護士、評論家、そしてタレントやお笑い芸人などがレギュラーとして出演している。それらコメンテータが「社会」「経済」「政治」「海外関係」などの分野に幅広く専門知識を持ち合わせているはずもなく、しかし世の中の出来事に対してもっともらしい顔をして〝単なる一個人の見解〟をワイワイガヤガヤと述べているのだ。

恐ろしいことは、それらコメンテータの言っていることが、いつの間にか視聴者に真実のように伝わって行ってしまうことなのだ。

昔は「ワイドショー」では、ほとんどニュース絡みの話題を取り上げてはいなかったが、最近はどの局のワイド番組もニュースを話題に取り上げ、ワイワイと感想や意見を捲《まく》し立てており、放送局間の競争原理から視聴者の興味を引き付けようと、ますます過激的な内容になってしまっていることに気付いていない。

それに輪をかけて、SNS（交流サイト）が幅広く浸透してきたことで、過去より情報が拡散しやすくなっている。日経新聞の記事によれば、二〇〇三年に流行したSARSの時と比べて、今回の新型コロナウイルスの場合では六十八倍の「情報拡散力」となっているという。

このように、ニュースやネット上で流れる噂《うわさ》やデマも含めて大量の情報が氾濫し、現実の社会に影響を及ぼす現象を「インフォデミック」と言う。これは「情報（Information）」と「流行（Epidemic）」の言葉を重ねて生まれた造語だそうだが、拡散スピードがアップしたインフォデミック現象の卑近な例として、八月四日の暑い盛りに突然に吉村・大阪府知事が「新型コロナウイルスの予防にはイソジン等のうがい薬が効く」と記者発表したのだ。これを発表したのが昼頃の時間だったが、その日の夕方には「うがい薬」が町の薬ディスカウントショップや薬局でほとんど売り切れ状態となってしまったのだ。その後で吉村知事が「皆さんをミスリードした」と詫《わ》びの記者会見をしていたが。

毎日ひっきりなしにテレビから流れる「今日の感染者数」情報は、ただただ視聴者の恐怖心を煽《あお》っている。そして意味があるかは甚だ疑問だが、毎日発表される感染者数の増減によって我々は一喜一憂しているのだ。そろそろ「コロナウイルス」に対する取り組み姿勢を、私たち一人ひとりが自分で考えて生活して行くことが必要ではなかろうか。インターネット世界は情報過多の世の中なので、マスコミからの一方的な受け身ではなく、自ら情報を選択し冷静に分析することが必要であろう。

「コロナウイルス」も感染症の一つだが、感染症問題はこれまでの歴史が物語っているように、一年や二年で消えてゆく（解決する）問題ではなく長い付き合いとなり、そして感染症が世界を襲った後で元どおりの生活に戻ったケースはないことを歴史が示している事実を知れば、これからの生き方、考え方も自ずと変わってこよう。

七、「ワクチン国家主義」の驚怖

今年（二〇二〇年）に入って、地球は突然「大禍」に襲われた。「新型コロナウイルス」が人間をターゲットに襲ってきたのだが、人間は有史以来「感染症」に襲われながら、電子顕微鏡が発明されるや、ウイルスの存在を知り、過去において何回となくウイルスにも襲われ、そのたびに人類が作り上げた文明をひっくり返されてきたのだ。

感染症の発生やウイルスの出現は、人類が地球を破壊しながら作り上げた〝人類の文明〟にストップをかけて、〝地球環境を元に戻す浄化活動〟を行っているのだとすれば、そのサスティナブルな行動は神業的であり、病原菌やウイルスは我々の持つ知識の範囲内では完全に解析できない物質のようであり、どうしても地球外生物（ＥＴ）とか〝神の贈り物〟ではないのか、なんて考えてしまうのだ。

したがって、これからも我ら人類がどんなに研究を重ねて行っても、病原菌やウイルスに対しての完璧な攻略法など見つからないのではなかろうか。

これまでに人類は研究を重ねて、感染症には「抗生物質」や「サルファ剤」などの化学療法剤を作り出し、ウイルスに対しては「ワクチン」の開発にやっきとなってきているが、これは西洋医学の範《はん》疇《ちゅう》でひねり出した〝対抗武器〟のようなもので、それを使用すると人体に異常な副作用が起こるかもしれないという〝要注意薬〟とも言え、人間が〝藁《わら》をも掴む心境〟から頭の中で創り上げた、〝危険を含んだ特効薬〟といった存在なのだろうか。

現在「新型コロナウイルス」のワクチンを巡って、世界中で〝先取り合戦〟が展開中である。つまり、国の首領が民のために他国より早くワクチンを確保することが、民の前で権力を誇示する指標になっているが、これを「マネー資本主義」がもたらす「ワクチン国家主義」と言うそうだ。何という愚かな行為であろうか。

アメリカも欧州も、そして日本もワクチンの確保に躍起となっているが、供給源を確保するためには、開発中の段階で供給元に資金援助をせねばならず、また大量購入には巨額な財力が必要となり、結局は民への接種は先進国が優先され発展途上国が後回しになることは明らかで、ここにもマネーが優先する格差問題がはびこっている。

しかし一つ言えることだが、ワクチン接種は先陣を切って危険に体をさらす必要はなく、多くの人々が接種を受けて安全だと分かってきた段階で接種されることを是非お勧めしたい。

八、「新しい時代」への入り口

十月に入っても世界を襲っている「コロナ禍」の勢いは弱まらない。むしろここに来て欧州を中心に〝コロナ第二波〟が襲ってきていると大騒ぎである。

フランスでは十日の感染者数が過去最多の七〇〇〇人を記録、英国では十二日の新規感染者が約一万四〇〇〇人とフランスの倍、ドイツも一日あたり六〇〇〇人を超え過去最高を記録、累計感染者数が欧州最多の九十万人を超すスペインでも更に感染者が増えており、またチェコやポーランドなどの東欧でも十月に入って感染者数が急増している。

十月十八日のNHK発表では、全世界での感染者数は四〇〇〇万人、死者が一一〇万人というので、このわずか十日間で感染者が六〇〇万人、死者が十万人増えたことになり、欧州の都市ロンドン、リバプール、パリ、マドリード、ケルン、ミュンヘンなどで「条件付ロックダウン」に入った。

こんな状態がいつまで続くのであろうか。第二波を、あるいは第三波を乗り超えれば〝安泰な時代〟が来るのだろうか。

私の考えでは、そんな短期間にコロナ禍からは脱出できないように思う。なぜならそれを歴史が証明しているのだから。そしてやっとのことでコロナ禍を脱出できた頃は、今とは【全く違う世界】が生まれているのではなかろうか。


実はこの【全く違う世界】に向かって、もうすでに少しずつ変化が始まっているのだ。それは五月四日に厚労省が発表した【新しい生活様式】に見ることができる。

その【新しい生活様式】とは……
・人との間隔は、できるだけ二メートル（最低一メートル）は空ける。

・マスク着用、手洗い、うがいを履行する。
・遊ぶ場合は屋内より屋外にする。
・会話をするときには、可能な限り真正面を避ける。
・買い物は通販も利用し、一人または少人数で、空いた時間に買い物をする。
・人の密集する場所（観劇、映画館、パーティーなど）は極力避ける。
・握手やハグなど挨拶の際には相手と接触するのは避ける。
・レストランなどでは対面は避けて横並びで座る。
・働き方はテレワークやローテーション勤務にする。
・娯楽、スポーツ、カラオケ等では狭い部屋での長居は無用。

と要点を十項目にまとめてみたが、これらはすでに誰もが現在実行に移している行為である。しかしこの【新しい生活様式】は、私たちのこれまでの常識とは正反対のものが多いのだ。上記十項目とこれまでの常識とを対比してみよう。

行列を作る場合、やたらと列が長くならないように、私たちはなるべく詰めて並んだものだ。今、スーパーのレジの前で指定された間隔を保って並ぶのが何か異様に感じる。うっかり近寄ってしまうと、いやな顔をされる。

今はほとんどの人がマスク着用をしている。異様な姿だが、これからはマスクをしていない人が変な人と見られてしまう。また、マスクなしでは中に入れない場所がどんどんと増えて行く。

子供たちが遊ぶ場所は屋外の方がいいのは分かっているが、これまでは公園でのボール投げ禁止とか、近隣の迷惑にならぬよう静かに遊べ、などの注意書きが多いため、思い切って遊べる広い場所が十分にないのが実情で、実行はそう簡単ではない。

会話をするときは体を斜に構えてと言うが、なんと失礼な態度ではないのか。

一人での買い物は慣れているが、空いた時間にせよとは、これまでの生活習慣から別時間帯に改めねばならない。

これからは観劇や映画鑑賞、そしてパーティーなどにはあまり行けなくなる。これはエンターテインメント産業にとっては死活問題に発展する。

人と挨拶をするとき、握手をするのは親しみを表現する行為だが、それがダメとなると、次第に人間関係も粗雑になって行ってしまうかもしれない。

レストランにて皆で食事する場合、向かい合わずに横並びにせよとは、寂しい限りだ。楽しい雰囲気がなければレストランに行く人も激減し、飲食店も大打撃を食うだろう。

密なる通勤電車を避けるためにもリモートで仕事するようにとのお達しだが、在宅勤務の場合などはその生活パターンに慣れるまでには、相当家庭内での混乱を来すであろう。

カラオケ禁止、観劇やスポーツは観客数限定となり、これまでの楽しみ方と雰囲気が違ってくるが、このような条件下では営業成績が上がらず施設経営の維持が困難になり、その結果として役者やアスリートたちの死活問題に発展してゆく。

以上に述べた如く、甚だ窮屈な生活が強いられるのだ。しかしこの問題は〝いずれその生活に慣れればいい〟というだけでは済まされないのだ。この【新しい生活様式】を取り入れて行く過程で、経済活動がほとんど停止してしまうという大問題を抱えているのだ。

この生活変化が会社経営や商店経営を窮地に追い込み、失業者や自殺者を次第に増大させて大きな社会問題となってくる。

今、政府は経済活動を止めないために「GOTOキャンペーン」を打ち出しているが、この取り組みも本当に困っているところには救済が行き届かず、また国は「東京オリンピック／パラリンピック」を来年夏に実施する方向で進めているが、日本国は世界から人を集めて、本当に世界のスポーツ祭典を開催できると思っているのだろうか。

ちょうどここまで書いている時、今日は十月二十三日で、二回目の「アメリカ大統領選挙テレビ討論」番組の中継が始まった。この討論の一番目のテーマが、今襲っている「新型コロナウイルス」についてだったので、ここでこれについて一言述べておくことにしたい。

共和党・トランプと民主党・バイデンの二人でのディベートは単なるお互いへの〝罵しり合い〟で、この二人にはアメリカのリーダーとしての資質がないのかと思うと甚だ悲しくなってくる。

このレベルのリーダーが今後世界をリードしてゆくとすれば、地球自身がますます悪い方向に向かうとして、〝コロナウイルス君〟がアメリカを攻撃して世界一の死者（二十二万人）を出して猛省を促しているのではないのか。つまりは、コロナウイルス君が〝地球を元の姿に戻す浄化〟の作業を始めてくれたのかもしれない。

さて【新しい生活様式】についての話に戻そう。

私の考えとして、現在取り組み中の【新しい生活様式】は、更に生活環境の変化に伴って新たな生活様式を生み出し、それを何回か重ねて行きながら、最終的には【全く違う世界】を創り上げると思っているのだ。

この積み重ねの変化は相当長い期間を辿って変遷して行くのだが、どんな方向を辿ってどんな世界になるのだろうか。今回の新型コロナウイルスの来襲によって、これまで常識だったことが非常識となり、全く違う価値観が生まれてくるということだ。

〝コロナウイルス君〟の登場で、ヒトの流れを一瞬にして止められた。そして飛行機が飛ばなくなり、物流も停滞してついに経済が止まった。と同時に仕事や学校教育はリモートに変わった。

このコロナ危機に直面して、改めてヒトは「創り上げられた巨大な格差社会」に気付かされ、「脈々と作ってきたヒト文明が暴力的に地球を破壊していること」に気付き始めたのだ。結局はヒト文明が創り上げた「民主主義」と「資本主義」の社会形態はついに終焉を迎えつつあり、もう元には戻れないのだ。

飛行機も今までどおりの量では飛ばないし、車も電車も今までのようには走らない。経済が一時的にでも止まった以上、企業は存続のために従業員をレイオフせねばならず、その結果として失業者や自殺者が増大し、かつ少子化はますます激しくなるだろう。

ところで〝元に戻ること〟が、ヒトとして本当に求めることなのだろうか。我々が生かされている天体〝地球〟の存続を考えると、「資本主義の終焉」は我々ヒトがむしろ望むことではないのだろうか。

ここで注記しておくが〝資本主義が滅ぶということは、社会／共産主義はどうなんだ？〟という疑問をお持ちの方もおられよう。それは現実を見てもらえば分かるとおり、それらの国は〝コロナウイルス君〟の生まれ故郷でもあり、また同様に甚大なコロナ被害を受けているのだ。つまり社会／共産主義とは、資本主義に対抗して生まれた社会形態であり、片方がなくなれば、その対抗馬も定義する意味がなくなり、自然とその形態も同様に終焉を迎えるので心配はない。

これから〇〇〇年後に今とは〝全く違う世界〟が到来したとして、その時の世界はどうなっているのか推理してみたい。

その時代に存在している国とは、〝自国で生活のすべてが完結する小さな国〟のみが残っていて、その時の世界人口は現在のおよそ半分以下になっているのかもしれない。隣の国に何か足りないものがあれば、それを足りている国が助けるという「共助の精神」が社会全体を覆っているのだ。

つまりこの「新しい時代」では、金を稼ぐという競争はないので、国と国との争い（戦争）も起きない。この時代のヒトは、〝この大事な地球を壊してはならない。他の生物群と共生して生きて行く〟という理念を持ち合わせているのだ。この「新しい時代」が、仏教で言っている「浄土の世界」に近いのかもしれない。

私たちが思い切ってこれまでの文明を捨てる賢い行動を起こせずして、これまでの世界を取り戻そうと〝コロナウイルス君〟と挑戦し続けると、その最悪の結果は二〇〇八年に描かれた宮崎駿の漫画『風の谷のナウシカ』のストーリーを辿ることになってしまうのか。このストーリーは次のような内容の言葉で始まっている。

『かつて栄えた巨大産業文明の群れは時の闇の彼方へと姿を消し、地上は有毒の瘴気《しょうき》を発する巨大菌類の森〝腐海〟に覆われていた。

人々は腐海周辺に、わずかに残された土地に点在し、それぞれ王国を築き暮らしていた。――風の谷――そこは人口わずか五〇〇人、海からの風によってかろうじて腐海の汚染から守られている小国であった』

今十月二十九日、あと二日で十月も終わろうとしているが、世界中を襲っている〈コロナ禍〉は全く静まる気配はない。むしろここに来て欧州ではロックダウンに再突入したと大騒ぎをしている。〈コロナ禍〉は刻々と進行中であり、これをテーマに書き始めたエッセイは終わりがないので、この辺で筆を擱《お》くことにする。

私たちが『風の谷のナウシカ』のストーリーを辿らないよう祈りながら。

おわりに

思い起こせば今から五十年ほど前（一九七二年）に、民間シンクタンクの「ローマクラブ」が全世界を取り巻く環境に対して警鐘を鳴らした提言が思い出される。

『このまま人口増加や環境汚染が続けば、資源の枯渇や環境の悪化により一〇〇年以内に地球の成長は限界に達する』

この当時、日本は高度経済成長により「いざなぎ景気」の中にある一方で、工場廃棄物による公害問題が各地で発生していた。しかしヒトは皆この警鐘を聞いて「ギクッ」とはしたが、「喉元すぎればば」で、時間が経てばその警鐘の響きもかすかなものに変わってしまい、成長の限界に向かってまっしぐらに来てしまった。

「成長の限界」まで残された時間はあと半分の、およそ五十年しかない。

二〇一六年、政府がこれから先の〝未来社会のコンセプト〟として『Society5.0』を提唱した。この「5.0」とは、古代の「狩猟社会」を「Society1.0」として、「2.0」が「農耕社会」、「3.0」が「工業社会」、「4.0」が「情報社会」であり、それに続くものとしている。

情報社会では知識や情報が共有されず、分野横断的な連携が不十分であったという問題点を克服すべく、『Society5.0』の時代はサイバー空間（仮想空間）とフィジカル空間（現実空間）を高度に融合させたシステムが構築され、経済発展とそれに相反する社会的課題の解決を両立する、人間中心の社会となるという。

この『Society5.0』を支えるのは、ＩｏＴ（Internet of Things）、ロボット、人工知能（ＡＩ）、ビッグデータといった社会の在り方に影響を及ぼす新技術であるが、これまでの人類の歴史を顧みると、やはりヒトはただただ新技術によって「利便性」「快適性」そして「効率性」だけを求めてしまい、結果的にはＡＩやロボットに支配され監視される社会になってしまうのではないだろうか。

ヒトがまだこんな不安な未来を描いているのでは、地球を存続させるには大いに危険と判断して、〝元に戻す浄化活動〟を遂行すべく、急遽〝コロナウイルス君〟がヒトの中に参上してくれたのであろうか。

このエッセイを書いている間でも、世界では常識では考えられない不可解なことが、あたかも当たり前のように展開している。アメリカ大統領選挙日も数日後に迫ってきているが、現トランプ大統領が、「もし俺が負けるような結果となれば、郵便投票の不正を訴える」と叫び、コロナウイスルで世界最大の死者を出しているのに、「それは中国のせいだ」と他に責任を転嫁するという幼稚な思考レベルを思うと寒気が走る。

このエッセイを読んでいただくと、私はひどい「悲観主義者」ではないのかと思われそうだが、私はむしろ「楽観主義者」ではと思っている。

私は今回の「新型コロナウイルス」が襲ってくる八年前の二〇一二年に、『日本復活私論』を書いている。この中で、世界は「万物のサイクル」つまり【誕生―成長―成熟―衰退―死・終焉】のサイクルで現代文明は終焉期に入っており「大災（Catastrophe）」に直面しているのだ、と私論を述べた。

このCatastropheとは……


『社会も人間も（いや万物）もこのサイクルを繰り返しているとすれば、人間社会に於いて成熟期を終えて衰退期に入っている現在、これを通過し「死・終焉」の状態を迎えるが、それは世界恐慌や飢餓とか世界戦争、あるいはウイルスや放射能による奇病蔓延などの〝人災〟に加え、火山爆発や地震、津波、山火事などの〝天災〟が重なり、人類が直面する地獄絵のような過酷な状態を乗り切って、その後に全く新しい流れが生まれるというプロセスを辿る。』（二〇〇八年エッセイ『ふざける菜漬け』より）

だから私たちは今Catastropheの中でコロナウイルスによる〝人災〟を受け、同時に地球上の各地で起きている大地震や巨大な山火事、干ばつ、水害などの〝天災〟を受けながら「新しい時代」に一歩一歩向かっているのだ。

その「新しい時代」とは、私が私論で訴える「利他主義」がベースとなっている「縄文文化風新時代」であることを祈りながら。

そんなことを考えている私だから、やはり楽観主義者なのだろうか。

（二〇二〇年十月三十一日　了）

第四章　俳句言いたい放題

一、俳句と大衆文化

俳句を始めて十数年になる。二〇一〇（平成二十二）年三月に会社時代の友人七人が集まって句会をスタート、その二カ月後に『現代俳句協会』のインターネット句会の会員になり、そして昨年（二〇一九年）に、あるＮＰＯ法人傘下の句会にも入会したので現在は三つの「句会」をこなしているが、一向に俳句が上手になったとは思えない。

その間、種々俳句関連書物を読んでみて、そして句会を重ねているうちに、自分だけの勝手な解釈で「ドグマ的俳句論」が出来上がり、他人の句に対して自己中心的な「誹謗《ひぼう》中傷的意見」が増えてきているようで不安に感じてもいる。

そんなわけでこの章に「言いたい放題」と付けた上で、俳句界にて私自身が普段感じてきたことを書き連ねてみたい。

なお、以下の文章には歴史上の人物名および現役の人名が出てくるが、敬称を略させていただくことをご了承願いたい。

俳句を語るには、まずはその誕生と歴史を知る必要がある。この歴史（経緯）を知れば、俳句が〝大衆受け〟することがよく分かる。

俳句の原点は、豊臣秀吉の時代の「桃山文化」における「俳諧」の庶民への大流行から始まるのだが、その火付け役が「松永貞徳《ていとく》」で、貞徳は弟子を増やし「貞門風」を確立し、その後江戸時代に入り「西山宗因」を中心に「談林派」が台頭し活躍する。

一方貞門派の「北村季吟」に俳諧を学んだ「松尾芭蕉」が、「さび」「わび」の句境に至り「蕉風」を完成させて、俳諧による真の詩的世界における「不易流行」という理念を作り上げた。「不易流行」とは、〝新しみを探求した流行こそが、実際は俳諧の不易の本質〟だという意味だそうで、分かりやすく言い換えれば〝永遠に変わらないことを忘れず、新しみや変化も同様に取り入れてゆくこと〟だそうである。

明治時代に入ると、時代が大きく変わったのに〝俳諧の世界は変わっていない〟と不満に感じた「正岡子規」が、西洋近代文学の視点から〝連歌形式は文学にあらず〟と唱え、連歌の句付を廃止して「発句」を「俳句」と改め、これまでの連歌・俳諧は皆で作る句集だから「開かれた文学」であったのに対して、子規は「俳句」を「作者の個性で閉ざした文学」として位置づけした。

子規は洋画家「中村不折」の影響を受けて、「俳句も実景を写すことが大事」と主張し「写生俳句」の精神を推し進めた。

子規の没後、門人の「河東《かわひがし》碧梧桐《へきごとう》」が「自由律俳句」を目指して一時的なブームを作るが、行き過ぎであると批判され勢力を失ってゆく。だが、一方で門人のもう一人「高浜虚子」は子規の思想を継ぎ、俳句を飯のタネにすることに専心し、商魂逞《たくま》しく同人誌『ホトトギス』に夏目漱石の小説『吾輩は猫である』や『坊っちゃん』を掲載するなどして大ヒットさせ発行部数を増やし、ついに巨大な『ホトトギス』大王国を築き上げた。

更には、虚子が選者となり購読者から俳句を応募させる「雑詠選」を掲載して読者層を増やし、更に「俳句結社」を全国に広げることに専念し、その各結社の選句結果や広告を『ホトトギス』に掲載させるビジネスシステムを構築して、押しも押されもせぬ地位を築いていったのである。

大正時代に入ると、虚子は更に俳句を女性の世界にも押し広げてゆく。『ホトトギス』の門下から実力のある俳人たちが「主宰」となって分家し、「家元制」的に「結社」が全国に広がって行き、現在では八〇〇～一〇〇〇の結社があるという。

そしてインターネットの時代を迎え、ネットを介しての「句会」も盛んとなり、年々俳句人口も増え続け、今では八〇〇万～一〇〇〇万人に及ぶと言われる。

考えてみれば人口の一割近くが〝俳句をたしなめる人〟なのであるから、そしてテレビ放送でも「俳句番組」が組まれるのは、それなりの視聴率が得られるからで、俳句が「大衆文化」としてしっかりと国民に受け入れられた証である。

二、私のドグマ的俳句論

私が俳句に興味を持ったのは、二〇〇一（平成十三）年から約二年間の長野県・伊那市での単身赴任の時代に遡る。

伊那市は南アルプスと中央アルプスにすっぽりと包まれた伊那谷の中にあり、縄文時代から人類が住み着き、考古学的にも興味深い地域で、春から秋まで野草や高山植物の多種の花々が咲き誇り、冬の凍てつく寒さと豊かな温泉のコンビネーションなど、とにかく四季を通じて退屈させない最高のエリアなのだ。

この地に、「さすらいの乞食俳人」と呼ばれた『井上井月《せいげつ》』がいたことを知った。彼の存在を知ったきっかけは、だだっ広い田畑の遥か遠くにポツンと二本の大きな杉の木が立っていて、ある日散歩でそこを訪ねると、杉の木の根元に卵型のお墓があり、「俳人・井月の墓」と記されていた。その後は週末になると伊那図書館に通って、井月に関連する書物を読み漁《あさ》った。

井月は文政五（一八二二）年に越後・高田藩の武家に生まれ、その後長岡藩・井上家の養子となり、若くして江戸に遊学し俳諧のほかに書道を学び、一旦国に戻って結婚し一子を持つが、どうしても好きな学問を続けたいと再度江戸に単身赴任。井月曰く、

「独り者の方が江戸では気楽で良い。何か一つを得るということは、何か一つを失うことなのだ」と。

しかし弘化《こうか》元（一八四四）年に上信地方を襲った地震により長岡城下も多大な被害を受け、その時

発生した大火災により家族全員を失い、本当の「独り者」となった。

すべてを失った井月は武士でいることをやめ、諸国行脚の旅に出る。江戸末期安政五（一八五八）年、三十六歳の井月は伊那に現れ、俳句に志のある人の家々に泊まり歩き、野宿をして伊那谷をさすらい、明治二十（一八八七）年にこの伊那の地「美すず六道原」において六十五歳の生涯を閉じたという。

芭蕉を師と仰ぎ、与謝蕪村の「蕉風に帰れ」をそのまま引き継ぎ、伊那谷で「蕉風」を教え、酒を愛し、自然を愛し、人には乞食とバカにされながらも自由に生き抜いた姿は羨ましい限りだ。

井月が生涯で作った俳句は一六〇〇句余りだそうだが、私が印象に残っている井月の句を十句選んでみた。

何処やらに鶴の声聞く霞かな
降るとまで人には見せて花曇り
春風にまつ間程なき白帆哉
魚寄る藻の下かげや雲の峰
時鳥《ほととぎす》旅なれ衣脱ぐ日かな
乾く間もなく秋暮れぬ露の袖
駒が根に日和定めて稲の花
落ち栗の座を定めるや窪溜まり

何云わん言の葉もなき寒さかな
初霜の心に鐘を聴く夜かな

井月の俳句を詠み、そして自然豊かな伊那谷を散策すると、いつの間にか自分でも俳句を作り始めていた。私の二年間の伊那単身生活の間に作った、初心者としての俳句を五句ほど選んでみた。

雨上がり遠照《おんしょう》ぼたんのお辞儀かな
雨激し庫裏に寄り添う鞠アジサイ
赤化粧人なき園の百日紅《さるすべり》
岳の雪まだ早いぞと地の黄葉み
畦《あぜ》踏めば水面《みなも》を揺らす蛙の子

伊那に行くには、今でさえ電車やバスでも三時間半を要する地の利の悪い場所で、だからこそ今でも自然美をそのまま残しており、都会育ちの私には別天地のように感じていた。

そして流離《さすら》いながら作句した井月のように、私の句も実際に伊那谷を歩いて作った「写生句」なのである。

自前句の一番目のものは、高遠にあるボタン寺「遠照寺」に行った時、二番目のものは、アジサイ寺で有名な「深妙寺」を家族で訪ねた時、そして三番目は「伊那梅園」に咲くサルスベリ、そして次が南アルプスと中央アルプスが見渡せる「鹿嶺《かれい》高原」山頂に友人をお連れした時、そして最後の句は、井月が住んでいた「美すず六道原」の田んぼの畦を早朝に歩いている時に詠んだものだ。

しかしある日、「近代・現代俳句理論」に触れ、この理論とは、五七五にこだわらず、そして無季語でも構わないといった主義主張を唱えた「新興俳句運動」が始まりなのだが、戦後になると、「造形俳句」とか「前衛俳句」といわれ現代俳句として詠われていると知って強い憤りを感じた。「造形俳句」と言えば、その代表格が「金子兜太」であるが、彼の俳句のどれを詠んでも何を言いたいのか素直には理解できないのだ。

例えば彼の代表作を五句ほど挙げてみたい。

彎曲し火傷し爆心地のマラソン
銀行員等朝より蛍光す烏賊のごとく
霧に白鳥白鳥に霧というべきか
暗黒や関東平野に火事一つ
梅咲いて庭中に青鮫が来ている

なんとリズムの悪い、むしろわざと五七五を崩しているようにも感じ、兜太がどんな人生を歩み、どんな状況下で作句されたかを知らなければその句の意味が全く分からないような俳句が、すばらしい俳句と言えるのだろうか。

さてこの辺から、私の俳句論的な内容になるので、なぜ私のような俳句に素人な者が「ドグマ的」とか言って勝手に喋れるかについて、まずは俳句界の特異性の話から始めたい。

芭蕉の「蕉風の世界」を俳人たちで追求している時代は安泰であったようだが、文明開化の明治に入って子規の時代を迎えると、「花鳥風月」の世界を詠むという古典手法に凝り固まった「マンネリ俳句」から脱皮するのだと、子規は「写生俳句」を志向し、子規を継いだ虚子は雑誌『ホトトギス』の理念として「花鳥諷詠」を主張し、俳句界も騒がしくなってくる。

そして子規が没すると、虚子はビジネスセンスを発揮して『ホトトギス』を大ヒットさせて、俳句界における絶対権力を手中に納めるのだが、権力を持つと必ず反対勢力が生まれるのは世の常。そしてホトトギス派を中心に家元制としての「結社」が全国に広がりを持ってゆく。

大正時代に入ると、東京駅前に出来たての東洋一の近代ビル「丸ビル」に一介の雑誌社である『ホトトギス』事務所が移転したことは、俳句界における最高潮の出来事と言えよう。しかしホトトギス派が力を付ければ付けるほど「アンチ虚子」の動きも広がってくる。

その後、昭和の時代に入り日本が軍国体制を強めて行き、戦時体制下では作句に対する弾圧も厳しくなり、俳句界も一旦は鎮静する。

そして敗戦を迎えて昭和二十一年になると、〝世の中は変わったのだ〟と絵画でいえば抽象画的な作句を志向する「前衛俳句」、「創作俳句」、「造形俳句」といった俳句が注目される時代となる。

その後、昭和三十六年、【現代俳句協会】の選考基準を巡って団体内の対立が激化し、当時幹事長だった「中村草田男」を中心にしたグループが「有季定形」を掲げて【俳人協会】を設立。またその一年前に「花鳥諷詠」を掲げて「稲畑汀子《いなはたていこ》」が中心に【日本伝統俳句協会】を設立。更に俳句を世界へ広めようと【国際俳句交流協会】や【世界俳句協会】などが設立され現在に至っている。いわゆる「群雄割拠」の時代と言えよう。

つまりは俳句界の特異性とは、虚子の出現により俳句がビジネスライクに捉えられ、虚子亡き後はホトトギス教的な「中央集権的組織」はなくなり、戦後はそれぞれの主義主張を持ったグループが分裂独立して行き、それぞれのグループから更に「何々派」とか言って主宰を中心にした結社が分家して行き、それらは「同人誌」などを独自に発刊しながら、そのような小規模な結社が各地に広がった「寄り合い型」集団が現在の俳句界なのである。

そのように俳句界そのものが、バラバラと拡散するとともに「季語なし」「五七五ならず」の自由句が闊歩するようになると、俳句の分からない外の分野から批判の声が上がる。

例えば文学者「桑原武夫」による「現代俳句は第二芸術だ」という小論文すら出てきてしまうのだが、それに対して「寄り合い型」である俳句界からの反論はない。

私は桑原論に与《くみ》するものではないが、このような状況下なので、ここで私もドグマ的俳句論をこの機会にぶちかましてみたい。

私は『俳句とは五七五の定形で、かつ「季語」を持ったものでなくてはならない』というのを絶対ルールとすべきだと思っている。五七五とは昔からリズミカルな音調でス～ッと心に入ってくるリズムなのだ。これをまず守らねばならない。

そして俳句は四季の変化や、それによる心の変化を詠むのであって、俳句の源である「連歌での発句」の精神を失ってはならない。つまりは芭蕉が説いた俳諧理念「不易流行」をきちっと守ってゆこうということが私の主張だ。「造形俳句」のように「不易」の精神を犯し、単に「流行」に溺れるような俳句は俳句ではないと指摘したい。

一つ例を挙げて解説したい。二〇一五年から東京新聞が平和運動として始めた企画「平和の俳句」と題して、「金子兜太」と作家「いとうせいこう」の両氏が選者となって読者から俳句を募集したのだが、ここで選ばれた句がなぜに秀句なのか私には理解ができないのだ。例えば……

「沖縄の怒り」ではない　私の怒り

電車で居眠りができる国がすき

赤ちゃんを抱けば無茶苦茶平和かな

これらが選句されて堂々と新聞紙上に発表されるのだ。これではどんなに俳句が分からない人にも「なんで？」という疑問が湧くだろう。

このように、少なくとも俳諧理念から外れた新しいルール、つまり「季語なしで自由字数句」の

「現代俳句」に対しては「俳句」のジャンルから外して、新しいジャンル名（例えば「不定形句」とか「短詩」とか）にしてはどうだろう。

私は伊那単身赴任が解けて東京に戻ってきたある日、上述のような「現代俳句」を目の前にして俳句への興味を喪失し、全く俳句を作らなくなった。

しかし二〇一〇年になって、あるＮＰＯ法人主催の「市民公開講座：高城修三氏による連の楽しみ」を受講して、違った角度からの俳句の面白さを改めて知った。

高城氏によると、

『俳句の源は連歌、俳諧である。連歌の面白さは〝発句（五・七・五）〟から次の人が〝脇（七・七）〟を詠い、次の人が〝第三（五・七・五）〟を詠み、次に〝四句（七・七）〟、〝五句（五・七・五）〜〟と順々に詠い繋げて最後の〝挙句〟まで続けるのだが、これが繋がって一つの物語が生まれる。

これが【連】の楽しみで、みんなで作る句集なので連歌は「開かれた文学」である。しかし正岡子規が連歌の付句を廃止して発句を俳句と改め、「作者の個性で閉ざされた文学」とした。発句のみの俳句は「季語」と「切れ字」で面白みを表現する文学となった。ということは、（五）＋（七・五）あるいは（五・七）＋（五）と切れ字で分けて、その二つを上手に結び付けるのがワザだ』と教わった。

そして同じ頃、インターネット上で『芭蕉の【あらび】と【かるみ】について』という記事に巡り合った。その記事によれば、芭蕉も晩年になると『風雅の精神とは離れた「荒びたる」つまり洗練されていない粗野である句でも、また「軽い」俗っぽい句でも、高雅な句では表現できない詩情が表現されることがある』と言い出したという。そして芭蕉の晩年は、どちらかと言えば凝った句作りはせず、格調高く見える句で実際は陳腐な句を避けるようにしたそうだ。

そこで私の「ボケ除け」対策として、再び俳句作りに挑戦してみようということになった。そして少しでも【蕉風の世界】に近づけたらこんなにうれしいことはない。これからも【蕉風の流儀】を私の作句の道標として携えて行こうと思う。

三、季語と歳時記について

私のドグマ的俳句論は「有季定形」を基本ルールとしているが、「五七五の中に必ず季語を」というその「季語」も永い歴史を持っている。

日本の詩歌は奈良時代の「万葉集」に始まるが、「季語」として成立するのは平安時代後期になってからで、一五〇の季語が月別に分類され『能因歌枕』としてまとめ上げられたのが始まりという。

鎌倉時代に「連歌」が流行すると、複数の参加者の間で連想の範囲を限定する必要から季語が必須のものとされた。江戸時代になって「俳諧」が成立すると季語がどんどん増えて行き、曲亭馬琴の

『俳諧歳時記』では二六〇〇の季語が集められたという。

近代以降も季語は増え続け、現代の「歳時記」では五〇〇〇を超える数になっているという。しかし現在は公式に季語を認定する機関は存在しない。


さて、季語はその成り立ちによって三種類に分けられるという。

その一つは『真実の季語』で、自然界の真実そして生活や歴史上の行事に従った季語、例えば「雪」は冬、「梅の花」は春という具合に。そして生活や歴史上の行事の例として「〇〇忌」とか、「花祭り」の春、「パリ祭」の夏、「中元」の秋、「納豆汁」の冬など。

そして二つ目は『指示の季語』といい、事物の上に季節を表す語を付けている言葉で、例えば「春の雨」「夏の山」「秋風」など。

三つ目には『約束の季語』というのがあり、伝統的な美意識に基づく約束事として季節が決まっているもの、例えば「月」は秋、「蛙」は春、「虫」は秋、そして「氷」は冬の如きである。

現在の「歳時記」に記載されている季語は五〇〇〇以上あると言われるが、その中にはすでに死語になっているものがある。それも特に『事実の季語』の中の「生活」や「行事」に分類される季語に多い。

その例として、春の季語の中でほとんど死語となっているものを抜き出してみた。

「釣釜」「厩出し《うまやだし》」「車組む」「麦踏」「磯竈《いそかまど》」「鞦韆《しうせん》」「雉笛《きじぶえ》」「出替《でがわり》」「曲水」「雁風呂」「島原太夫道中」「遍路」「亀鳴く」「髢草《かもじぐさ》」などなど。

これらの季語が絶滅したと言いたいのではなく、これらの季語を使って今から作る俳句はもはや不自然だということだ。また「遍路」は〝春の季語〟と決めつけるのではなく季語から外した方が都合いい。さもなければ秋に四国八十八ヶ所を巡礼した者には「遍路」の俳句が作れないではないか。「歳時記」を見やすくするために、これらの使われない「季語」を「旧季語」とか言って別分類にしてまとめることを提案したい。そして新しい時代に合った季語をどんどん追加していったらどうであろうか。

別に〝季語認定機関〟があるわけではないので、発刊する著者が独自に選んで新季語として記載したらいい。芭蕉も『去来抄』の中で、『季節（季語）の一つも探り出したらんは、後世によき賜物となり』と季語の発掘を推奨していたではないか。

四、言いたい放題まとめ

いろいろな俳句関連の書物を読んでみたが、ほとんどの入門書では、『俳句は簡単に誰でも出来るから難しく考えるな』と書いてあるが、だからと言って字数に制限なしというのは行き過ぎであろう。ある入門書では、

『五・七・五ではなく例えば七・五・五になっても、これを「句またがり」といって、作者の言おうとする想いがあふれ出て、致し方なく変化してしまったのだと考えましょう』と説明している。

しかし私に言わせれば、サッカーをやっていてルールの知らない一人が入っただけで全くプレーが

面白くなるのと同じで、俳人とは、

『言おうとする想いを何とか五・七・五のリズムの中に収めようとする創作努力が俳句作りというもの』ではないのかと言いたい。


それではなぜ「自由律俳句」というものが流行《はや》ってきたのか？

私の邪推だが、あの終戦直後、世の中が大きく変わろうとしている時、やれ「花鳥風月」とか「花鳥諷詠」とか言って、自分の気持ちを五七五のたった十七音に収めることは何とも「旧式だ」として、抽象画的「創作俳句」や「造形俳句」が新派として登場したのであろう。これも当時の若者たちのエネルギーの発散法としてやむを得ない行動だったのかもしれない。

しかしこれは俳句ルールを犯すもので、どうしてもその殻を破りたいと思うなら、新しいジャンルを堂々と作れば良かったのだ。現在でもこの辺が明確ではないために、「自由律俳句」がウロチョロしていて甚だ不快である。

例えばまとめて十七音あるなら五・七・五の順番はどうでも構わないとする上述の「句またがり」の理屈や、七・七・五とか五・七・七といった十九音構成も堂々と闊歩している。字数（音数）を指で数えて作句しているようで、〝見苦しい〟ではなく〝詠みづらい〟ではないか。例を挙げてみよう。

母の手に英霊ふるへをり鉄路　〈高屋窓秋〉
世界病むを語りつつ林檎裸となる　〈中村草田男〉

ただ見る起き伏し枯野の起き伏し　〈山口誓子〉
蟻よバラを登りつめても陽が遠い　〈篠原鳳作〉
ふつつかな魚のまちがひそらを泳ぎ　〈渡邊白泉〉

次に「一句に季語は原則一個」のルールについてだが、俳句とはたった十七音の中で季節による自然美の中での想いを表現するのであるから、その短い中に二つの季語を使うだけでも無理があるのではないのか。

二つの違う季節の季語を使うことを「季違い」と言い、同じ季節の季語を二つ以上使うことを「季重なり」と言うそうだが、これらは避けた方が無難であろう。

しかし上述の「季語は原則一個」と〝原則〟と書き加えている理由だが、それは季語がなくても誰が詠んでも句全体で明らかに季節を表現している場合には、「歳時記」に載っている「季語」を使っていなくてもそれは立派な俳句と言えると思うので、〝原則一個〟とした。

ところで『絶滅寸前季語辞典』を読んでいたら、ビックリしたことに十七音以上の「季語」が掲載されていたのだ。その中で一番長いのが「童貞聖マリア無原罪の御孕《おんやど》りの祝日」（仲冬）で、なんと二十五音もある。これ以外にも長い季語（以下これを「多音季語」と呼ぶ）として次のような多音季語が掲載され解説されていた。

狼《おおかみ》　獣《けもの》を祭る（晩秋）＝十一音＝
鵲《かささぎ》　初めて巣くう（晩冬）＝十一音＝
獺《かわうそ》　魚を祭る（初春）＝十一音＝
雀《すずめ》大水《うみ》に入り蛤《はまぐり》となる（晩秋）＝十五音＝
田鼠《でんそ》化《か》して鶉《うずら》となる（晩春）＝十二音＝
腐草《ふそう》蛍となる（晩夏）＝九音＝
糸瓜《へちま》の水取る（仲秋）＝八音＝
ままこのしりぬぐい（初秋）＝九音＝
藻に住む虫の音に泣く（三秋）＝十一音＝

これらの多音季語を知らされて、「有季定形」主義者の私にとっては「まさか、そんなバカな！」と息の根を止められるような瞬間だった。

これらの多音季語が載っていたのは『大歳時記』、つまり正式名『カラー版新日本大歳時記全五巻』だそうで、またこれらの多音季語のほとんどが「七十二候」であると説明されていたので、そこで私にはピンと来たのだ。

私たちは一年間を春夏秋冬の「四季」に寄り添って生きているのだ。つまり私たち日本人は繊細な感覚の持ち主だから、四季折々の変化に沿って豊かな文化を生み出していると言える。暑い夏、寒い冬といった皮膚感覚だけでなく、花鳥風月を愛でるなどして季節の風情を大切にしながら生活しているのだ。
その日々の季節的変化を言葉で書き記すために、古人は五日間を「候」と名付け、その候三つ（つまり十五日間＝半月）を「節気」と名付けたので一年は「七十二候」、そして「二十四節気」となり、それぞれの期間がどんな「気候」なのか「言語」で表現したものなので「季語（季節を表す語）」と呼んだ。したがって「候」や「節気」も季語扱いとなる。
「俳諧」の時代からこれら多音季語も使われていたのだが、その後江戸後期になって生まれた定形型「五七五俳句」に対しては、これら多音季語は向いていないと理解すべきである。

ところで、この多音季語を使っていた有名俳人の一人に「正岡子規」がいる。子規は一九〇二（明治三十五）年九月十九日の深夜に荒川区・根岸の「子規庵」にて結核で亡くなるが、その前日の午前に、庭に垂れ下がる糸瓜《へちま》を眺めながら詠んだ次の三句が絶句となった。

糸瓜咲て痰《たん》のつまりし仏かな
痰一斗糸瓜の水も間に合わず
をととひのへちまの水も取らざりき

さて最後に「歳時記」についてだが、「歳事記」とも書き、春夏秋冬の事物や年中行事などをまとめた書物だが、江戸後期になって主として俳諧・俳句の季語を集めて分類し、季語ごとの解説と例句を加えた書物を指すようになった。

一八七二（明治五）年十二月に「太陽暦」が採用となり、旧暦と新暦がほぼ一カ月ずれていることから歳時記の内容に大きな混乱をもたらした。江戸時代の正月が新暦では「立春」の頃にあたるので、正月の季語が「春の部」に当たってしまい、その不都合から歳時記には【新年】の部が生まれたとのこと。

新暦をベースに四季を区分けした「歳時記」のほとんどが、気象庁の予報用語に準じて、春＝三〜五月、夏＝六〜八月、秋＝九〜十一月、冬＝十二〜二月としているが、一部の歳時記では、春＝二〜四月、夏＝五〜七月、秋＝八〜十月、冬十一〜一月としており、時期の統一性に欠けるのもやむを得ないと思う。

また、昨今の地球温暖化問題によって日本が亜熱帯気候の中に入り込み、一年を通じて四季の移り変わりのタイミングが不規則になってきている。

更に、日本は南北に長い列島であり、そもそも北海道と沖縄では季節のタイミングが大きくずれている。したがって「沖縄版歳時記」のように、その地域用の歳時記が発刊されているという。そのような事情から考えると、季語に関してはその地域ごとに、その時期に適切な季語をそれぞれ使えばいいと思う。

以上、グダグダと「ドグマ的俳句論」を述べてきたが、結論として「俳句は基本ルール〝有季定形〟を守って行こう」に尽きると思う。

そんなわけで、私は原則として自分で見て、体験して感じたことをそのまま俳句にしている。つまり空想でとか、あるいは創造して作句はしないように心がけている。

これからも現在参加している三つの句会を通して、俳句作りがますます楽しくなるよう自分なりに研鑽《けんさん》を重ねて行きたいと思っている。

最後に自分の気に入っている自作の五句を記載して「ドグマ的俳句論」を閉じることにしたい。

うらめしやござを濡らせる花の雨
夏の朝屋根がゆらゆら露天風呂
畦に寝る仕事納めの案山子《かかし》かな
雪吊りや四方に張りてゆるぎなし
口喧嘩ひとり悔やんで日向ぼこ

翁の写真館　その2

1957（昭和32）年４月、中学１年生になった時の学生服姿。

1960（昭和35）年に都立北園高校に入学。

翁の絵画館　その1

「アートフラワー：ひまわり」
1998年12月　F8
……ワイフの作ったひまわりを絵にしたもの。

「あんバランスとBarancE」
2003年7月　F6
……この絵を四角の額に入れても引き立たず、私の手作りの額に入れたら絵は落ち着いた。

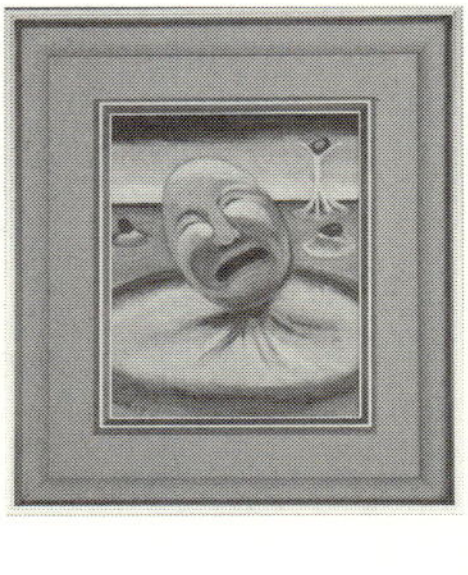

「大黒天星」
2006年1月　F3
……最も安定した卵型をベースに描いた創作絵。

第三部

寄稿エッセイ

1968（昭和43）年8月8日、太平洋大学に参加。晴海埠頭からの出港前。

第一章　ついに『こころの時代』の到来

これは平成二十三年五月十六日、ＳＦＭ研究会において題目『こころの時代の到来』をスピーチさせていただいた内容の骨子をまとめたものです。

私がＳＦＭ研究会でスピーチをさせていただくのは、今回で六回目となります。私は七年前からスピーチの機会がありますと、「二十一世紀はこころの時代」を副題としてお話しさせていただいてきており、今回も「こころ」に関してお話ししようかと準備に入っておりました。

ところが三月十一日午後二時四十六分、東日本を巨大地震が襲い、そして巨大津波、更には福島原発事故と三重苦の災害が襲いました。何とも皮肉な話で、この未曾有の災害が私たちに「こころ」を見直す機会を与えてくれたのです。

そこで「東日本大震災」の後の私たちの「こころの動き」を捉えたいと思います。

一、二〇一一年三月十一日　午後二時四十六分　あなたは？

そう、あの瞬間、あなたはどこで、何をしておられましたか？

一〇〇〇年（ミレニアム）に一度の未曾有の出来事と言われています。こんな表現を使いますと、それでは同じ規模の災害はこの先一〇〇〇年は襲ってこないとも考えられますが、実はそうは言えないのです。

これは、今回の災害は一〇〇〇年ぶりに襲ってきた最大級（つまり平安時代、八六九年の貞観地震と呼ばれる大地震・大津波以来）という解釈の方が正しいかと思います。なぜなら「地震学」は未熟であり、地震予知などまだできずにおり、せいぜい過去のデータから予測をしている程度で信憑性はありません。したがって「同規模の地震が明日襲ってきてもおかしくない」という前提に立って、日々安全対策を積み重ねてゆくことが大事かと思います。

もうあの瞬間から二カ月以上も経った現在、私たち一人ひとりの〝こころ〟も実は少しずつ変わってきています。あの時は皆が「大変なことが起きた。どうしよう！　どうしてあげよう！　とにかく〝がんばろう　日本！〟」と〝こころ〟で叫ぶしかなかったのです。そして世界各国から「ガンバレニッポン！」のメッセージが届いたのです。

このとき私は、世界中の人々と〝こころ〟が一つになった一瞬だと感じました。

二、「二十一世紀はこころの時代」の〝こころ〟とは（「脳」と「こころ」の関係）

実は「こころ」の研究はまだ浅いのです。いまだ心身医学においても〝心の定義〟が確立されていないといいます。

そんなわけですから、これから「こころとは？」に関してお話を進めてまいりますが、これは私の考えであって正しいかどうかは分かりません。いえ、誰も分からないわけですが。

■「脳」と「心」の関係

「脳」に関しては昔から大変に関心が高く研究されてきており、医学的にも脳の詳細が解明されています。

「脳」と「心」との大きな違いは、〝脳は見える〟が〝心は見えない〟ところにあるようです。「心」は形もなく、生まれたり消えたりしており、また私の自説ですが、時に体から外に浮遊すると考えており、つまり掴みどころがないものということで、研究対象として大変に難しかったのでしょう。「近代科学」は「唯物主義」に立脚しており、〝目に見えないものは信じない〟という原則に従っています。したがって、「心」は「脳という物質の産物」であると定義してきたそうです（唯物的一元論）。

一方、「心」と「脳」は同質のものではないという理論もあったのですが、この理論（心身二元論）に立つと不都合があるので伏せてきていたのかもしれません。もし、〝「心」は「脳」から離れて存在する〟ということにすると、従来から言われている「霊魂の世界」、そして死後も自我の存在を認める「宗教」の考えに触れてしまうので避けてきたのではないでしょうか。

「心」は「脳」の産物という理論が主流であった証拠を、夏目漱石の生活から覗き見ることができます。漱石は晩年（十九世紀後半）、強度の精神病に罹り、子供や使用人、そして妻を突然大声でどなったり、叱ったりしていたそうです。そんな状況を妻の鏡子は『漱石の思い出』という本の中で、

「胃潰瘍から脳が悪くなった時には、大声でどなったり、叱ったりする発作をおこしていた」と書いています。

しかし二十世紀に入ると医学の中でも「心身二元論」が見直されて「心理学的精神医学」が生まれ、「唯物一元論」に立った「脳精神医学」と並行して研究され始めたそうです。

■「心」はどこにある？

「心」は掴みどころがないと前述しましたが、目に見えない「心」はどこにあるのでしょうか。あるときには「胸」に、そしてあるときには「腹」に、そしてまたあるときには「体の外」にあるのではないでしょうか。

悲しいとき胸が締めつけられ、感動したとき胸が高鳴っています。そして祈るときには手を胸に当てがいます。しかし心を落ち着かせるときは腹式呼吸をし、黙想するときは、両手を腹部で合わせ組むのです。そして腹黒いヤツには腹が立って、「胸に手を当ててよく考えろ！」と叫びます。「体の外」とは、あの「放心状態」の時です。

あいつの行動が頭に来て「ふざけるな！」と叫んだとき、叫んでいる行動は「心」そしてアドレナリンを多く排出しているのが「脳」の行動だそうです。

つまり「心」とは「意識」であり、「感情」「気持ち」であり、「行動」です。

『言葉は信じられないケースが多いが、行動をジ～ッと見ていれば、その人の〝こころ〟が分かる』

そして「心」はどうやって造られるかについては、「遺伝」説もありますが、私は「環境（学習）」

によって造られる、という考えに賛成です。

■「心」は見えないが……

3・11の大災害の後、テレビ上で流れた甚だ迷惑な宣伝、皆さんもご記憶があるでしょう。民間スポンサーが宣伝から下りた瞬間、待ってましたとばかりにほとんどのチャンネルで同じ広告を垂れ流した公益社団法人「ACジャパン」製作の宣伝フィルム。その中に印象的な言葉が出てきていました。

『心は誰にも見えないけれど、〝心使い〟は見える。思いは見えないけれど、〝思いやり〟は誰にでも見える』。

つまり「心使い」や「思いやり」は体から出た「行動」です。

そして、「心」の付く漢字からも〝「こころ」とは何か〟が見えてくるかもしれません。

『忍、忘、怨、忠、念、怒、怨、芯、恐、恵、志、恩、悪、愁、悲、思、想、慰、憩、懇、感、惑、愚、惣、慇懃、態』などなど。

三、「物理空間」と「情報空間」とは？（アルビン・トフラーの『第三の波』）

すべて世の中は「見えるもの」で出来ているとする「唯物一元論」に関しては前述しましたが、このような空間を「物理空間」と言うそうです。そして文明はこの物理空間で進化を遂げてきたのです。

「脳」の作業もこの物理空間で行われています。

しかし、今から三十年ほど前に【Ａ・トフラー】が『第三の波』という本を出しベストセラーとなりました。彼が指摘したのは、パソコン、インターネットの普及で「情報」というものが、物理層よりもっと大きく影響を与える変化物である、と予見したのです。

この「情報」をトフラーは「第三の波」と表現しました。確かに情報は目に見えません。それを「情報空間」と言い、心の作業はこの空間で行われていると言えます。

それではこの書物の中で「第一の波」、「第二の波」は何であったかを掻《か》い摘《つま》んで書いておきましょう。


「第一の波」＝一万年前の「農業革命」。つまり採集、狩猟、漁労などの生活から定住してムラを作り生活が一変した。しかしこの時代は「時間」には縛られていない。


「第二の波」＝一六五〇〜一七五〇年頃の「産業革命」。工業化と都市人口が増加し、エネルギー源として再生不可能な「化石燃料」に求めた。機械が機械を作り（工作機械）、つまり科学技術に〝子宮〟を与えた。

株式会社誕生、中央集権、市場の成立と大量生産・大量消費。規格化、マニュアル化、そして時間に縛られた生活（つまり今の我々の生活）。

【参考：Ａ・トフラー著／徳岡孝夫監訳『第三の波』中公文庫】

四、欧米文明の模倣はやめて、本来の『森の民』に戻れるか？

ところで「東日本大震災」は日本人の〝こころ〟を変えたのでしょうか。三月二十六日の東京新聞・夕刊で、節電対策で真っ暗になった渋谷ハチ公前のスクランブル交差点で取材した記事が載っており、そこにはこのようなことが書かれていました。

『3・11までは日常だったことが日常でなくなり、特別だったことが、特別でなくなった。あってあたり前のことが、かけがえのないものだと感じるようになった。いろんな意味で〝目に見えない変化〟のほうが大きい。そして杉並区から買い物に訪れた主婦に渋谷の喧騒の中で、「身の回りで最も変わったことは？」と問いかけると、「私たちの心では……」とつぶやく』

さて、「文明」とは本来「大地」と「人間」との関わり合いの中で誕生・発展してきたと言われますが、「近代文明」は「大地」を忘れ去り、大地が醸し出す「風土性」を忘却して暴走を続けているようです。

資本主義の下、人は「欲望の奴隷」と化し、〝合理性を追求する〟とか言って「楽」を求め、「道徳」は腐りきってしまいました。これが欧米の考え、つまり「人間」と「大地」を別物に捉えて、人間が自然を支配していけると考える【人間中心主義】で突っ走ってきたわけです。

この人間中心主義による「人間が地球をコントロールできる」という思い上がった考えによって、

結果として「地球破壊」に辿り着いたということです。したがって、欧米文化もついに行き詰まってしまっています。

残念ながら日本も「明治維新」以降、欧米に追いつけ、追い越せと躍起になって頑張り続けてきた結果として、欧米文明の進化をそのまま真似したために、同様に行き詰まり状態に陥っています。

今回の「東日本大震災」において一番頭の痛いのが「原発事故」ですが、なぜに地震大国の日本が、欧米の真似をしてスンナリ「原子力発電」を採用してしまったのでしょう。国民の前で一〇〇パーセント安全だとうそをつき、結果的に日本国民をロシアン・ルーレット的立場に落とし込み、ついに今回実弾を受けてしまったのです。

そもそも日本人は「森の民」であり、日本の文化は「八百万《やおよろず》の神信仰」の下で自然との共存を大事にしてきました。日本人はコメを主食としタンパク質を魚に求めるのです。稲作は弥生時代に日本に入って普及したそうですが、その時ヤギやヒツジなど家畜は入れなかったそうです。それは家畜が森を食い潰すと考えていたからです。つまり「森の文化」を発展させたのが「日本文化」と言えましょう。

中国から「漢字」が入ってきて、八世紀頃それを基に「ひらがな」や「カタカナ」を生み出し、『源氏物語』『枕草子』『古今和歌集』などの物語、日記、詩歌において世界でもナンバーワンと言われるほど多くの名著をあの時代に残しているのです。六世紀に遣隋使や遣唐使によって持ち込まれた「仏教」や「儒教」も、九世紀になって「平安仏教」として日本独特のものに仕上げています。

十六～十七世紀には、ヨーロッパ諸国の「植民地政策」によりインド、中国、東南アジア諸国が総なめに植民地化されている時に、「鎖国」により門戸を絞り植民地にされずに済んだ外交政策など、日本は〝外のもの〟をそのまま取り入れるのではなく、自国に合った形に創意工夫するのが「日本文化」だったのです。

もう欧米文化の模倣はやめて、これからは本来の日本の気質を取り戻して、日本の風土に合った日本なりの進化を図って行くべきです。

第二章 『古本が結ぶ不思議な縁』

はじめに

早稲田大学・異業種研究会【セールス・フォース・マネージメント研究会】三十五周年おめでとうございます。世間にはこのような研究会、勉強会などの集会がたくさんありますが、三十五年もの長い間続けてこられたのには愕《おどろ》きを感じます。この研究会を運営されてきた関係者の方々のご苦労に深謝申し上げます。

三十五周年記念誌【壺中の天地】への掲載出稿のために、二〇一〇年二月から八月にかけて書上げましたエッセイ『老いの証明』の中の第3章「ケチな読書術」と第5章「古本が結ぶ不思議な縁」に加筆し再編集してまとめたのが次のエッセイです（一部省略）。

昨年（二〇一一年）に読破した古本の数は三十七冊になりますが、その不思議な「ご縁」には愕かされ続けています。今年早々に発刊されるあるＮＰＯ団体の十周年記念誌への寄稿文を先日書き上げたのですが、このエッセイも買ってきた古本が偶然にも役に立ったのです。本当に「古本が結ぶ不思議な縁」には愕きとともに、大いに感謝しております。

（二〇一二年一月十五日　記）

『古本が結ぶ不思議な縁』

私はゴールデンウィーク明けの五月十日〜十三日（二〇一〇年）に、三泊四日で「鯖《さば》街道」（福井県・小浜市から京都・出町柳までの七十五キロメートル）を一人で歩く計画を立てていた。

そんな自分の行動を前にしてか、四月に神保町に出て買う古本も次のような〝登山もの〟が多かった。

・『富士山　村山古道を歩く』畠堀操八著　風濤社

・『日本アルプス百名山紀行』深田久弥著　河出書房新社

・『一日二日の百名山』深田久弥著　河出書房新社

・『百名山の人　深田久弥伝』田澤拓也著　ＴＢＳブリタニカ

そして七月十日、参議院議員選挙の日は、グッタリするような夏日で、日本の将来を占う大切な選挙なのに、うんざりするような人材不足でしらけムードであった。

そんな選挙前の五〜六月は、どういうわけか〝理屈っぽい本〟を買い込んでいた。

・『だから、僕は、書く』佐野真一著　平凡社
・『この国のけじめ』藤原正彦著　文藝春秋

・『課題先進国　日本』小宮山宏著　中央公論新社
・『生命の哲学』小林道憲著　人文書館
・『宇宙に果てはあるか』吉田伸夫著　新潮選書

これらの古本の中身が私の生活と何かで繋がっていたという、あるいは買ってきた古本同士が内容で偶然にも関連し合っていたという、「えにし」みたいな出来事をこれから書いてみよう。

五月半ばに入って読み始めた本は「登山もの」で、深田久弥《きゅうや》著の『日本アルプス百名山紀行』であった。

私は二〇〇一年から二年間を仕事の関係で伊那市で過ごした。伊那谷は南アルプスと中央アルプスに挟まれた日本のスイスとも言われる美しい盆地である。更に私は二〇〇五年に日本一長いと言われる「塩の道」（静岡県・相良町から新潟県・糸魚川までの全長三五〇キロメートル）を一人行脚したのだが、その際に松本からの千国街道（糸魚川街道）の左側には北アルプスの連峰がずうっと連なっていた。

そんな単身赴任や一人行脚の体験を通して、書籍のタイトルに〝日本アルプス〟の文字を見ただけでグ～ッと引き寄せられたのかもしれない。

そして私は伊那市での単身赴任時代に何度も何度も新宿～伊那間を鉄道や高速バスで往復していた

ので、『日本アルプス百名山紀行』は私にとってはヨダレが出るような次の文章から始まっていたのだ。

『中央線の辰野で伊那電鉄に乗り換えると、きまって眠くなるから妙だ。夜更かしの癖のある僕は、新宿をたって甲府を過ぎるまでは、どうしても寝付けない。釜無川の谷に沿うて、ゴトンゴトンと上りだす頃になって、やっと眠気がさしてくる。その眠気がちょうどいい加減に熟した頃が辰野だ。伊那電に乗り換えてしばらくは緊張しているが、やがてこんどは本式に眠くなる。（略）伊那入舟駅で降りて、さあいよいよこれから山に入るんだぞと思ってはじめてシャンとする』

私は〝伊那電鉄〟と出てきてまずビクッとした。次に〝釜無川に沿ってゴトンゴトン〟の文章に引き付けられ、これは今のＪＲ中央東線が韮崎《にらさき》を過ぎて小淵沢に向けてゴットンゴットンと上って行く姿であろうと連想する。

最近は中央高速バスでの移動が多いので新宿からの途中、ちょうど「双葉」のサービスエリアでトイレ休憩があるが、〝釜無川に沿ってのゴトンゴトン〟とは高速道路で言えば双葉から須玉に向かっての上り坂の付近であろうか。

次に私を惹《ひ》きつけたのは〝伊那入舟駅で下車〟という表現である。現在この入舟駅は存在しないが、現在のＪＲ飯田線の「伊那北」駅のようだ。

ところで日本で初めて〝電車〟が走ったのは、なんとこの伊那谷だったのである。明治四十二年に辰野、伊那松島間八・六キロメートルが開通し、電車は一両で三十七人乗り、一日に十二往復していたそうで、チンチンとベルを鳴らしながら走ったので「チンチン電車」と呼ばれたそうだ。

この〝伊那電〟は明治四十五年、伊那入舟駅（現在の伊那北駅）まで伸び、同年その次の〝伊那町〟駅（現在の伊那市駅）まで延伸されたという。更には大正三年に〝赤穂〟（現在の駒ヶ根）、大正七年に〝飯島〟まで、大正十二年に〝飯田〟まで伸び、昭和に入って二年〝天竜峡〟まで開通している。辰野から天竜峡まで全長八十キロメートルもある私鉄が、実に二十年の歳月をかけて完成したのである。

そして昭和十八年、伊那電が愛知県・豊橋から飯田まで伸びてきた〝飯田線〟に繋がって国有化され、その後「ＪＲ東海」となり現在に至っているのだが。

深田エッセイの魅力は「登山もの」とはいえ、その登山に至るまでの行程、その地域の歴史や風土、そして交通路や山野草の紹介などの文章がちりばめられており、とにかく読みやすいのだ。あっという間に二冊目の『一日二日の百名山』に入っていた。

この本の中に、私の「塩の道・一人行脚」の時にそばを通過した『雨飾山』に関して書かれており、そのエッセイの中にもまたまた私にとってヨダレの出そうな文章があったのだ。

『越後の糸魚川と信州の大町とを繋ぐ大糸線は、あと六里を残して完成していない。これさえ通じれば、日本中部の一番幅の広い部分を横断する鉄道が、継ぎはぎだらけながら完成するわけだ。すなわち糸魚川から大町（大糸線）、大町から松本（電車）、松本から辰野（中央線）、辰野から飯田（伊那電鉄）、飯田から天竜川に沿って豊橋まで（三信鉄道）、南北アルプスの東側を走るこの線を日本地溝帯と称するそうだが、確かに日本海から太平洋まで、しかも一番幅の広いところを、ほとんど千メートルの高さを越えること無しに突き抜けることの出来るのは、思えば不思議な地形である』

そうなのだ。その〝不思議な地形〟こそが「塩の道」であり、私はその地形に沿って歩いたことになる。私が塩の道を歩いて糸魚川駅前に出た時、駅舎の正面に【大糸線全線開通50周年】と書かれた大きな看板が立っていたので、このエッセイは逆算して一九四〇（昭和十五）年頃に書かれたと思われる。

ここまで読んでくると、この「深田久弥」とはどんな人物だったのかと大いに気になってくる。早速、三冊目の田澤拓也著『百名山の人・深田久弥伝』を引き続き読み始める。

読んでいくうちに、如何に波乱万丈な人生だったか驚かされると同時に、私にとって何か因縁めいたものを感じてならない。

久弥は東京帝国大学在学中に「改造社」という出版社で働き始める。この時、改造社の懸賞創作募集に応募してきた青森に住む北畠美代と文通を重ねて、一九二九（昭和四）年頃から同棲生活を始める。その頃彼が発表する東北の女性を題材にした小説作品は、すべて北畠が原稿を書いていたという。

そして一九四一（昭和十六）年五月、中村光夫の結婚式に久弥が出席し、偶然にも初恋の人、同じ年齢の木庭志げ子（中村光夫の姉）に会い恋に落ちる。

なんとこの志げ子は、私が生まれ育ち今も住んでいるここ文京区・西片町に住んでいた。一方、久弥は帝大時代に寮生活をしていて、二人は本郷三丁目付近ですれ違う時にいつもお互いが意識し合っていたという。

中村光夫の結婚式の後、猛烈な攻勢を仕掛けた深田に三十二歳の志げ子がこたえるまでに長い時間はかからない。披露宴のわずか一カ月後、二人は信州の小谷温泉の近くにある雨飾山に一緒に出かけたという。これでエッセイ『雨飾山』は昭和十六年頃に書かれたことが確認できた。

それにしても〝志げ子〟という名前が、私の母と全く同じ漢字を使った同名であったのも不思議だ。「重子」でも「茂子」、「成子」、「滋子」、「繁子」でもなく、「志げ子」だったのだ。ということは昭和十六～十七年代には、この西片町に二人の「志げ子」が住んでいたことになる。

七月に入って理屈っぽい本を読み出した。七月十日が参議院議員選挙の日だというのに、外での街頭演説や宣伝カーの騒音が今年はあまり気にならない。あまりの暑さに出控えているのか、それとも熱が入らぬか。

最初に読み始めたのが佐野真一著『だから、僕は、書く』である。佐野真一といえばノンフィクション作家として有名だが、彼はノンフィクションについて次のように定義している。

『ノンフィクションとは一言で言うと、事実ですべてを語ることです。（略）今この世の中は、どうゆうふうに動いているんだろう、あるいはこの事件は、どういうことから起きたんだろうということを、膨大な取材を積み重ねながら、事実をもって語らしめてゆく文芸』

ノンフィクションは「聞き書き」の技だという。そして取材の基本は「あるく、みる、きく」であり、彼に最も影響を与えた人物に【宮本常一】がいたと語っている。

続けて藤原正彦著『この国のけじめ』を読んでいると、「数学者の読書ゼミ」の章でピタリと止まった。それは私が昨今思い悩んでいた「恐るべき日本政治の貧困と、外国に対するネゴシエータ不在」に対して、一つの納得解を与えてくれたからだ。

その文章を次に書きとめておきたい。

『教養がどうしても必要なのは、長期的視野や大局観を得たいと思う時である。長期的視野や大局観を持つとは、時流に流されず、一旦自分を高みに置き、現象や物事を俯瞰しつつ考察するということである。そこで時空を越える唯一の方法、すなわち読書により、古今東西の偉人賢人の声に耳を傾け、庶民の哀歓に心を震わせる、ということが必要になる。長期的視野や大局観は、リーダーとなる人の絶対条件である。わが国の政治や経済政策がいつまで経ってもうまく機能せず、社会や教育が少しずつ荒廃してゆくのは、リーダーたちの大局観の欠如による』

という考えから数学者である著者・藤原正彦氏は大学で「読書ゼミ」を始めるのだが、更に読み進めてゆくと、突然に次のような文章が出てきた。

『学生に読ませる本は私が独断で決める。初期の頃は、私自身の読みたい本を何冊か入れたが、よく知られた本でもがっかりするようなことがあり、いまではすでに読んで感銘を受けたものから選ぶようにしている。ここ数年の定番は、新渡戸稲造「武士道」、内村鑑三「余は如何にして基督信徒となりし乎」「代表的日本人」、福沢諭吉「学問のすすめ」および「福翁自伝」、山川菊栄「武家の女性」、宮本常一「忘れられた日本人」、無着成恭編「山びこ学校」、日本戦没学生記念会編「きけわだつみのこえ」などである』

まことに驚きである。読んできた二冊の古本に、偶然にも連続して民俗学者【宮本常一】が登場したのである。早速ながらインターネット上のオークションから宮本常一著『忘れられた日本人』の古本を探し出し、四〇〇〇円で落札し現在手元にある。

このように、買ってきた本が私の生活に何らかの関係がある内容であったり、あるいは古本同士で繋がりを持っていたり、また古本の内容から次に読みたい本のヒントをもらうなど、その関連性がなかなかに面白い。

今、手元に未読の古本が五冊残っているが、これらの古本が私に次にどんな〝ご縁〟をもたらしてくれるか楽しみである。

第三章　感染症の歴史と江戸時代の施策

江戸連の「九月講」でこの表題をテーマにお話をする機会を頂きました。私にとっては全くお門違いなテーマでしたが、実はコロナ禍が襲ってきた二〇二〇年の十月に、エッセイ『コロナがもたらしたもの〈新しい時代への入り口〉』を書いておりまして、その後二年間も続いているコロナ旋風に関心を持ち、感染症についてもっと調べてみよう、と取り組んだのが今回の発表の発端となりました。

講演は一時間半ほどのお話だったのですが、ここでは紙面も限られておりますので、「病気の種類と感染症」や「感染症の分類」などのお話の部分は省かせていただき、「感染症の歴史」のお話からその要点を下記にまとめたいと思います。

一、感染症の歴史は人類の歴史

感染症の病原体で最も古いものは十億年前の「菌類」と言われています。一方、「人類」がアフリカ大陸で誕生したのはわずか二十万年前ですから、ということは人類の誕生当時から感染症と付き合ってきたと言えます。人類の歴史とは、人類が文明を起こすもそれを感染症でぶち壊され、そして人類は新たに文明を起こすもまた潰されと、それを繰り返して現在に至っていると言えましょう。

五～六万年前に「人類の拡散（出アフリカ）」が始まり、この時代は寄生虫や微生物も人類にくっついて一緒になって拡散していったのです。

日本列島では、一万年前は「縄文時代」で、狩猟生活によって野生動物からの感染により「白血病」や「水痘」が流行し、二〇〇〇年前の「弥生時代」になりますと農耕生活によって田んぼの水からの感染が起こり「脊椎カリエス」が流行《はや》りました。西暦七〇〇年頃の「飛鳥時代」を迎えると、大陸との交流によっての感染が流行して「天然痘」などに襲われました。

その後の世界における感染症の推移を見てみますと、十三世紀には十字軍の移動によっての「ハンセン病」、十四世紀はモンゴル帝国の勢力拡大によって「ペスト」の蔓延、十五世紀になるとルネッサンス期の性の解放による「梅毒」の流行、十七～十八世紀にはシルクロードによる東西交流が盛んになり「天然痘」の蔓延、十九世紀になると産業革命の時代を迎え過酷で非衛生的な労働条件下での「結核」の流行や、イギリスのインド支配による「コレラ」のヨーロッパでの流行、更に二十世紀には、都市での人口増や鉄道網の発達などによる「インフルエンザ」のパンデミックや原因不明の日和見感染症としての「エイズ」の流行、そして二十一世紀の現在は「新型コロナウイルス」の出現で右往左往が続いているのです。

結局は人類の歴史とは感染症との戦いの歴史とも言えるのです。

二、江戸時代の感染症施策

日本の近世、二六五年も続いた「江戸時代」では、感染症に対してどのような対応を取っていたのでしょうか。

日本が島国であることに加え、江戸時代には「鎖国政策」を取っていたことが幸いし、海外からの感染症の侵入を抑えられていたと思われますが、それでも「疱瘡（天然痘）」や「はしか（麻疹）」「水疱瘡」などが流行っていたようで、これらの伝染病は「子供のうちに罹ってしまえば大人になって罹っても軽症で済む」と信じ、子供のうちのお役目として「御役三病」と呼んでいたそうです。

江戸後期になりますと、外国から「開国」を迫る動きが激しくなるとともに長崎などから「コレラ菌」が入り込んで国内で大流行となり、罹ったら短命という恐ろしさから市中では「三日コロリ」と呼んで恐れられていました。

江戸時代にコレラは三回の流行がありましたが、最もすごかったのは三回目の文久二（一八六二）年のコレラ流行で、この時江戸だけで死者が七万三〇〇〇人に及んだそうです。

しかし特筆すべきは、この時に「はしか」も同時に蔓延しており、市中は大混乱を来したそうです。この時代に感染症に対する有効な治療法などなく、ひたすら神に祈るしかなかったのです。

しかし人口一〇〇万の世界最大都市「江戸」が、都市崩壊をせずに乗り越えてこられたのには、八百万神信仰で勤勉な国民性と、幕府の適切なる施策が功を奏したためと思います。

例えば「御役三病」が流行ると、幕府は市中に「御触書」を出して市民に注意を促し、八代将軍

「吉宗」の時代には「薬草の収集」や「朝鮮人参の国産化政策」を取りながら、「小石川薬園」内に「養生所」を設立して貧困者への無料診療の実施、そして十一代「家斉《いえなり》」の時には、「寛政の改革」の中で非常事態に備えて「備荒貯穀」を行い、非常事態時には生活困難者に対して「御救米」や「御救金」の給付を実施していたのです。これは現在で言う「持続化給付金」であり、すでに江戸時代に同様のことが行われており、むしろ末端の人に現在よりも早く救済が届いていたようです。

三、感染症と日本人、そして今後

二〇二〇（令和二）年に入ると「新型コロナウイルス」の感染拡大で世界中が大騒ぎとなりました。三月になるとついにWHOが「パンデミック」相当と宣言し、世界での感染者数は四月には一〇〇万人を超え、六月には一〇〇〇万人超え、八月には二〇〇〇万人を超えて死者数は七十万人に達し、超スピードで拡大して行きました。

ところがその時に日本では感染者五万人、死者一〇〇〇人ほどでしたので、欧米の各国から「なぜ、日本だけが？」と注目されたのです。

医療専門家から「それは日本人が【ファクターX】を持ち合わせているのではないか」と話題となり、「このファクターXとは何ものか」で諸説紛紛しましたが、今もって完全には解明がなされておりません。

そこで「ファクターX」に関して私の考えを述べてみます。

二十世紀末に入ってＤＮＡ研究が盛んになり「ミトコンドリアＤＮＡ（母系）による人類系統分析」が確立し、二十一世紀に入ると「Ｙ染色体（男系）ハプログループの研究」によって日本人のルーツが明らかになり、「縄文人」は日本人の先祖に当たることが判明したのです。

更には二十世紀になって日本の各地から、例えば静岡県沼津市の「井出丸山遺跡」から三万八〇〇〇年前の黒曜石で出来た石器が発掘され、また赤城山の麓の岩宿から考古学者の相澤忠洋氏が三万年前の磨製石器を発見するなど次々と縄文遺跡が発掘されており、現在の世界史では八〇〇〇年前メソポタミア南部で築かれた「シュメール文明」が最古のものとなっていますが、それより遥か前に「縄文文明」が存在していたのです。

その縄文文明はおよそ一万年も続いたのであり、縄文人は世界の他の民族とは比較にならないほど長い間「感染症」と挑戦していたわけで、日本人は高い「免疫力」を持ち合わせていると信じます。また、日本人には「成人Ｔ細胞白血病（ＡＴＬ）」という血液の癌《がん》が多いと言われますが、これは十万年前から始まったアフリカからの現生人類の移動によってＡＴＬウイルスが持ち込まれたことが判明しており、一方、数千年前に日本列島に移入してきた「弥生人」にはこのＡＴＬウイルスが全くないことが分かっています。

免疫とは、異物の侵入から自己を防衛する生体反応のことですが、これに「Ｔ細胞」が関係しているそうで、この点からも縄文人のＤＮＡを持つ日本人が世界中で最も「感染症」に対する免疫力が高いことがお解《わか》りいただけましょう。

三年目に入った「コロナ禍」は今後一体どうなるかが気になるところですが、感染症の歴史が物語っているように、人類がウイルスに勝つということはありえず、「新型」が生まれればそれとの「共生」をしながら生き繫いで行くことでしょう。

江戸連機関誌（令和五年）寄稿記事

翁の写真館　その3

大学生の時の写真。この年（1964年）、東京オリンピックが開催された。

高校ではバレー部で、補欠ながらも関東地区大会に出場。

1968（昭和43）年、大学院に入った年、太平洋大学セミナーに参加、船でサンフランシスコまで太平洋を渡る。

第四部

独りよがりエッセイ

1994年末、家族でオーストラリア旅行。
シドニーでの一コマ。

第一章　小説風ちょっとまじめなお話
『企業不祥事と継続企業の条件』

一、「なぜ　大人のひとが頭を下げて謝っているの？」

●ある家庭での夕食時

唐松光多郎、三十五歳。妻と五歳になる息子一人の三人家族。

光多郎の父親は、自転車部品製造で長年まじめ一筋に生きてきた町工場社長だが、昭和五十年代に「安全性が高い自転車アクセサリー」を開発し、それが大手自転車メーカーに採用され、地道ながらも一歩一歩商売を拡げ、従業員五十名ほどの規模の会社に成長した。

光多郎は工学系大学を卒業後、数年間総合商社に勤めるが、そもそも技術畑の光多郎は、暇さえあればオヤジ譲りの性分か機械の開発に没頭し、数年前に自分の設計した「家庭健康器具」を是非ともインターネットを使って販売をしてみたいと、父親と相談の上、商社を退社して父親の会社に入り、新しい事業興しに挑戦した。自分の大学時代の同期にもこの新事業に参加してもらい、ほぼ順調にビジネスは軌道に乗りだしていた。

そんなごく一般的な平和な家庭の夕食の団欒時、テレビではちょうどニュース番組が流れていた。その時五歳になる息子が、

「お父さん、なんであの人、頭を下げているの？　テレビで昨日もズーッと前も、別のオジサンが頭を下げているのを見たよ。お父さんも会社でああやるの？」

ドキッとした光多郎は、説明に窮したが、

「お父さんは、そんなことしてないよ。あれはね、おもちゃを作っている会社が、そのおもちゃで子供が怪我をしてしまって、〝ごめんなさい。もうそのおもちゃは危険なので売りません。本当に申し訳ございません〟と謝っているのだよ」

しかし光多郎の頭の中では、息子に正しく説明するのが何か難しく、歯痒《はがゆ》さが残っていた。実は光多郎には「明日は我が身ではないか」という気になる一件が頭を過《よぎ》っていたのである。


〈ちょっとまじめなお話（1）〉『**変革期と企業不祥事**』

実は今、世の中は大きな変わり目（かっこ良く言えば〝変革〟）の中にいる。この変革の中では、その変化している状況をなかなか正しくは理解しづらい。実は毎日少しずつ変化しているのに、それをいち早く感知しその変化に対応して行かねば淘汰《とうた》されてしまう時代なのである。

そのような現象は特に地方の中小企業や、大企業の下請け工場を日常茶飯事のように襲っている。おそらく現在の歴史的な大変化は、ちょうど我々が学校での歴史の時間に第一次産業革命（蒸気機関）／第二次産業革命（内燃機関）を教わったように、今から一〇〇年後の歴史の本には、今の時期が『ボーダレス革命期』なんて呼ばれて載っているのかもしれない。

英国での第一次産業革命では蒸気機関が発明され、蒸気機関車が走るようになるのだが、この変化の真っただ中では煙を出して走る機械の〝おばけ〟に対して、馬車を走らせていた会社は「真っ黒な煙を吐き散らす〝おばけ〟が馬車に置き換わるはずなどない」と主張し、また女工を使っての手編みの織物産業でも「なんで機械が女工の仕事を奪ってしまうのか」とクレーム続発だったと言うが、しかし変化に気が付かず現状維持を固守していたそれら企業は、次第に市場から姿を消して行ったそうだ。

二十世紀の後半はコンピュータによる情報革命期で第三次産業革命とも言われていたが、二十一世紀に入った今、コンピュータ間のネットワーク化により、インターネット機能が全世界に張りめぐらされ、新たなる産業革命期に入っていると言われている。昨今の〝企業不祥事〟は、この第四次産業革命突入期だからこそ多発しているのだろうか。

さて、我が国における最近の企業不祥事を分析してみると、ほとんどの業界で発生していることが分かる。政府・官公庁でも〝不祥事ばやり〟であるのはご承知のとおり。

これら企業不祥事のほとんどが、インターネット世界を利用しての『内部告発』によって炙り出されているのである。また、最近の不祥事は〝ふとどきな社員〟がたまたま起こした事件ではなく、むしろ〝まじめな社員〟が会社のために事業現場で意図的に行った不正・違法行為が多いことは、つまり企業の本業において「内部」が蝕《むしば》まれているということであろう。

業界	不正行為、法令違反、 反社会的行為	企業例 （ごく一部の例です）
食品	食中毒、偽装行為、無許可添加物	雪印乳業／食品、協和発酵、ダスキン、ヤクルト
医薬品	薬害	ミドリ十字
電機	水増し請求、新株引受	NEC、東洋通信機、ミネベア、日立
自動車	リコール隠し	三菱自動車、三菱ふそう
建設	手抜き工事、談合、ヤミ献金	クボタ、間組、大林組、鹿島建設、大日本土木
エネルギー	臨界事故　トラブル隠し	東京電力、中部電力、三菱石油
通信	個人情報漏洩	ソフトバンク、ジャパネットたかた
流通	偽装表示、不動産投機、利益供与	ニコマート、髙島屋
医療	医療ミス、診断書改竄、虚偽記載	日大板橋病院、慈恵医大、東京歯科大
商社	不正取引、不正貿易、不正入札、談合	三井物産、三菱商事、住友商事、伊藤忠、丸紅
コンサル	不正入札、インサイダー取引、不正経理	東京スタイル
レジャー	リゾート開発、過剰花火打ち上げ	日本航空、ユニバーサル・スタジオ・ジャパン
金融	損失補填、不良債権隠蔽、不正取引	野村證券、日興證券、大和銀行、三菱銀行

参考：ニッセイ基礎研究所の資料に加筆

二、「銀座がずいぶん変わっちゃった?!」

●ある夫婦の会話

白樺寮太、五十九歳。妻と一姫二太郎の子供二人で四人家族。しかしすでに子供はそれぞれ結婚して独立しており、今は夫婦二人だけの生活である。

寮太は大手建設会社に勤め、定年間近の年齢を迎えているが、定年前の最終コースの常任監査役を昨年六月から務めている。監査役を拝命した時には、これまでの先輩諸氏から「監査役とは会社人間として最後の楽なお勤め」と聞いていたのだが、実際は監査役協会に入会して研修会に出席を重ねて行くうちに、とんでもなく時代は変わっており、監査役の職務責任の重さは聞いていた話とは全く違った時代が到来していることに気付かされたのである。

寮太が監査役協会の研修を終えて帰宅し、妻との夕食のひと時、妻から思いがけない話が出た。

「ねえ、お父さん。さっきテレビの番組でやってたけど、最近の〝銀座〟ってずいぶん変わったそうね。銀座の一等地のビルは欧米のブランドや中国・韓国系に制覇されていると報道していたわ」

なんで突然、妻から〝銀座〟の話が出るのか寮太は疑問に思ったが、そうか、今月は我々の結婚記念日の月で、そういえば毎年、銀座に出てちょっと贅沢《ぜいたく》をしていたのだが、去年の夏、いつも行きつけのクラブは銀座の変化に追随できず閉店してしまい、最近は妻を誘って銀座に出る機会が失《う》せていたな、なんて勝手に思いをめぐらせていた。

夕食をしながら、たわいのない話を重ねているうちに、テレビ番組は大河ドラマ新番組「新撰組！」に変わっていた。テレビ画面は近藤勇が黒船（第一産業革命の産物〝蒸気船〟）の来襲に、驚きと興味を抱いている場面だった。

〝黒船来襲〟で、寮太は今日受けてきた監査役研修の内容を思い出していたが、妻には別の角度から話を繋いだ。

「変わったのは銀座だけではないんだよ。バブルの崩壊後、日本はデフレスパイラルから脱しきれず、長期にわたる経済不況でどんどん外資に占領されてしまったのだよ。証券会社も、生命保険会社も、大型リゾート・パークも、そしてゴルフ場までも外国資本に買い漁られているのだ。全く黒船の来襲だよ」

するとと妻が、

「だけどこんな不況下では、経営者が外国人に変わるだけでその事業が継続するのだから、結果的に失業者が更に増えるのを食い止めていると考えれば、やむを得ないことよね」

寮太は妻の〝失業者〟の言葉で、今日の研修からの帰り道、新宿駅前広場の雑踏の中ですれ違ったホームレスの男の顔が思い出された。どこかで会ったような気がするのである。

〈ちょっとまじめなお話（2）〉『黒船来襲と失われた十年』

実は本当に「黒船の来襲」が日本の経済社会に襲ってきていたのだ。

テレビドラマのシーン、近藤勇が驚いていたような初来襲は、今から十数年も前、日本が〝地価の限りない上昇〟という「土地神話」に酔いながらバブル現象に浸っていた頃、米国は不況の中にあって何とか日本の爆走を食い止めようと、「円高ドル安のアンバランス」を正す戦略として『外国為替規制緩和策』に打って出る。一九九五年四月、忘れもしない一ドル八十円を割り、一時は史上最高値、七十九円を記録したのである。

そして不幸にしてこの年「大和銀行ニューヨーク支店事件」が起き、たった一人の行員による十億ドルを超える巨額損失事件が発覚。この時、銀行そして日本政府の対応が日本感覚で処理する態度を取り、全くアメリカ金融当局を無視してしまったのだ。

これらの情勢から、一九九六年十一月、橋本首相がいち早く〝世界で孤立した日本〟を察知して、〝国際的に調和の取れた日本〟を創らねばと『日本型ビッグバン』の草案作りに入り、二〇〇一年から〝新生日本〟をスタートさせる構想を練り上げていたのである。

ところで〝ビッグバン〟の命名の元祖はイギリスのサッチャー首相で、一九八六年、破産寸前のイギリス経済の抜本的な建て直しを図るべく、政治生命を賭けてロンドンの資本市場の改革に取り組み、これを〝ビッグバン〟と呼んだ。

その前例に倣い、何とか日本の急場を脱したいと橋本首相も判断し、〝外国為替の規制緩和〟から始めて行くが、景気を回復させようと「所得税の特別減税廃止」、「消費税率、三パーセントから五パーセントへ」、「社会保険料の負担増」などの手を打っていく。

しかし結果はますます景気を冷えさせてしまい、橋本首相の本願「財政構造改革」は手付かずに終わるのである。

【米国ムーディーズの国債の格付け】

格付け	主要国
Aaa	米国、英国、ドイツ、フランス、カナダ
Aa1	ベルギー
Aa2	イタリア、ポルトガル
Aa3	台湾、香港
A1	チリ、チェコ、ハンガリー、ボツワナ
A2	日本、イスラエル、ギリシャ、南アフリカ、ポーランド

一九八九年のベルリンの壁の崩壊により、同年十二月、マルタ島における〝東西冷戦終結宣言〟がなされ、一九九一年ソ連は消滅し、アメリカが世界で唯一の超大国として君臨することになる。

一人お山の大将に上り詰めたアメリカは、世界を〝アングロサクソン型資本主義(*)〟にシフトさせようと「グローバリゼーション」のお題目を唱え、〝黒船〟を全世界に向けて出航させたのだ。そして世界中がアメリカの〝リスク管理手法〟を真似するように仕向けたのである。

一九九〇年代、バブル期からの脱出に失敗した日本はデフレスパイラルに巻き込まれ、日本企業は全くパワーを失いアメリカの脅威に振り回されて行く。

人はこの後十年間を『失われた十年』と呼んでいるが。上に記載の「米国格付け会社ムーディーズ国債格付けランキング」をご覧いただきたい。日本国の信用度はなんとイスラエルやポーランドと同クラスなのである。

*…参考:『図解日本版ビッグバン』(今井澂著　東洋経済新聞社)

三、「近所の魚屋で、ダンナにそろそろ焼き魚を食べさせなさいだって！」

〈唐松家の日曜日〉

唐松光多郎は、新事業がインターネットを介して面白いように業績が拡大して行く状況に満足しながらも、あまりの急成長に気味の悪さも感じていた。

最近、仕事の超多忙を理由に家族の存在も忘れ、連日深夜の帰宅を繰り返していたが、今日は久しぶりにのんびりできた快晴の日曜日。近所の公園に野球のグラブ、ボールとバットを持って出かけ、家族三人でのノックやキャッチボールで汗をかいてきたところだ。


久々の家族三人での夕食が楽しめると、妻も鼻歌混じりに料理作りに精を出しながら、

「ねえ、あなた。今日、あそこの魚屋に行ったら、〝そろそろダンナに焼き魚を食べさせてよ〟だって。失礼よね〜ぇ。他人の家の夕食内容を指図するなんて！」

するると、光多郎が、

「へ〜ぇ。ところで今夜は焼き魚ですか？」と問いかけると、

「実はそうなの。今夜は、さ・わ・ら（鰆）」

「それじゃあ、魚屋の勝ちだね！　あそこの魚屋は先代の時からすごかったよ。子供の頃、母に連れられて買物に行った時のことを思い出すが、その魚屋の先代は固定客の家族構成をすべて調べ上げて

いて、顧客それぞれが前回はいつ魚類を買ったかまで覚えているんだ。しばらく魚を食べていない客が来ると〝そろそろどうぞ〟と薦めるから、お客をその気にさせてしまうのだよ。

先代の息子さんもそのまま精神を引き継いでいるんだなぁ。これこそ本当のマーケティング力だと思うよ。昔から変わっていないんだなぁ」

と一挙に喋ったが、最後のセリフは一人で納得するようにつぶやいたので、妻には何のことか意味が解せなかった。その時、突然妻が、

「最近帰りがずいぶんと遅いですが、会社で何かあったのですか？　夜もずいぶん寝つきが悪いんじゃないの？　だって寝返りばっかり打っているじゃ～ないですか」

「うっ!!」

ついに来たか、その質問が。しかし光多郎はこれから始まる楽しい家族団欒の夕食のひと時に水を差してはいけないと思い、さらりと返事をした。

「ネット販売している〝家庭健康器具〟が、ここに来て不良が多いんだよ。今、会社で全力を挙げてその原因を究明しているのさ。もうすぐ解決すると思うよ」

〈ちょっとまじめなお話（3）〉**『企業の社会的責任』**

実は日本がバブル崩壊後、日本企業がその体力を弱めて行く一方で、インターネットによるボーダレス化により日本メーカーは世界での競争力を維持するため、低賃金の東南アジア、中国へ生産拠点

を移し、急速に「空洞化現象」を加速させて行く。

一方、二十一世紀に入り、世界は人類の文明の進化が地球を破壊させて行くとして「地球環境保全」を重視して行くようになり、企業には「社会的責任」（ＣＳＲ＊）が強く求められる時代が到来する。ＣＳＲの一技法として「コンプライアンス経営＊＊」が注目されている。

＊……ＣＳＲ＝Corporate Social Responsibility ＝企業の社会的責任
＊＊…Compliance 経営＝法律、規則の遵守＋企業倫理、誠実性の遵守

つまり、これまでは企業が儲けるために物を作り消費者に提供し続け、たとえそれが自然の破壊に結び付こうが、法を守ってさえいれば企業が豊かになるのであればかまわないという姿勢（利益追求型経営）であった。しかし〝社会を荒廃させながら企業が発展を続けられるはずがない〟と気が付いた人類は、『会社人間』から『社会人間』に変わろうと行動し始めているのだ。したがって二十一世紀は『こころの時代』とも言われている。


昨今のマーケティング手法に関しても、横文字の氾濫で完全に米国勢に牛耳られてきているが、しかし「企業の社会的責任（ＣＳＲ）」、言い換えれば〝世のため人のためという社会的使命に基づいた経営理念〟は今に始まったわけでもなく、日本には昔から存在していたと思う。

つまり昔の魚屋、八百屋などが持っていた商売の掟、そしてタタミ職人、ふすま職人、壁職人、石

【CSRをめぐる日本企業の取り組み事例】

リコー	社長直轄組織としてCSR室を設置	03年1月
西友	社会環境グループを設置、CSR活動をPR	03年1月
ソニー	社会環境部を環境・CSR戦略室に拡充	03年3月
アサヒビール	CSRの視点に基づいた原材料購買基本方針を作成	03年5月
イトーヨーカ堂	事業活動で生じた価値を数値化するCSR会計導入	03年9月
松下電器	社長直属のCSR担当室を設置	03年10月
シャープ	CSR推進室を設置	03年10月
日本IBM	CSR推進組織を新設	03年11月
住友信託銀行	CSRに積極的企業に投資するSRIファンド	03年12月
日本政策投資銀行	CSR取り組み度合いで企業の格付け、低利融資	04年4月予

（読売新聞　2003年11月21日記事）

工などそれぞれが持っていた匠技のように、それぞれ個人（そして企業）が本来担っているはずの社会的役割をベースにした活動（そして経営）を、もう一度取り戻すのが二十一世紀と言うなら、それこそ我ら日本の得意とするところではなかろうか。

これからの二十一世紀は、この〝社会的責任〟に対して大企業から小企業、そして商店から各家庭に至るまで、あらゆる組織が自ら率先して真っ向から取り組んで行かねばならないテーマである。

多くの大企業は、すでに毎年決算期には『環境報告書』を発行し、如何にこのテーマに取り組んでいるかを株主に報告している。これからの「優良企業の条件」とは利潤を上げているだけではダメで、如何に社会的責任を認識した経営施策をとっているかが大きな判定条件となる。

四、「お父さん、うちの家宝の壺、割っちゃいました。ごめんなさい！」

〈白樺家での出来事〉

白樺寮太が監査役となってからは、夜の接待もほとんどなくなり定時の帰宅ができて、妻との二人での静かな夕食が多くなった。

今日もすでに帰宅後にひと風呂浴び、居間で夕刊を広げている時、ある三面記事に目がとまった。突然今朝の通勤中の出来事が思い出され、ちょうどそのときに妻が出来上がった料理をテーブルに運んできたタイミングと重なり、話しかけた。

「今朝の通勤は電車が遅れて、会社に三十分以上も遅れてしまったよ」

するとと妻が、

「またなの～？　二日前にも遅れたって言っていたじゃないの。また人身事故？」

「実はそうなんだよ。隣の駅だってさ。それも、いつも私が乗っている電車に飛び込んだらしいよ」

そこで、妻が、

「やめてよ、そんな話。食事の前に気持ちが悪くなるから」

そして妻がビール瓶とコップ二つを持って席に着いたので、寮太はビール瓶を受け取り、まずは妻のコップにビールを注ぎ、そして二人で軽くコップを顔の高さに持ち上げて〝乾杯〟の格好を取ってから、お互い冷たく冷えたビールを一気に口に運んだ。

湯上がりでほてっていた寮太の体にその冷たいビールが広がってゆく心地よさに、「平凡な生活の幸福」を実感していた。

とその時、空になった寮太のコップに妻がビールを注ぎながら、

「実は、インターネットで買った〝健康器具〟を使って足でペダルを漕《こ》いでいたら、突然ペダルがポッキンと折れて床の間の方に飛んで行って、壺を割ってしまったの。ごめんなさい」

ビックリした寮太が目線を床の間の方に向けると、確かにあるべきところに我が家の家宝の壺はなかった。

「メチャクチャに割れちゃったのか?」と寮太は、壺の端がちょっと欠けた程度と期待をしながら聞いたつもりだが、あまり意味のない問いかけと気が付き、慌てて、

「ところで、お前はそれでどこも怪我はしなかったのか?」と言い繋いだ。

「私は大丈夫。ペダルがポーンと飛んだ時、足が急に伸ばされて、一瞬つったような感じがしたけど、別段どこも怪我しなかったみたい」

「それは良かった。しかし、やっぱりな!　う〜ん!!」

すると妻が不思議そうな顔をして、

「なんですか、やっぱりとは。私がそんな事故に遭遇することが分かっていたのですか?!」

「違うのだよ。最近Ｗｅｂを覗いていて、あるサイトであの健康器具が部品不良により事故が多発しているという〝告発記事〟が載っていたと記憶しているのだ。もう一度サイトを調べて、我が家は大損害を受けたのだから、製造メーカーにクレームしてみよう」

〈ちょっとまじめなお話（４）〉『新遊民と戦死者』

この変革期（第四次産業革命？）の真っただ中にあって、これまで述べてきたように日本企業の蘇《そ》生《せい》を考える以外に、もう一つ根本的な問題があるのではなかろうか。

日本がバブッている頃、〝日本は経済戦争に大勝を収め経済大国にのし上がった〟と世界から注目されたが、その経済戦争に埋没している間に、一番大切な「若い労働意欲」を喪失させる方向に走ってしまったのではなかろうか。

日本の若者は少子化を背景に過保護に育てられ、反抗期も経験せず、打ち込めるものが見つからずに無気力感が広まっている（「平成の新遊民」）、と日本自殺予防学会が指摘している。

（参考：日本経済新聞　連載記事「２０２０年からの警鐘」。〝遊民〟とは、夏目漱石が「彼岸過迄」などで描いた明治時代に、仕事にあくせくすることを「自分を汚すものだ」と考えていた若者たち）

次ページの表をご覧いただきたい。年齢二十歳から六十歳前の働き盛りの年代の死亡原因のトップ３に「自殺」がランキングされるという、何とも〝もったいない話〟なのである。更に特筆すべきは、自殺の中で中高年層の鉄道人身事故が昨今多発していることである。

この原因は長期に続く不況から、突然のリストラ、銀行の貸しはがし、貸し渋り、そして会社のため不正行為に走らされ、その自責の念、それらの背景から引き起こされる家庭不和などなど、原因は

【年齢別死亡数と原因】

年齢	男	女	死亡原因順位		
			1位	2位	3位
0～9	3	2	先天奇形等	呼吸障害	不慮の事故
10～19	2	1	不慮の事故	悪性新生物	先天奇形等
20～29	6	2	不慮の事故	悪性新生物	**自殺**
30～39	8	4	**自殺**	不慮の事故	悪性新生物
40～49	19	9	悪性新生物	**自殺**	心疾患
50～59	55	26	悪性新生物	心疾患	**自殺**
60～69	100	46	悪性新生物	心疾患	脳血管疾患
70～79	156	97	悪性新生物	心疾患	脳血管疾患
80～89	136	161	悪性新生物	心疾患	脳血管疾患
90～99	41	88	悪性新生物	心疾患	脳血管疾患
100以上	1	4	悪性新生物	心疾患	肺炎
合計	527	440	（単位：千人）		

国立社会保障・人口問題研究所　2003年度資料より

多岐にわたっているが、これは経済戦争が生んだ巨大な戦死者を意味しているのではなかろうか。

これから日本全体が健全なる体質を取り戻すには、一人ひとりの『心』から入れ替えねばならぬのであろう。やはり二十一世紀は、間違いなく『こころの時代』と言える。

五、「このままじゃ、会社が潰されちゃうよ」

〈ある割烹にて〉

「どうした、光多郎。突然呼び出したりして。会社の中では話しづらいことでもあるのか？」
「お父さん、すみません。別段会社でもかまわなかったけど、久しぶりに二人だけで一献傾けたいと思ってさ」

その光多郎の出方で、ちょっとほっとした父の方から、
「実は私からも光多郎に話しておきたいことがあったから、ちょうど良かったよ」

そして、まずは光多郎の方から話を切り出した。
「父さんの会社に入って、新しくインターネットを使った商売も順調に伸びようとしているけど、このままじゃ、いずれ会社が潰されちゃうと思って、二つの相談があるんだ」

この話の切り出しに、父の顔も一瞬緊張気味に変わった。
「一つは、例の〝家庭健康器具〟の品質問題だけど、その原因を究明したところ、どうも軽量・硬質と言われて採用したペダルの素材に問題があることが分かったんだ。確かにあの時、私たち新参組が価格を優先して、父さんの片腕の技師の箕輪さんと言い争って、最後は価格優先で採用した材料になったという経緯があるのは父さんも知ってのとおり。

昨日、うちの開発グループの会議があってね。今の開発部隊には長年の経験を持ち、素材の良否が

分かる技師がいないのはまずいし、今のままだと今後も類似の品質問題が再発する恐れもあるという結論に達したんだよ。そこで勝手なお願いなんだけど、辞められた箕輪さんに当社に戻ってきて助けてもらえないか、ということなんだよ」

この話で父は、息子が自分の会社に来て初めての製品開発に取り組んでいる頃を思い出していた。その最初の社内衝突が小さな開発部隊の中で起きたのだ。時代の変化に対応した新しいビジネスモデルに挑戦する若いスタッフと、職人気質で通してきた堅物の箕輪氏が正面衝突する結果となり、「お前らと一緒に仕事なんかできるか！」

と言い残して箕輪氏は去って行ったのだった。

「分かった。今度父さんが箕輪さんと会って頼んでみるよ。ところで〝ペダル破損事故〟だが、クレームのお客様と一件一件直接訪問対応した結果はどうなんだ？　その後、問題は広がっていないな？」

「一カ月前からの生産はペダル材質を変えたものになったし、これまでに出荷したおよそ三〇〇〇台は、すべて良品ペダルをお客様に送って交換してもらい、クレームを受けた四十七件は、全部お客様宅に訪問してお詫びと補償を済ませました」

「それは良かった。まあ、即対処できたので、損害を最小限に抑えられたのではないか。ところで二つ目の相談とは何かね。お手柔らかに頼むよ」

「これもまた金のかかる話なのですがね。父さんの商売は大手自転車メーカーに商品を納めればＯＫだったけど、〝健康器具販売〟はコンピュータを介してインターネット市場で個人相手に商売しているでしょう。しかし今は、盛んにコンピュータを狂わす〝ウイルス〟が多発してコンピュータ・システムを壊してしまったり、外から社内のシステムに入り込んだりして、社内の情報を盗むやつも現れる時代さ。また当社にはインターネット販売で累積した約五〇〇〇件の顧客情報があり、これも守らなければならないし。

そこで二〇〇〇万から三〇〇〇万かけて当社の社内ネットワークシステムを整備して、しっかりとセキュリティ機能も持たせたいと思ってさ。ご賛同いただけますか？」

実は父も経営者の端くれとして経営専門雑誌などを読んでいたので、社内情報システムをきちっと構築するための投資が必要だと考えていた。そこで、

「父さんも同じようなことを考えていたのだよ。そのくらいの資金ならこれまでの会社の利益の積立金で賄えるけど、今回の品質問題のようにいつ何が起こるか分からないから、それは万一の備えとして持っていることにして、まずは銀行に借り入れを交渉してみるか」

二人は会話に夢中になり、どれほど時間が経過したのか分からなかったが、テーブルの上にはビールの空き瓶がすでに四本並んでいた。

「父さん、この辺で焼酎に切り替えようか？　ところで酔いが回る前に、父さんからも話があると言っていたのをまず聞きましょう」

「あのなぁ、もうお前もうすうす気が付いていたと思うが、私も七十を過ぎたし、そろそろお前に会社を切り盛りしてもらいたいと思ってな、母さんとも話していたのだが。

そこで父さんの右腕となって働いてくれている経理の長谷君、総務の辰野君にも、このあいだ私の

気持ちをザックバランに話したんだ。もし息子が社長では働けないというなら、会社を辞めてもらってもやむを得ないとキッパリとな。そして私は会長などの席に残らず、全く会社経営から外れるとも説明しておいた。

あとはお前の判断で人事組織を考えてほしい。過去のしがらみに囚《とら》われず、会社にとって貢献する人材かを自分で判断して決めて行ってほしい。十二月に入ったら社長交代を外に発表するが、それでいいな」

突然に光多郎にとって重いテーマの話が出て、即座に「分かりました」とは言えなかったが、七十を過ぎる父にも、そろそろ母と一緒にのんびり余生を過ごしてほしいなと考えていたのは事実である。そこで、

「父さんもよほど考えての決断でしょうから、自分もしっかり考えて返事しますよ。さあ、予定されていた話は終わった。父さん、これから飲みましょう。おかみさん、焼酎に切り替えだ！」

すると割烹「蜜箸」の女将が、

「ずいぶん大事なお話のようでしたね。親子で真剣な顔をしていましたよ。さあさあ、飲んだ、飲んだ！」と言いながら、焼酎の水割りをちゃっかり自分の分も含めて三杯作り始めていた。

〈ちょっとまじめなお話（5）〉『継続企業の条件』

コンピュータによる設計ができるようになると、一挙に基本設計から最終図面に至るまですべてコ

ンピュータ任せにする傾向は、人間技師だからこそ掴んでいた蓄積された経験から来るわずかな遊び値や、人間工学的な配慮に疎かとなり、その結果として企業の存亡を懸ける大型の企業不祥事を招いてしまっているとも言えよう。

日本の大手メーカーがそのような悪い環境にはまってしまった経緯は、一九九〇年代のデフレ経済不況を脱出する策の一つとして「リストラ」に走ったため、コンピュータが苦手な、そして給料が割高な中年エンジニアの希望退職に至ったのである。

その時の交換条件が、例えば中国に作る工場に単身赴任はどうかと迫られ、いまさら英語や外国語を学んでまで海外で仕事にかじりつくのは御免だと、多くの熟練技師が職場を去ったという。

そのあおりが昨今多発した原子力発電所での各種トラブル、今まさに世間を驚かせている三菱自動車工業／三菱ふそうの設計不良が原因のリコール隠しなどなど、原因の主流は生産の現場のプロフェッショナルな技師の不在ということに尽きるのである。

一方、昨今の高度情報化社会の時代には、会社が壊れるもう一つの落とし穴があるのだ。それは企業が蓄積した「顧客情報の漏洩問題」である。つまり高度に情報化された社会では、新たに〝情報を持つリスク〟が生まれていることを認識する必要があるのだ。

日本の場合は米国に比較して、情報技術（ＩＴ）産業の勃興があまりに急速であったため、社内情報システムも短期間に拡張を繰り返して大型システムとなり、もし個人情報の流出が起きるとどんな事態に直面するか、予想もつかなかったのだ。そもそも日本には、昔から〝鍵をかける生活習慣〟はなかったのだから。

しかし顧客情報などの漏洩は、信用失墜と損害賠償で〝会社を壊しかねないリスク〟と考えられるようになった。ソフトバンクはご承知のように、被害者となった顧客四五〇万人に一人五〇〇円の賠償をしたが、その総額は二十二億五〇〇〇万円以上となるわけで、中堅の会社なら一発で倒産に追いやられることになる。

【04年発覚した個人情報流出事件】

1月	三洋信販	200万人分
2月	ソフトバンクBB	452万人分
3月	トマト銀行	1651人分
	ジャパネットたかた	66万人分
	山口銀行	405人分
	アッカ・ネットワークス	140万人分
	サントリー	7.5万人分

（日本経済新聞　2004年4月2日より）

次に「継続会社」の定義について説明しよう。

これはあまりにも当たり前の話で、会社組織を起こした以上、継続が前提であるということである。もっとはっきりと表現すれば、倒産することを前提にして経営をすることではないということ。

とすれば会社の状況、つまり経営成績を示す決算期の時点で、もし継続が危ぶまれる事態が起きた、あるいは起きる可能性があれば、その事実とその対応策をはっきり世間に向けて説明することが「継続会社の条件」（ゴーイング・コンサーン）ということである。

つまり、会社経営側は会社の大小に関わらず、〝社会〟に対して継続の危機（つまり経営の行き詰まり傾向）は早め早めに説明する責任（アカウンタビリティー）があるということである。言い方を変えれば〝そうならないように日々透明性をもって事業を展開してゆく〟ということになろう。

次に〝企業の継続〟に関して、中小企業における「二代目経営者の経営戦略」についてチョイと触れておこう。

当然二代目経営者とは、連帯保証の関連などから社長のご子息が後継者となるケースが多いと思われる。そこで、引き継ぐ側から見た経営引き継ぎ戦略の秘訣《ひけつ》とは……

①バトンタッチ時に自分と一緒に、あるいは一定の期間後に社内の親族にも引退してもらう（露払い的仕事）。
②できるだけ早い時期に後継者にその旨、言葉ではっきり伝えること（任せる勇気）。
③数字に強くなる教育を施しておくこと（正確なお金の流れの把握）。
④人脈リストの継承（いざという時はあの人に頼れ）。
（参考：雑誌『先見経営』〇四年四月号【牧歌的経営の時代は終わった】より）

生き残っていく会社とは、環境が激しく変化して行く時代、それに合わせてスピーディーに変化して行けるかどうかである。よく引き合いに出される話だが、ダーウィンが言っている。「最も強い者が生き残るのでなく、最も賢い者が生き延びるわけでもない。唯一生き残れるのは、変化できる者である」と。

六、「おい！　あいつが事業を起こすって本当か?!」

〈中学同期会での会話〉

白樺寮太は今年の誕生日で六十歳になるが、昨年暮れに中学時代の仲間が集まって、『還暦記念大会』と銘打って同期会を開催しようという話となり、今日はその同期会の日。一次会・二次会は盛況のうちに無事終了したが、三次会は幹事連中の慰労会と称して、同期会の会場から近い居酒屋に席を替えていた。

「おい！　寮太。低長《ひくなが》がさぁ、今話題の人物だって知っていたか？」

と同期会の幹事長の小佐波が寮太に話しかけてきた。

「あいつ、新しい事業を起こすらしいぜ」

「おいおい、あの蒸発した挽長がかぁ？」

「こないだ、NZKテレビのドキュメンタリー番組にあいつが出ていたんだ。番組は【ホームレスが慈善事業に立ち上がる】とかいった内容だったが、同期の連中の何人かがこの番組を見ていて、北殿なんかそのあとであいつに会ってきたらしいぜ」

北殿も今回の還暦記念大会開催幹事の一人で、確かにテーブルの端の方に陣取り、数人が囲んで話に夢中のようだが、きっと挽長についての話なのかもしれない。

挽長は高校を卒業すると印刷会社に就職、そこの社長の娘と結婚して人生順調にスタートと思えたが、事業を無謀に広げすぎ、結婚後わずかにして妻の父から危険人物とのレッテルが貼られ、強制的に離婚させられた。

しかし離婚の示談金を元手に再び印刷会社を起こす。ところがまたまた無謀に事業を広げ、バブルの崩壊とともに巨額の借金が襲いかかり、同期の仲間を訪ね廻って金を融通してもらう生活に急変した。そしてある時期から所在が不明となり、金を借りたまま同期の友達に会えるはずもなく、ついに自己破産宣告のあと、蒸発人間となったらしいとの噂だったのだが。

寮太は小佐波と共に北殿のそばに席を移動して、その連中の話の輪に入った。案の定、北殿が挽長と会った時の話をしていた。

「俺が挽長と会ったのは、上野公園の動物園入り口に近い所のベンチでさ。あのNZKの番組を見てから彼の兄貴に連絡を取ったら、もしかすると上野公園に夕方六時頃いるかもしれないと場所の情報ももらって、一カ月前の土曜日の夕方、自転車で散歩していたら偶然あいつに会えたのさ。彼は頭も丸く剃《そ》って、なんか坊さんみたいに悟りを開いたような喋り方だったぜ」

周りに集まった仲間が「それで、それで」と身を乗り出すように、次に出てくる話に興味津々といった姿勢を取っている。

「あのNZK番組で紹介していたとおりの話だが、挽長が新宿でホームレス世界に身を隠しているとき、ホームレスで元東大卒の弁護士、元歯医者の先生、そして元庭師の三人と仲良くなって、いつも夜通し〝この世の中〟について議論を重ねていたらしい。

そしてある日、〝どうやら俺らが嫌気がさして逃げてきた世の中に対して、今、多くの人々がやっとおかしいと気付き始めたみたいだ。三菱自動車のような大きな企業で信じられない不祥事が当然のように起きているし、生まれて十年も経たない子供が親友を簡単に殺すといった現象、これは異常な世界だ。やはり俺らの【世捨ての判断】は正しかったのだ〟なんて意気投合して、公園のベンチで夜通し飲む酒はとても美味いと語っていたよ」

北殿は熱の入った話にのどが渇いたのか、ビールをぐいっと飲んだ。その瞬間に、挽長に数十万円を貸したままの債権者の一人、小佐波が、

「ところで彼は、どんな事業を起こすと言っていたんだ?」

と、その先を急がせるような質問を投げた。

「ホームレスの中にも、チャンスさえあればもう一度立ち上がりたいと考えているタイプ、全く再生など考えておらず自分から死んでいるタイプ、まだそんなことまで考えられず、諸般の事情からただただ逃げ隠れしているタイプとあるらしい。

この四人はその三種のタイプのうち、再生タイプの連中を対象にして〝世のためになる仕事でご奉仕〟するシステムを考え出したらしい。ただし絶対条件は、お互いに氏名、戸籍、そして過去遍歴などは聞き合わないという共通の約束を守ることらしい」

興味津々と耳を立てていた仲間の一人が、

「今はやりのNPOか?」と話を挟んだ。

すると北殿は話を続けた。

「そうらしい。挽長自身が〝NPO事業だ〟と言っていた。これまで迷惑をかけた友人・世間様に恩返しするために、そして堕落してゆく人間社会に陰ながら少しでも役立つ仕事をしようという四人の考えが一致して、最終的に〝自然環境を取り戻す仕事をやろう〟という結果になったと言ってたよ」

いよいよ話は具体的な事業の内容に入ろうとしており、これまでざわついていた宴会場もいつの間にかほとんどの連中がこの話の輪に集まっていて、何かシーンとした静寂の中で北殿の説明する声だけが響いていた。

「この四人はホームレスとは言いながら、それぞれちょっとまとまった金を持っていたらしく、それを出し合って北新宿の青梅街道から少し入った所の古いビルを借りて、そこを『モズク』と称して奉仕仕事の配給場所にしているらしい。

この奉仕仕事に参加すると『ボランタリン』とかいうカードがもらえるらしい。このカードは参加したホームレス間でも流通できて、また『モズク』にてカード一枚で一つのサービスを受けることができるらしい。サービスには多種あるらしいが、結構人気のあるのが中古の上着を借りて映画館に行く、あるいは銭湯に行くといった〝貸衣装サービス〟、それから二階が大広間になっていて布団で一泊できる〝宿泊サービス〟も人気があるらしい。

この『モズク』もイスラム世界の『モスク』をもじったと言っていたが、今度上野の不忍池《しのばずのいけ》のそばのしもた屋を借りて『モズク第二号拠点』計画があると、生き生きと説明していたよ」

そこで仲間の一人が前に乗り出してきて、

「おいおい、すごい発想だぜ。ところでどんな奉仕をしているのだ？」

と大声で問いかけてきた。

「〝自然環境の取り戻し〟が目的だから、公園内のトイレ清掃、花壇の世話、ブランコや滑り台などの安全整備、砂場や池の整備・清掃、木々の枝きりなど、公園に限らず公共施設なら何でも対象らしい。仲間に庭師はいるし、元大工もいるし、工場の技師もいるし、仕事の仕上げはプロ並みだよと自慢していたな。

『今度、上野に「モズク」が出来たら、東京大学構内の〝三四郎池〟を皆できれいに生き返らせてみせる』と意気込んでいたぜ」

北殿の話が終わった時、皆に何か虚脱感が襲ってきているようで、いつの間にか集まってきていた仲間たちは、無言のまま元の自分の席に戻り始めた。

寮太は、「そうだ、間違いない！　いつぞや、監査役の研修が終わって新宿を歩いていた時にすれ違ったホームレス風の人物、あれは低長だったのだ」と一人静かに思い出していた。


〈ちょっとまじめなお話（6）〉『日本経済再生の道』

みずほ総合研究所の『日本経済の進路』（中央公論新社）によれば、

「日本には優れた技術や知識の蓄積があるのだから、起業や事業再生を促すのに適切な政策支援があれば、企業構造が分散型になり、成長してゆく中小企業が輩出されてくる」

と読む。そして〝適切な政策〟とは、「日本が有する経済資源を、民間が最も効率的に活用できるよう積極的に後押しすることが政策の主眼となるべき」と解説する。

しかし過去十年前に、今の状態を誰もが読めなかったように、この先十年後がどうなるかは誰にも分からぬであろう。それよりも大事なことは、個人一人ひとりが〝目先の欲望〟に走ることなく、社会の一員として自分はどうすれば心の充実した日々が過ごせるかを、一人ひとりが考えて生活してゆくことが、これからの『こころの時代』の正しい生き方ではなかろうか。

〝権力〟を持っても決して幸せでないことを、政治家や医者や教師、いわゆる「先生」と言われる種族の行動から知らされ、「高額な〝所得〟を得ても幸せでなさそうだ」と高額納税者でありながら犯罪者となっているニュースを見て考えさせられ、更には超一流企業の組織のトップに上り詰めて〝名誉〟を勝ち得ながら、不祥事で「会社のためだった」と民衆の前で頭を下げているお父さんたち。

やはり日本が世界の経済大国に成長し、その後バブル崩壊を体験し、デフレの中での十年を通して失ってしまったのが、〝人としての健全なこころ〟ではなかったか。

次頁の【国際競争力ランキング】をご覧いただきたい。「マクロ経済環境要因」とは一国の経済を政府、企業そして家計の面から見てバランスが取れているか、「制度、政策要因」はグローバル・スタンダードに近いものか（言い方を変えれば日本独自のものになってしまってはいないか）、そして「技術要因」では世界で通用する特異なる技術を持ち合わせているか、といったいくつかの要因から総合的に世界での競争力をランキングしたものである。

【国際競争力】

順位	マクロ経済環境要因	制度・政策要因	技術要因	競争力ランキング
1	シンガポール	デンマーク	米国	フィンランド
2	フィンランド	フィンランド	フィンランド	米国
3	ルクセンブルク	アイスランド	台湾	スウェーデン
4	ノルウェー	オーストラリア	スウェーデン	デンマーク
5	デンマーク	ニュージーランド	日本	台湾
6	スイス	シンガポール	韓国	シンガポール
7	オーストラリア	スウェーデン	スイス	スイス
8	スウェーデン	スイス	デンマーク	アイスランド
9	オランダ	独国	イスラエル	ノルウェー
10	オーストリア	香港	エストニア	オーストラリア
	(12) 英国	(12) 英国	(12)シンガポール	(11) 日本
	(14) 米国	(17) 米国		(15) 英国
	(24) 日本	(30) 日本	(14) 独国	(18) 韓国
	(25) 中国	(52) 中国	(65) 中国	(44) 中国

World Economic Forum Report（2003年10月）

このランキングから我々は〝日本は英国やドイツよりは上位だから悪くはなかろう〟と考えがちではなかろうか。それは間違いで、今後の「こころの時代」を考えるなら、英国やドイツに学ぶものはなく、むしろランキング上位を占める北欧の諸国から「人間としての生き方」のヒントを得ることが大事ではなかろうか。

これから「会社」はどうなって行くのだろうか。ある雑誌（*）での養老孟司氏（東京大学名誉教授）と岩井克人氏（東京大学教授）の対談記事の中で、「これからは人間が利益の源泉となる時代でお金に還元できない仕組みが必要です。【この指とまれ型】で皆が新しいことを少しずつやる共同体が成長してゆき、最終的には〝きれいな分業体制〟になるのが理想でしょう」と言っている。

＊…みずほ総合研究所発行　雑誌『Fole』四月号

「平成の新遊民」と言われる若い世代も、これまでの産業資本主義の時代を生き抜いてきた〝サラリーマン奴隷〟には全く興味はなく、自分でやりがい感のある仕事を選ぶようになり、結果として〝NPO的な共同体〟が増え続けて行くことになるのだろう。

七、最終話

〈唐松家の会話〉

夕食が終わり食器の後片付けも一段落して、妻が冷えたスイカをテーブルに持ってくると、それまでテレビに夢中だった息子の光次が大好きなスイカにかぶりついた。

「光次、夏休みはお母さんの田舎に行って、お父さんと一緒に山登りしようか。おじいちゃん、おばあちゃんも大喜びするな」

光多郎としては、これまでは事業の立ち上げ、その後の製品の品質問題、更には会社内情報ネットワークの構築と、次から次へと重大案件が目白押しだったため、家族サービスを怠っていたと反省し、一段落したこの夏休み、妻の故郷・南信州を訪ねてみようと考えたのである。

するとと光次が、

「山登りなんてつまんないよ。だって疲れるだけじゃ〜ないか」

そこで光多郎が、

「違う、違う。そんな高い山じゃあなくて、トンボやチョウチョ、セミやバッタを取る昆虫採集が目的だよ」

すると光次は目を丸くして興奮気味に、

「行く、行く、ぼく絶対に行く」

しばらくするとスイカで満腹となった光次は、眠気が差してきたのか一人自分の部屋に移っていった。妻と二人だけになると、光多郎は、

「来年から社長として切り盛りして行くのだから、体力作りをせにゃあかんな」

すると妻が、

「何言っているのですか。子供と山に登るだけで簡単には体力作りなどできませんよ。毎日のトレーニングが必要です」と手厳しい。

「まあ、箕輪さんが戻ってきてくれたし、父さんの交渉で曙《あけぼの》信用金庫が融資をＯＫしてくれたし、俺もがんばらにゃ〜いかんな」

すると妻が、

「そうですよ。これから頑張ってもらわなければ」とダメを押してきた。

「あのな、明日は取引先の友人に誘われて、早慶大学での異業種勉強会に出てみるので、夕食はいらないよ。確かテーマが【企業不祥事の何何】とか言っていたな」

〈白樺家の会話〉

白樺家の夕食時、久々に息子夫婦が訪ねてきていて賑《にぎ》わっていた。

「とにかく、あの壺が二〇〇万円の価値があったなど、全く知らなかったわ」

と妻が興奮気味に言い、息子夫婦につい数日前に起きた思いがけない出来事を話していた。

「しかし健康器具の会社は立派でしたよ。だってお父さんがメーカーに電話して事の経緯を説明したら、すぐ翌日メーカーの方が来られて陳謝され、ペダル交換をすると壊れた壺を持ち帰ったの。そして数日したらまた来られて、古美術商に査定させた資料を示すと、損害賠償として二〇〇万円を銀行口座に振り込むと言うのよ。驚いたわ～ぁ」

するとと息子が、

「母さん、その瞬間〝儲けた！〟と思ったんじゃないの？　確かあの壺はおじいちゃんが、お父さんが結婚する時〝記念にお前にやるよ〟と言って、くれた壺だよね。そんな値打ち物だとは誰も思っていなかったんじゃないのかなぁ」

皆、顔を見合わせて笑った。白樺家から大きな笑い声が聞こえるのは、どのくらいぶりだろうと寮太は思った。

しばらく取りとめのない世間話に花を咲かせていたが、息子から、

「父さん、今年還暦だね。定年退職はいつになるの？」

急に重たい話になったせいか、息子の妻が、

「私、新しいお茶を入れてきましょう」と言って立ち上がった。

「顧問になったばかりだから、今の会社で働こうと思えば、多分あと一〜二年は大丈夫なんじゃないか」

すると妻の方から間髪をいれず、

「〝働こうと思えば〟とは何ですか。ちゃんと働いてください。仕事から離れると、すぐに〝ボケ老人〟になっちゃいますよ」

そこで寮太が、

「先日、私の中学の同期会があって、同期の挽長という男がＮＰＯ事業を起こしたという話になってな。私も定年退職したら、自分の半生の経験を生かして何か世間様にお役に立てる仕事、つまりＮＰＯ的な仕事をやってみたい、なんて考えているのだよ。

実は明日、早慶大学での異業種勉強会で、私が『企業不祥事と継続会社の条件』というテーマで講演することになっているのだよ。その中でも〝これからは自分でやりがい感のある仕事を選択するようになり、ＮＰＯ的な共同体が増えて行くのでは〟なんていう話をするのだがね」

〈ある公園での会話〉

「このあいだのＮＺＫテレビ報道で有名になっちまって、困ったもんだ。今日も一緒に働かせてくれって六人来たぜ。今週は世田谷の公園プロジェクトだったな。六人のうち三人が明日、新宿の〝目玉の前交番〟の前に来るので連れて行ってやってくれ」

するると仲間の一人が、

「三人とはどんな人ですか？」と訊《たず》ねた。

「一人は元学校の先生、もう一人は元中小企業の社長さん、そして残りの一人は大学中退生だと言っていた。新顔だからすぐ分かるよ」

夏の太陽が燦々と公園に差し込んでいるが、この大銀杏《おおいちょう》の下は大きな日陰を作っており、涼しい風が通り過ぎて行く。

「上野のモズクは元庭師を中心に無事オープンして、来週から東大の三四郎池プロジェクトがスタートさ。今日の応募者の残り三人は上野の方に回したよ。それぞれ元引っ越し屋、元重量挙げ選手、そして元農園経営者と言っていたが、体格がしっかりしていて三四郎池プロジェクトも思ったより早く運ぶのではないか」

黒光りした仲間の顔に西に傾いた夏の太陽光が当たり、毎日の充実した行動は仲間それぞれの目を生き生きとさせている。仲間の一人が、

「さ～てと、今日も一日が終わった。この〝ボランタリン券〟で、きれいなおべべ着て銭湯にでも

行ってみるか」
周りには、仕事を終えて脇目も振らず下向き加減で家路に就く人々の黒い波が覆っていた。

〈完〉

第二章　ホールインワン物語

二〇〇二年八月十六日、場所は長野県伊那市の『信州伊那国際ゴルフコース』白樺コース十七番ショート・ホール（一四五ヤード）にて午後二時四十五分頃、その事件は起きた。

この出来事は、ゴルフプレーヤーでも一生のうちに体験できない人がほとんどなのだから、こんな記念的でうれしい出来事をしてしまった私として、あの瞬間がいつでも思い出せるように、ここに書き留めておきたい。

今年の夏はバカに暑い。三十℃を過ぎる日が何日も続き、この不景気の中、エアコンだけは快調に売れているというのだから、家電メーカーもお天道さまさまであろう。我がパソコン業界は、ＩＴバブルの崩壊でパソコン需要も飽和状態を続け、ずうっと不況が続いているというのに、羨ましい限りだ。

しかし毎年お盆休みが近づくと、『さて、どのようにこの休暇を過ごそうか』というテーマでチョイト頭を悩ませる。どのように過ごすかといっても、子供はすでに大人になってしまったので「夏休み、どこかへ連れていって」とせがまれることもなく、今やワイフと二人だけの問題ではあるが、子供がいた頃からの習慣なのか、学校が夏休みに入る頃を迎えると落ち着かなくなるのだ。

こんな不況下であるから、本来はじっとして「倹約道」を選択すべきなのだろうが、どうしても「家でゴロゴロしているのも我慢ができないだろう」などと勝手に思い込み、結局はワイフと一緒にその休暇の過ごし方を相談し始めるのである。

ワイフは旅行をする場合、「名所旧跡を訪ねる」、「ハイキング」、「温泉旅行」とかにはさほど興味はなく、「ゴルフの旅」と言えば文句なく一発で決まるのである。

今年の春先は、夏休みを利用して三年ぶりに前の駐在地「シンガポール」へ旧友S氏を訪ねながらのゴルフの旅でもと、新宿辺りの旅行代理店で旅行パックの情報集めを始めていた。

S氏は私のシンガポール駐在時代、日本料理屋「ちとせ」のオーナーで、当時札幌から「毛がに」を直輸入、私の大好物がシンガポールで食べられる店ということから、しょっちゅう通い詰め、メニューにはない「納豆ごはん」「生卵ぶっかけ・ごはん」「のりと味噌汁だけ」など勝手な献立の夕食をお願いし、大変にお世話になった方である。ゴルフはシングル・プレーヤーであり、私のアドバイザーでもある。三年前にも四泊五日でシンガポール・ゴルフの旅を敢行し、S氏には大変にお世話になっている。

それでは、最も経済的にシンガポールにてゴルフツアーを楽しむ、我々の秘訣を紹介しよう。

旅行代理店にてシンガポール・パックの情報を集め、安くて現地で自由行動の多いパックを探し出す。とにかく昨今の海外旅行は、準備されたパックにて出かけるのが、最も経済的かつ安全に済ますベストな方法である。

すなわち、往復のフライトと宿泊ホテルはそのパックを利用し、目的地に着いてから帰るまでは一〇〇パーセント自由行動を取らせてもらうのである。

しかし、この行動を取るための重要な裏手続きが必要なのだ。

シンガポールのケースで説明しよう。チャンギ・エアポートに到着。税関を通過して指定された集合場所で待っていると、現地添乗員が小型バスに乗って現れる。バスに乗り込むと、片言の日本語でスケジュールなど確認事項、注意事項の説明を始める。そして予約されたホテルを巡回して行く。

同じパック・グループとはいえ、ホテルのクラスによりパック料金も違うわけで、ここで一緒に来たパック仲間連中はそれぞれのクラス別ホテルに分かれるのである。ゴルフだけが目的の旅では、ホテルは寝るだけの施設と割り切り、一番安いクラスで十分である。

この添乗員にS$30（およそ二五〇〇円）を渡して、

「すまぬが我々は帰る日まで、完全に別行動させてもらいます。最後の帰る日のホテル集合時間には戻ってきています。よろしく」

と行動を説明し了解を取る。これはもちろんグループで参加した以上、自分たちの事情を旅行会社側に説明しておく必要があるわけだが、さて、このS$30を渡す意味合いを解説しよう。

このような団体旅行では、パック・スケジュールに組み込まれているコースの途中での「おみやげ屋」「免税店」では、「案内した人数」に対して添乗員には「コミッション」が払われるそうだ。その団体コースから我々は意図的に外れるのだから、抜ける人が添乗員にコミッションを払う必要があるわけだ。これがS$30の理由である。

ところで今年は「シンガポール近隣の島でのゴルフ」でもと、『シンガポール・ビンタン島パック旅行』のパンフレットを抽出し、具体的に予算をはじき始めたが、しかしワイフが今ひとつ乗ってこない。その最大の理由は、長期に続く日本の経済不況が「今、そんなことをしている時期だろうか?」と自己反省をいだかせるようになり、ついには「私たちも今年は謹慎しましょうか」なんて殊勝なことを二人で言い始めていたからだ。

七月に入り「今回はシンガポール行き中止」の結論を出し、早速シンガポールのゴルフ仲間のS氏にその旨の連絡を入れる。すると早速S氏より次のような連絡が入る。

『そろそろ連絡があるかなと思っていたところでしたが、それは残念です。八月に来られた時に渡そうと用意していたホールインワン記念品を送ります。実は六月一日にセントーサ・サラポンコースの十一番（一三八メートル）でホールインワンをやってしまいました。その記念に〝ステンレス・マグカップ〟と〝魔法瓶〟を送ります』

さて、ビンタン島行きを中止したはよいが、それではお盆休みはどう過ごすかで再び悩み始めていた頃、名古屋の友人H氏から「そろそろゴルフでもしませんか」とお誘いの電話が入る。H氏は私の商社マン時代の同期であり、今では年に二〜三回お相手いただくゴルフ友である。

H氏がメンバーである伊那と名古屋の中間点、恵那山の南、瑞浪《みずなみ》市にある『瑞陵ゴルフクラブ』で何度か一緒にプレーをしているが、

「そうだ！　夏休みはここにワイフを帯同しよう。そして名古屋在住の私の弟も一緒に誘おう」と一方的な計画を思い立ち、お盆休みのコース予約をH氏に依頼する。

ゴルフで名古屋までとなると、もう一つ近くでと欲が出てくる。ワイフには、

「いっそのことそのまま伊那に上がって、そこでもプレーするというアイデアはど〜お？」

と提案。それに対しては、

「それでは、お父さんの部屋の掃除や衣服・寝具のチェックを兼ねてそうしますか」と一発で決定。八月十四日「瑞陵ゴルフクラブ」、一日空けて十六日「信州伊那国際ゴルフクラブ」となった。

このお盆の時期に、伊那のゴルフコースが一週間前でも予約が取れるという、本当にゴルフファンにとって恵まれた場所と言えよう。ワイフもお盆時期の新幹線での名古屋入りは超混雑と予測し、十三日に伊那入りして翌日、私と一緒に中央高速道路を使ってゴルフコースに向かうことにした。

このお盆休みにその事件は起きたのだ。どんな休暇だったのか、私の日記帳から思い出してみたい。

■八月十三日（火）

明日から会社は五日間のお盆休み。社員もそれとはなく落ち着かない様子。単身赴任者の中には、月曜・火曜を休みにすることで週末を繋げて九日間の休みにして、すでに実家に戻っている者もいるようだ。

ワイフは六時にバスで伊那市に到着、迎えに出る。その夜は市内の小料理屋にて乾杯。熱燗《あつかん》「杉の森」で二人、明日のゴルフがあることも忘れ、のりのりで飲みすぎか？　深夜のご帰還。初日からスケジュールは荒れ模様だが、大丈夫だろうか??

■八月十四日（水）

朝四時起床。岐阜県・瑞浪の「瑞陵ゴルフクラブ」へ向け出発。途中「恵那峡サービスエリア」に寄り〝恵那ラーメン〟にて朝食。寝不足と空腹をこのラーメンで少し落ち着かせたか。

六時四十五分、ゴルフ場に到着、すでにH氏と弟は来ていた。七時二十五分スタート。猛暑の中でのプレー。山間コースでのショットの乱れは、昨晩の無謀を反省してもどうにもならない。全くゴルフにならないゴルフ。

三時過ぎに帰路へ。途中で私の行きつけのスーパーにて、二人して九八〇円の上寿司セットと枝豆、トウモロコシにキュウリとトマトを購入。寮に戻って冷たいビールで乾杯。

■八月十五日（木）

早朝散歩で私のゆく散歩コースを、ワイフと。田んぼの「すずめ脅し」のパンパンと鳴る破裂音にビクビクしながら、あぜ道を一時間の散歩。仙丈ヶ岳、木曾駒ヶ岳は雲の笠をかぶっていたが、二人ですがすがしい朝を満喫できた。

今日は部屋の掃除と整理。一〇〇円ショップで購入した整理箱は大正解であり、ワイフのおかげですっきりと整理ができた。

夕方、雨が降る。今夜は〝諏訪湖・花火大会〟なので気になる。部屋での夕食時、外で「ポン」「ポン」と諏訪花火の音が聞こえていた。十時三十分就寝。

■八月十六日（金）

朝五時半起床。いよいよ伊那での盆休み最後の日だが、空はどんより曇り空。昨晩の夕食の残りをほおばり、うまい！　満腹！　シンガポールのS氏から贈られた「魔法瓶」に冷水を入れて、七時に伊那国際GCへ向かう。

七時四十八分、白樺コースのスタート。同伴者は東京から旦那の実家に来ていた奥様のYさん、そして横浜で材木商の社長をされているN氏。Yさんは、毎日ゴルフの練習かコースに出ているうらやましい生活（?）の子供なしの年金生活者。今日は旦那が実家で草刈りをしているそうな。ハンディは11の由。N氏は父親が購入した長谷村の外れの山小屋に、家族で夏休み中。ゴルフが好きなので、一人でコースに来たそうな。体格が良く、ドライバーの飛ばし屋。ハンディは15の由。

とにかくお上手なお二人に引っ張られながら、何とかアウトコースは49。それも九番パー4（四五九ヤード　ハンディキャップ3）で見事なパーを取っての結果なので、喜びは大きい。

そのさわやかな満足感と緊張感が「よし後半も何とか40台で」といきり立たせ、昼食時にアルコールを一切飲まぬことに決めた。多分これは日本でのゴルフで初めての体験ではと思う。これまでは必ず「暑いから」とかの理由をつけて、昼食時に「ビール」あるいは「水割り」「ワイン」、そして冬は「熱燗」と、必ずアルコール類を摂取していたように思う。

ところがインコースに入っても相変わらずのゴルフでボギーペース。あと残すは二ホールとなった十七番一四五ヤードのショートホール。少し打ち下ろしになるグリーンで、ティーグラウンドから横長のグリーンが見える。グリーン周りは右下がりで、ちょいと右に外すとコロコロ転がり落ちそうに見える。

オーナーのYさんは綺麗なフォームで打つも、わずかながらグリーンをオーバーしてエッジに。次が私の番。距離は一三五ヤードくらいとみて七番アイアン。いつものようにクラブを振りぬく。気持ち良く力も抜けて、ス〜ッとボールがグリーン方向に飛び出た。しかしどうしたことか、ス〜ッと上がって行くボールが、ゆっくりスローモーションのように見えるではないか。確かにピンに向かってまっすぐに、それも理想的な放物線を描きながら。ちっちゃくなったボールはグリーン上に落ち、二、三回バウンドをしてピンの方向へ。しばらくの静寂の後、ボールがピンに当たる音がしたと同時に、カップの中に落ちるあの「カラン」という乾燥した音が聞こえたのだ!!

N氏が「あっ!! 入った!!」と言うと、大声でYさんが「ホールインワンよ! ホールインワン!」と自分ごとのように飛び上がっていた。それからレディースティーに移動し打とうとしていたワイフにYさん曰く、「ダンナさん、ホールインワンやっちゃったわよ!」

しかしワイフはキョトン。

やってしまった当のご本人の私も、「何が起きたのか。普通と何も変わっていないではないか」と思いながらグリーンに向かって歩く。

しかし、グリーンに上がってまっすぐカップに向かい、恐る恐るカップの中を覗き込んで白いボールがあると、にわかに興奮が襲ってきた。そしてそのボールを拾い上げる時、初めて「あ〜、やってしまった!!」と実感した。

私はなんと幸せなのだろう。普段は年に四、五回のゴルフしかしない私が(それでも今年は珍しく平均月一回のゴルフになるか)、技術もなく一〇〇前後ゴルフの私に、なぜ神様はご褒美をくれたのか。

・「お盆」でご先祖様からのプレセントか？　そうだとしたら何ゆえか？

・シンガポールからの「魔法瓶」が本当の魔法をかけたのか⁇

この日、午後六時二十五分発の中央高速バスにて帰京。案の定、お盆休暇ラッシュにぶつかって五時間の旅となり、我が家に到着したのは深夜零時チョイト前でした。

拝啓

このたび、平成　十四年　八月　十六日　ホールインワン賞の栄に見事輝き、心から御慶祝申し上げます。

信州伊那国際ゴルフクラブ・・・白樺コース・十七番ホール

ホールインワン賞

缶ビール一番搾り　350m

缶ビールラガー　350m

120　本

早速、贈呈させていただきます。御査収ください。

ゴルフ愛好家として、貴重な体験をなされ、喜びひとしおかと思います。これからも益々ゴルフの腕を磨かれますと共に、これを機会にキリンビール製品の御愛顧をより一層心よりお願い申し上げます。

末筆ながら貴方の御健勝と、今後益々社会での御活躍を御祈念申し上げ、御挨拶と致します。

敬具

平成　十四年　八月　二十日

東京都

宮　原　一　敏　様

長野市南県町1081　長野東京海上ビル3F

キリンビール㈱長野支社

それから間もなくして、その十七番ホールのスポンサー『キリンビール』から右の手紙を添えて一二〇本の缶ビールが送られてきた。そして私は、限られたゴルフ仲間にほんの記念品として「高遠焼き」を送らせていただいた。次のような簡単なメモを添えて。

『めっきり秋らしくなった今日この頃、如何お過ごしでしょうか。今年の夏休みは如何でしたか？　小生は一万ラウンドに一回の確率、あるいは四〇〇〇人に一人と言われている偉業〝ホ〜〜ル・イン・ワン〟を達成することができました。
これはひとえに一緒にゴルフのお相手をいただく友人に恵まれ、楽しい機会を重ねてこられた賜物でございまして、その過程で『幸せな贈り物』を頂きましたことをここにご報告させていただき、ゴルフの友に深く感謝の意を表し、小生より、ささやかではございますが、伊那谷より御礼の気持ちを贈らせていただきます。

ホール・イン・ワン

平成十四年八月十六日

信州伊那国際ゴルフクラブ

白樺コース　十七番　一四五ヤード

使用クラブ　七番アイアン

これからも一層ゴルフに精進し、皆様のご迷惑にならぬように努力してまいりますので、引き続きお相手を切にお願い申し上げます。

ご健勝をお祈り致します。

敬具』

ところで、この時のスコアは49・48の普通の成績だったのです。ハイ!!

第三章　『塩の道』　初のバスガイド体験談

今年、二〇一三年に入ってしばらくして、友人が仲間を集めた一泊二日のすごい「企画」を練り上げた。「オランダ友好協会」の会員でもあり、ピアニストとして活躍中の近藤紗織さんのダイナミックなクラシックピアノ演奏を、白馬のラフォーレ倶楽部「ホテル白馬八方」の音楽堂で実現しようというのだ。その企画の名前は『近藤紗織ピアノリサイタルin白馬』。

そしてコンサートに加え、音楽堂の隣の「白馬美術館」でシャガールを見る企画。それだけではない。東京駅前から白馬までの観光バス移動の中で、私に「塩の道」に関してスピーチしてはどうかと提案を頂く。

ピアノを生で聴き、シャガールの絵画を楽しみ、そして塩の道に触れるとは、なんと文化度の高い旅行であろうか。私は即座に、

「是非ともその企画に参加させてください。そして塩の道スピーチをお引き受けします」

と返事をしていた。

東京から白馬までは、バスで片道七時間はかかるであろう。そのバス乗車時間の中で、予定されたスケジュール以外で空いた時間は、「塩の道」解説で自由に使ってＯＫとの贅沢な条件も頂いた。

せっかくの機会を頂いておきながら、バス車中を退屈にさせてはいけないと思い、また私の解説が

皆さんに楽しんでもらえれば「塩の道」ファンを増やせるかもしれないとの期待感から、皆さんへの「塩の道」についての資料作りには一段と力が入った。

私にとってはこのようなバスガイド的経験も珍しいので、是非今回の出来事を記録に残しておこうと思い、二日間の旅の車中での小生のバスガイドぶりの部分をここに書き残してみたい。


【一日目】


五月二十五日、午前九時東京駅前集合で、参加者は四十四名。天候は晴れ、北アルプス山麓に向かうには理想的な天候である。

まずは執行幹事役から注意事項、行程説明、そして参加者一人ひとりからの自己紹介が終わったのが十一時過ぎ。東京駅前を出発してから途中八王子辺りまで渋滞があったので、すでに二時間は経過していた。

早速小生にマイクが渡されたが、各自の自己紹介を長時間にわたって聞いていた皆さんは、すでに聞き疲れ気味だろうと推察して、まずは「塩の道・一人行脚」のＤＶＤ（四十五分もの）をご覧いただくことにした。これは私が二〇〇五年から三年かけて、静岡県・相良町から新潟県・糸魚川市までの三五〇キロメートルを一人行脚した記録であるが、行脚中に撮った写真を繋いで編集したものに、ＢＧＭとして我が息子が作曲した音楽を使用したものであり、どちらかと言えば癒し系に出来上がっている。聞き疲れの方は、これでも見ながらユックリ眠っていただければいいという考えでＤＶＤを流した。

　このＤＶＤがちょうど終わったところで、バスは諏訪湖ＳＡに到着。ここで一旦下車し、昼食休憩を取った。

　さてさて昼食を摂った後、バスは中央高速を松本に向けて走り出した。いよいよ私のスピーチの始まりである。まずは「塩」についての話から始めた。こんな具合に。


　意外ですが、「塩」の研究は昭和に入ってからだそうで、初めて研究したのは「渋沢敬三」だそうです。渋沢敬三とは、四十歳で日銀総裁となり、「財閥解体」や「新円切り替え」などで活躍し、民俗学者としても有名だそうで、この渋沢敬三を師匠として民俗学を学んだのが「宮本常一」だそうです。今お手元にある塩に関する資料は、宮本常一著『塩の道』（講談社学術文庫）を参考に作成させていただきました。

（ここでちょっと横道に逸れて）

ところで「渋沢敬三」と申しまし

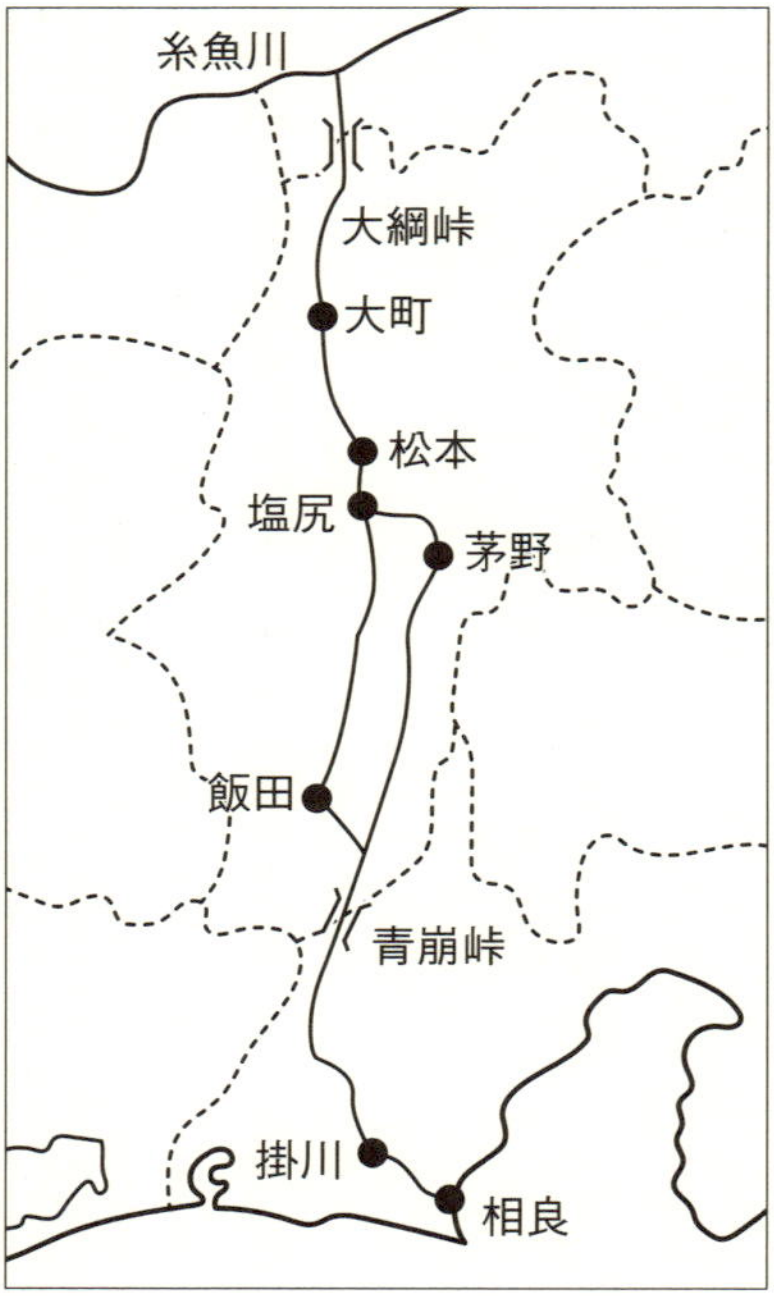

たが、皆さん、「渋沢」といえば「渋沢栄一」の方がよくご存じだと思います。ところでここでお二人の「三」と「一」の違いだけでなく、二人の類似点と正反対のものをお話ししましょう。

栄一【天保十一（一八四〇）年〜昭和六（一九三一）年】、敬三【明治二十九（一八九六）年〜昭和三十八（一九六三）年】ですから、お二人は共に十九世紀から二十世紀への変わり目におられました。渋沢栄一は日本銀行を創設され、実業家として王子製紙、日本鉄道、日本郵船など「渋沢財閥」をつくりあげました。

お二人の共通点は、共に「日本銀行」に関係していること、そして正反対なところは、栄一は「財閥を作り」、敬三は「それを解体した」ということでしょうか。

さて、話を「塩」に戻しましょう。

それではなぜ「塩」は長い間研究されてこなかったのでしょうか?

塩は生きてゆくためには必要なものです。したがって太古の時代から無意識のうちに体が求めてきたものでしょう。原始時代には、人間は他の動物や植物、そして海水などから塩分を吸収していたのだそうです。

しかし縄文時代になると、海水を煮詰めて塩を採っていたことが分かっています。縄文土器の中に海水を入れておいたら、水分が蒸発して「塩」が残っていた。これが人間として塩を発見した瞬間なのでしょう。それから今度は、海水を入れた土器を周りから火で焚《た》くと、早く塩が出来上がることを知ったのでしょう。

次に、瀬戸内海付近で発達したのが「入浜塩田」ですが、これは入浜に海水が入ってきて、引き潮とともにそこに「干潟」が出来て、そこが太陽に照らされて水分が蒸発し濃い塩分が残り、これをかき集めて塩をつくる方法でした。

そしてこのやり方が量産体制を作り出し、江戸時代になって、塩は船で運ばれるようになり、海岸線から街道を通って山間部に運ばれて行きます。つまり塩は海岸にあり、自然のままで作り出せたので、あえて研究など必要とも思わなかったし、身近なものとして扱われてきたのでしょうね。

それにしても、なぜに「塩」に対する認識が薄かったのでしょうか?

宮本常一はその理由を、「塩そのものがエネルギーにならないから」と説明しています。エネルギーになるものはその中に「霊」が宿っているとして、米、麦、粟《あわ》などには、それぞれの「穀霊」というものがあるのだが、塩には「霊」がないので、塩自体を神として祭った例はないとしています。

バスは松本を過ぎて「豊科ＩＣ」から一般道に出て、安曇野《あずみの》台地を北に走っている。この辺で本来の「塩の道」についての解説に入った。

ところで「塩の道」に関して、私はこれまでにホームページ上の〈エッセイ欄〉や〈スピーチ欄〉で解説してきているので、ここでの詳細は割愛して、今回バス内で配布した資料に沿って次に説明することにしたい。なお、次の二つの地図は宮本常一著『塩の道』（講談社学術文庫）から引用させていただいた。

◆塩の道・鰍沢《かじかざわ》ルート

この富士川・鰍沢ルートを辿って行きますと、地蔵峠の所での塩の流れは、私の歩いた塩の道（秋葉街道ルート）とは全く正反対になっています。

つまり塩は鰍沢―韮崎を出て甲州街道を上って杖突《つえつき》峠から南下し、分杭《ぶんぐい》峠から大鹿村を経て更に南下してきており、私の歩いた塩の道の「南から北へ」とは正反対です。

どうしてこんなことが起きたのでしょう。それは富士川の「水運」の発達によるのでしょう。このルートの方が、青崩《あおくずれ》峠を越えてくる塩よりコストが安ければ、鰍沢ルートの方が経済原理からして生き残って行ったのでしょう。

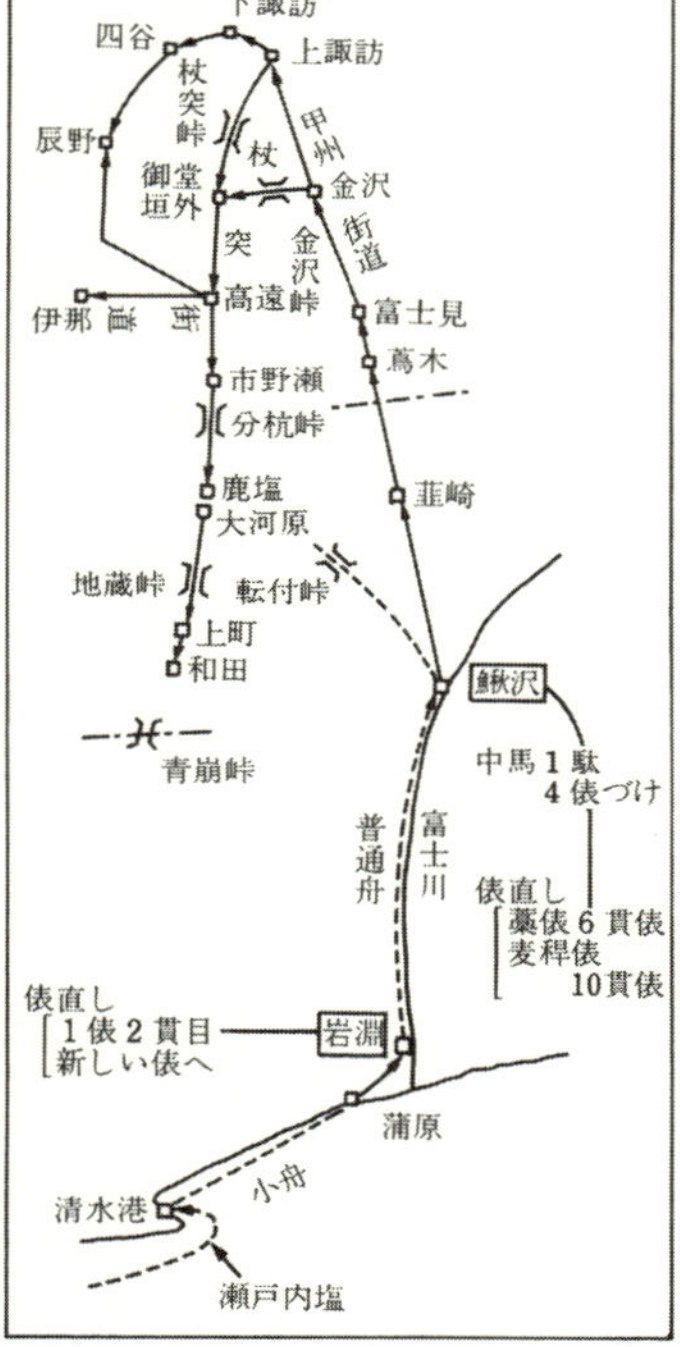

『塩の道』（宮本常一著　講談社学術文庫より）

このように古代に生まれた塩の道も、時代とともにそのルートを変えて行ったのです。

◆塩の道の変遷と塩の運び役「中馬」、「陸船」、「ボッカ」

左図は江戸時代の塩のルートを表した図ですが、すでに静岡県・御前崎から掛川に出て秋葉街道を北信する「南塩道」は姿を消しています。前述の「鰍沢ルート」と左図の愛知県・足助《あすけ》から中津を経由して塩尻に出るルートに変わっているようです。糸魚川から南下する「北塩道」はそのまま残っていたようですが、更に直江津から長野、松代に南下するルートも生まれていたようです。

雪の深い北国での運び役は牛で「陸《おか》船《ぶね》」と呼ばれ、最も雪深い真冬は「ボッカ」と呼ばれた人によって運ばれ、内陸部は「馬」が主流で、愛知の足助には「中馬」という運輸組合のような組織が作られ、明治時代まで活躍していました。

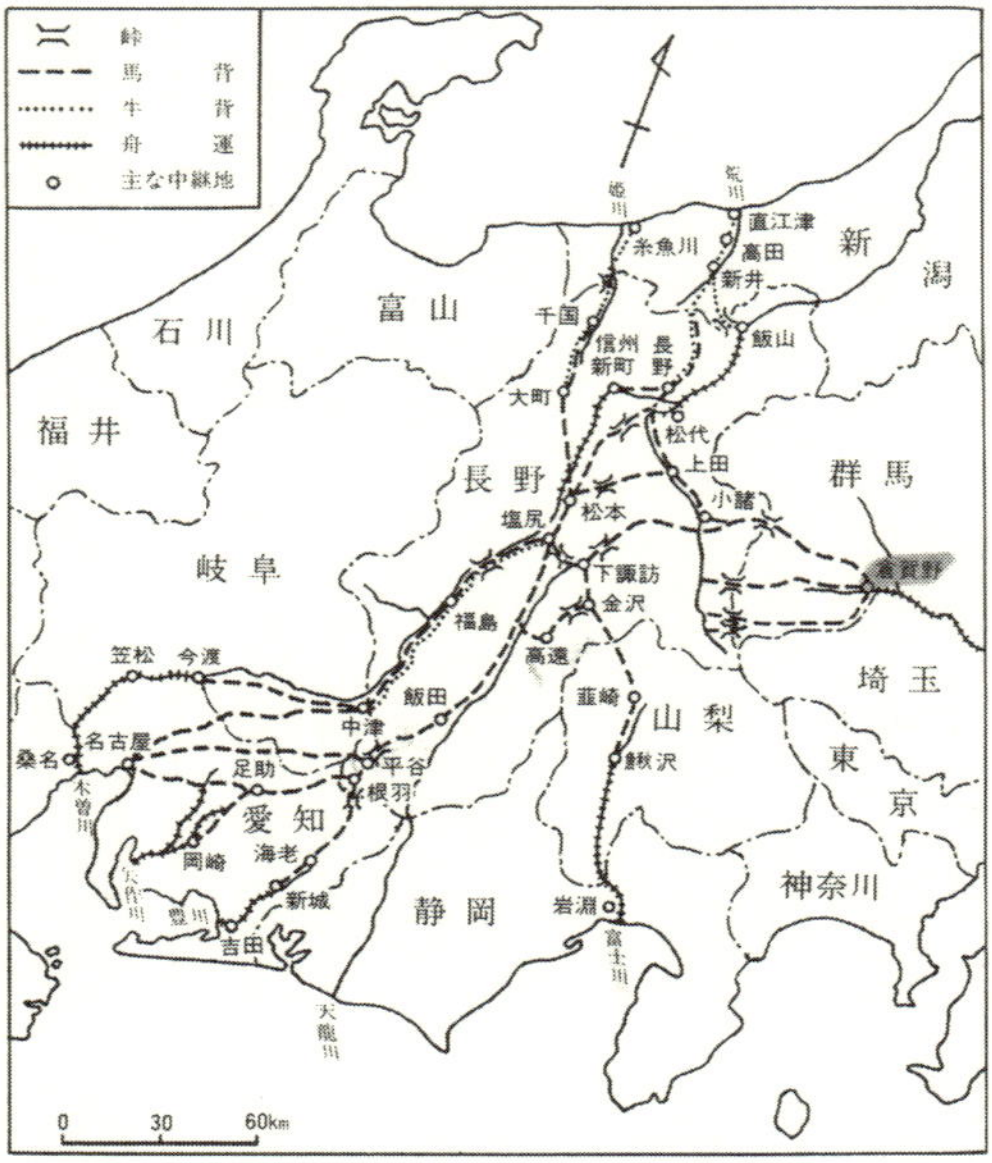

『塩の道』（宮本常一著　講談社学術文庫より）

◆ボッカの姿

次の絵も宮本常一著『塩の道』の中から利用させてもらいました。塩を運んでいた人々を南塩道（相良町―塩尻）では「浜背負《はましょい》」と呼び、北塩道（糸魚川―塩尻）では「ボッカ」と呼んでいたようですが、その装束の男女別、そして冬型とそれ以外型、また肩に担ぐ道具の男女別の違いなどを見比べると、大変に興味深いものがあります。

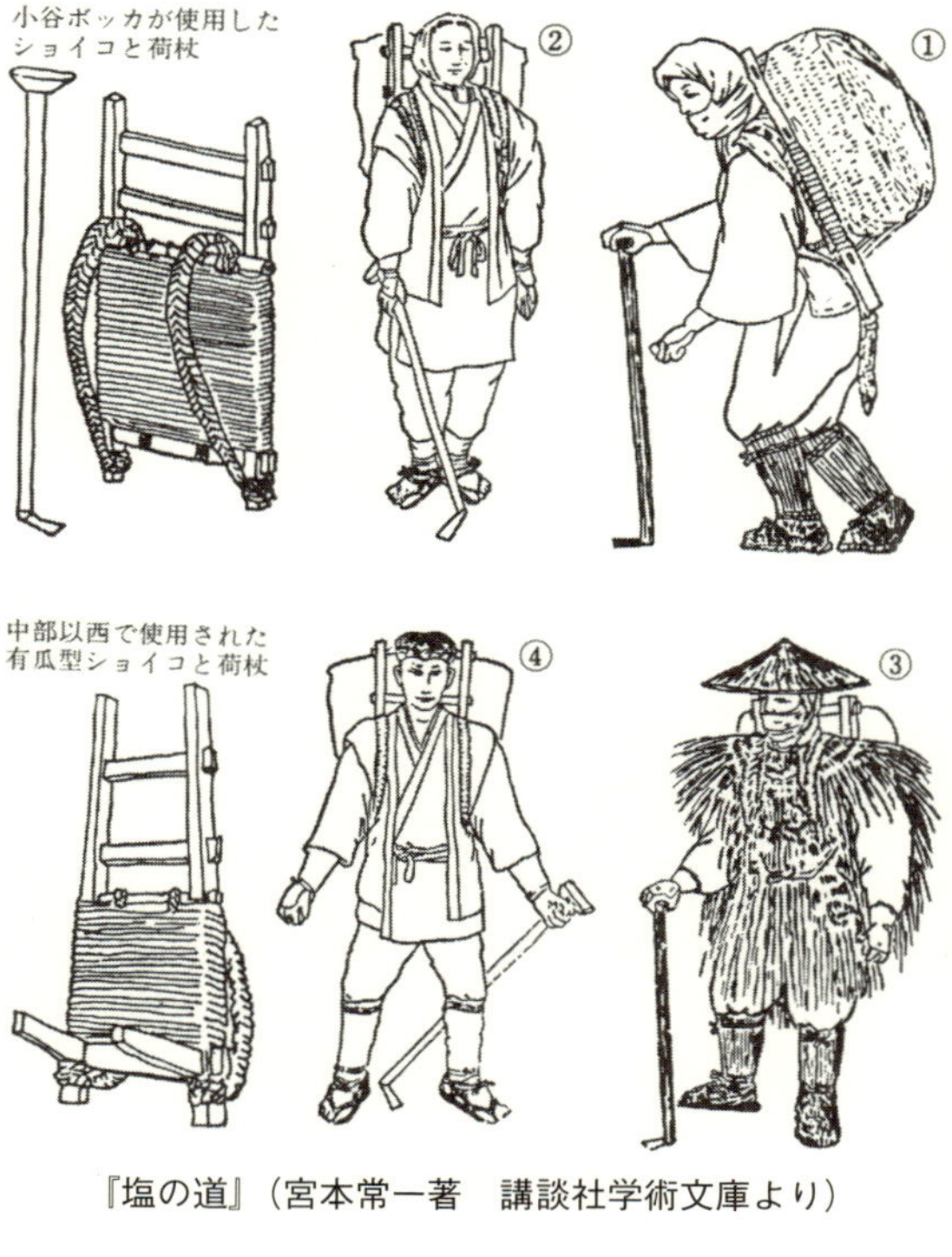

『塩の道』（宮本常一著　講談社学術文庫より）

◆糸魚川・静岡構造線と中央構造線

中央構造線と糸魚川・静岡構造線、そしてフォッサマグナの関係が表現されている図です。古い街道（秋葉街道、伊那街道、千国街道）がこの構造線（断層）に沿って走っていたことが分かります。

そしてそれが東経一三八度線上にあることも不思議です。

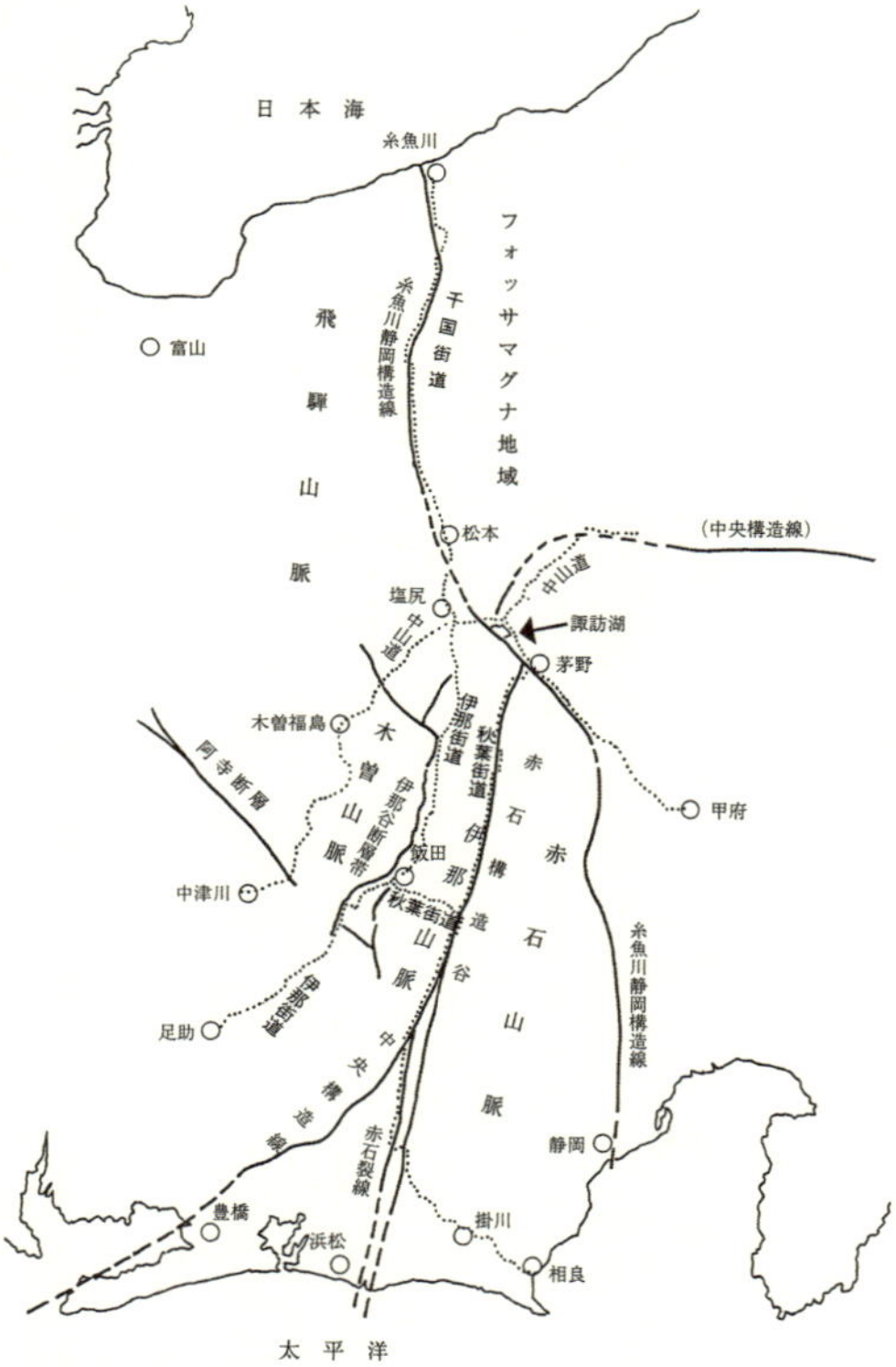

「塩の道」と主要断層
『もっとも長い塩の道』（竹内宏ほか編　ぎょうせいより）

◆善光寺道名所図会

『善光寺道名所図会』は嘉永《かえい》二（一八四九）年、豊田庸園《ようえん》によって名古屋で刊行された絵図で、図版は小田切春江による全五巻で構成されています。

　この絵の場所は白馬村の「佐野」だそうですが、図の左に塩を担いだ「ボッカ」の姿、道の右はずれに塩を牛（陸船）が背負って運んでいる姿が描かれていますね。

　左側にある石碑は「二僧塚」といい、西行法師がこの地を訪れたときに二人の僧の死に会って野辺送りをした所と書かれた碑だそうですが、この図会は現在は大町市文化財センターにて保存されています。とにかく、ボッカの姿が描かれた浮世絵は大変に珍しいと思います。

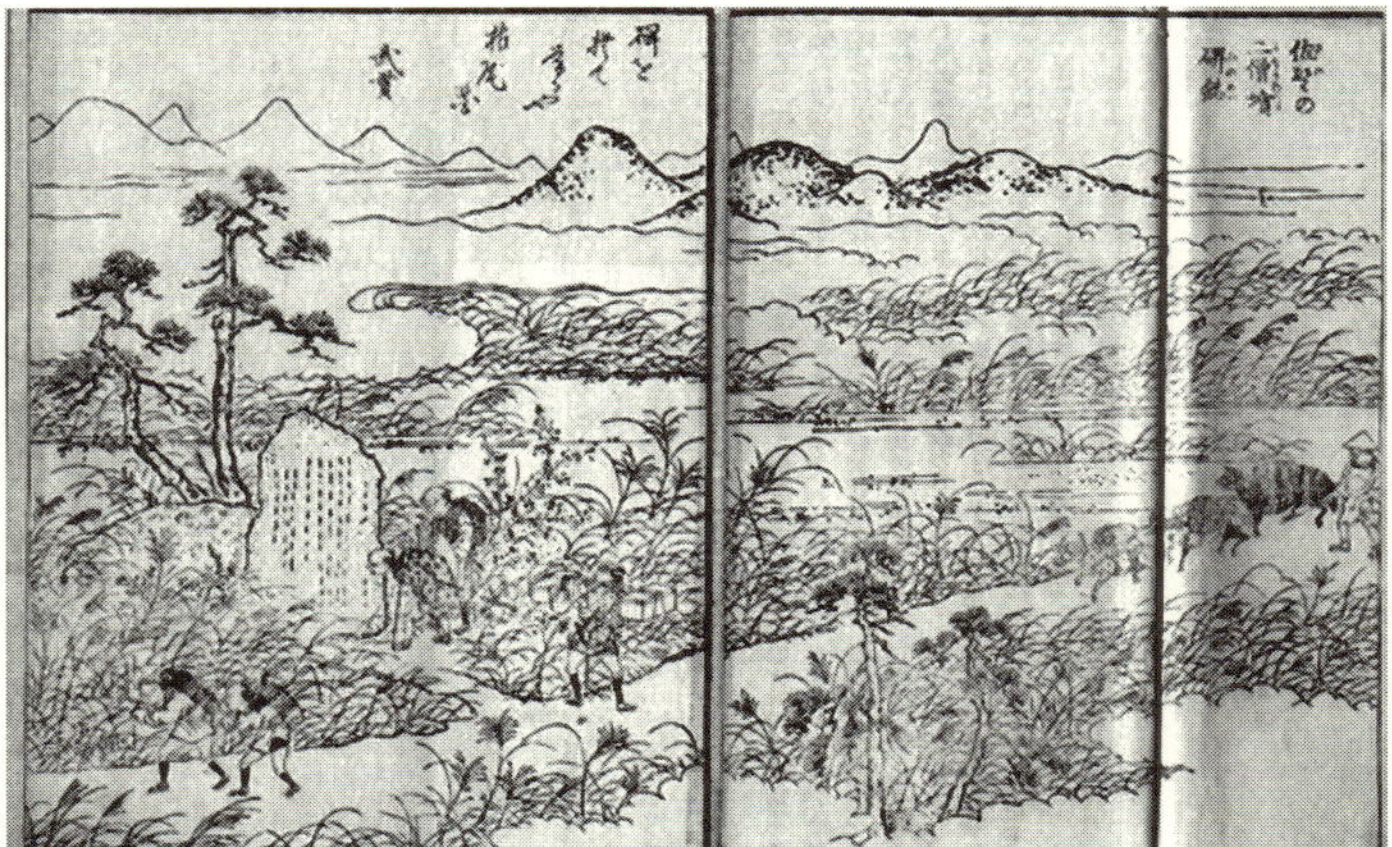

◆安曇野と安曇族

安曇族とは、北九州の博多湾にある「志賀島《しかのしま》」を拠点にしていた海神族（豪族）であったと言われています。

紀元前六～七世紀、中国大陸の春秋時代、「呉」は「越」と三十年ほど戦っていたが滅ぼされて、すぐれた航海術を持っていた呉の人々が日本に亡命してきたという説があります。当時の日本は「倭《わ》国《こく》」と言われ百余国に分かれていて、そのうちの一つに北九州の「奴国《なこく》」があったそうです。高校歴史教科書に次のように書かれています。

「57年に倭の奴国の王が後漢の光武帝へ貢物を贈り、代わりに臣下と認める印綬を与えられた。奴国は福岡県の博多湾にあった小国の一つで、志賀島からは『漢委奴国王《かんのわのなのこくおう》』の金印が発見されている」

ということは、奴国の「国王」とは安曇族の首領であったと言えます。安曇族が持っていた船技術をベースに海運業を司《つかさど》り、大陸との交渉を持っていたことで水田稲作、養蚕などの技術を持っていた民族であり、更に殖産興業に長けていたことにより、本州湾岸沿いに北へ北へと勢力を広めて行き、翡翠《ひすい》の産地に近い糸魚川に辿り着いたということでしょう。

翡翠を求めて「姫川」を更に上流へと辿るうちに、ついに桃源郷のような台地、四方をアルプスの山々に囲まれた「松本平」に到達したのでしょう。これが安曇族が住処《すみか》とした台地「安曇野」なのです。

安曇族の不思議に迫る小説『失われた弥勒の手』（松本猛・菊池恩恵共著　講談社）では、福岡では「おきゅうと」といわれる郷土料理と同じ料理を安曇野では「エゴ」といって食しているとか、奈良時代に坂上田村麻呂率いる軍隊に安曇族が討ち果たされたという「八面大王伝説」について書かれていますが、本当に安曇族は「どこから来て、どこに消えたのか」と謎は興味を引きますね。

【二日目】

十一時過ぎに、バスは大町の「塩の道博物館」駐車場に滑り込んだ。ここで一時間の博物館見学である。

塩の道三五〇キロメートルの行程の中にもいくつかの「塩の道博物館」があるが、ここ大町の博物館が最大規模で、内容も最も充実していると思う。そもそもこの建屋が江戸時代に庄屋であった「平林家」の母屋そのものを展示場にしているので、母屋は一一〇坪の二階建てであり、その母屋に二つの倉が繋がっていて、そのスケールの大きさに驚く。

一つの倉は「文庫倉」「漬物倉」そして「塩倉」と仕切られていて、一番奥の塩倉には「ニガリダメ」が再現されていて、昔の人の知恵を見せつけられた。

もう一つの倉は「流鏑馬《やぶさめ》会館」になっていて、中に入るとその豪華絢爛《けんらん》さに驚かされる。「流鏑馬」とは近くの「若一《にゃくいち》王子神社」の夏祭りの際に行われる行事で、それに関する資料が一堂に展示されていた。

若一王子神社の流鏑馬は八〇〇年の歴史を持ち、京都・加茂神社、鎌倉・鶴岡八幡宮と共に日本三大流鏑馬の一つだそうで、ここ信濃大町の流鏑馬は馬上の射手を少年に限るという珍しい様式を守り続けているのが特徴という。

この後は途中のスイス村にて昼食を摂り、次は穂高にある「大王わさび農場」へ。

このわさび田のある地域は、上高地・大正池から延々と流れてくる「梓川《あずさがわ》」と、龍神湖の大町ダムから流れ来る「高瀬川」、そして穂高のシンボル「有明山」山麓から流れてくる「穂高川」、更には湧水の豊富なこの台地では扇状地の先端部に至って川になって現れる「万水川《よろずいがわ》」が一気に集まって「犀川《さいがわ》」となる大変に水の豊富なところである。

このわさび農場「わさび園」で「わさびソフトクリーム」、「わさびカレーライス」などを楽しみ、お土産の「生わさび」を買って、次は近くの「穂高神社」へバス移動。ここが今回の最終訪問地となる。

◆穂高神社と御船祭り

私が三五〇キロメートルの「塩の道・一人行脚」で「穂高神社」に立ち寄った際に、敷地内にある「御船会館」で「道祖神展開催中」という看板に引き付けられて中を見学したのですが、それにしてもなんで山の中に来て「お船」なのかと不思議に思ったのです。しかしその疑問は穂高神社のパンフレットに書かれていた「神社の由来」から不思議が解けたのです。

私が三五〇キロメートルの「塩の道・一人行脚」を終えた後で発刊した駄本では、そのことを次のように書いていますので、ちょっとその部分を読んでみます。

『穂高神社の御祭神は穂高見神（ほたかみ）で、この神は海神族が親神であり、その後裔である安曇族は元々北九州で栄え、主として海運業を司り、早くから大陸方面と交渉を持っていた高い文化を誇る民族であった。殖産興業に長けていた安曇族が本州を北に徐々に勢力を伸ばし、出雲から信濃に進出して来て山の上に大社を築いたとある。〝なるほど〟と納得である。当時、神に限りなく近い場所、それは山の上で、そこに大社を置いたのである。そういえば塩の道で訪ねた秋葉大社も秋葉山の山頂に鎮座ましていたことが思い出される。少しでも、一歩でも高いところにというコンセプトから、穂高神社の〝奥宮〟は北アルプス穂高岳の麓の上高地に祀られており、〝嶺宮〟は奥穂高岳（３１９０ｍ）の頂上に祀られているという。余談だが、上高地の地名は〝神降地（かみこうち）〟が語源であると言う説があるというが本当だろうか』

◆道祖神

この安曇野で「神様」についてもう一つ注目すべきは「道祖神」です。日本の古来の信仰と結び付き、「旅」や「道」を守る「道祖」の文字が当てられたと言われますが、『古事記』『日本書紀』の神話では、天孫ニニギの命《みこと》をアメノヤチマタに迎え道案内をした「猿田彦命《サルタヒコノミコト》」が道祖神になったという説もあります。

中国では「旅の安全」を守る道教の守護神として信仰されていたものが、仏教と共に日本に伝わり、「無病息災」、「縁結び」、「五穀豊穣《ほうじょう》」、「子孫繁栄」、「夫婦和合」などの〝願い信仰〟として流行って行きました。特に江戸時代中期から明治初期に集中しており、この一〇〇年間で大流行したようです。

江戸中期は文化が華と咲き天下泰平をうたわれた時代でしたが、歴史を裏から覗くと、実はやりきれない暗い時代でもあったようです。飢きんや、それによる百姓一揆、悪病などが相次ぎ、子供はバタバタと死んで行ったそうです。

泣き叫んでも神様も仏様も何もしてくれない。そんな時、現れたのが「道祖神」だったのです。民衆が誰の指図も受けずに、このような愛の形を生んだのです。だから社殿もいらない。お経もいらない。ただ道端に立って人々の心を捉え、笑いを取り戻してくれたもの、それが「道祖神信仰」でした。

信州には三〇〇〇体ほどの道祖神があるそうですが、そのうち安曇野／穂高町には一二七体があるそうです。

いよいよ東京に向けてバスが「穂高神社」を出る頃には、日も翳《かげ》り始めていた。

バスが動き始めるとすぐにバスガイドさんが、

「中央高速の上りは大渋滞になっているそうで、新宿到着が遅れそうです」

との嫌なニュースを伝えてきた。これではきっと到着は午後八時を過ぎてしまうだろう。

しかし皆さんは開き直って、

「慌てることはない！　よし、カラオケで鬱憤を晴らそう！」

と賑やかなパーティーが始まったのだった。

〈完〉

翁の写真館　その4

1978（昭和53）年、シカゴに駐在。その時に一緒に仕事したスタッフとの写真。1982年末に帰国。

1992（平成4）年、シンガポールに駐在。帰国の年（1994年）、家族でオーストラリア旅行。

翁の絵画館　その2

「雪の妻恋宿」

2009年6月　F8

……白黒の世界を描いてみたかった。

「雪庭」

2009年9月　F8

……油絵による白黒の世界が好きになって2作品目。

「ねこ様」

2011年7月　F8

……子供のころよく猫をいじめていたので、猫の祟りを受けないように油絵にした創作画。

第五部

『私の履歴録』

2018（平成30）年６月「酒街道・ひとりサイクリング」の時の写真。鶴岡市羽黒町の蔵元「竹の露」にて。

一、幼年期（一〜七歳）

私は一九四四（昭和十九）年七月十六日、文京区本郷田町（現在の西片）に長男として生まれました。生まれた年は太平洋戦争の真っただ中、家の前の石垣には大きな防空壕があって、「ウーー」とサイレンが鳴ると私は口に鰹節《かつおぶし》をしゃぶらされて、綿入りのチャンチャンコにくるまれてその防空壕に入れられていたそうです。

「泣いちゃぁダメですよ。アメリカに見つかっちゃいますからね」

となだめすかされ、暗い防空壕の中で、一人鰹節をピチャピチャとしゃぶっていたそうです。

戦争はその翌年の夏に終わりました。終戦後の混乱は、それはそれは大変だったのでしょうが、子供には米国支配下とか物不足の苦しみは分かるはずもなく、あまり強烈な印象は残っていません。しかし五円玉とチョコレート、チューインガムの記憶は鮮明に残っています。

一九五一（昭和二十六）年、真砂小学校（現在の本郷小学校）に入学。おばあちゃん子に育った私は、それはそれは〝甘ったれ坊や〟だったそうで、気が弱く、いくじのない弱虫だったそうです。とにかく入学式にもおばあちゃんに連れられて行ったというのですから。教室に入っても私は教壇の先生のお話など耳に入らず、チョクチョク後ろを振り返り、おばあちゃんがいるかを確かめていたようです。

私の家は、戦前は『甲子倶楽部』と称した地域の集会場だったそうです。二階には大広間がある木造二階建でしたが、戦争に突入してその大広間は五つの個室に分断し、そこに親戚、知人が住み込むようになり、共同台所／便所型の集団住宅に変貌していました。

私の家の前には、西片のお屋敷から下の町〝本郷田町〟に下りてくるS字型をした坂がありまして、【石坂】と言います。坂の途中に大変に大きなお屋敷があり、この敷地をよけるように道が曲がっていたのでS字の形になっていたようです。この石坂の途中に文京区教育委員会が作った史跡説明の看板が立っていますが、そこには次のような説明が載っております。


『新撰東京名所図会によれば〝町内より南の方、本郷田町に下る坂あり。石坂と呼ぶ〟。

ここ一帯は備後福山藩（11万石）の中屋敷を幕府の御徒組や御先手組の屋敷としていた。

明治以降、東京大学が近い関係で多くの学者が居住した。田口卯吉（経済学者、史論家）、坪井正五郎（考古学、人類学者）、木下杢太郎（詩人、評論家、医者）、上田敏（翻訳者、詩人）、夏目漱石（小説家）、佐佐木信綱（歌人、国学者）、和辻哲郎（倫理学者）など有名人が多い。その為西片町は学者町と言われていた。

〝交番の上にさしおほう桜さけり、子供ら遊ぶ　おまわりさんと〟（佐佐木信綱）』

二、少年期＝前期＝（七～十三歳）

私が小学五～六年生の頃、この西片町には大きな木々が群生しており、子供の目には大きな山のようでした。夏ともなればセミ、トンボ、チョウチョ、クワガタ、カナブン、そして背が七色に輝く夕マムシも飛んできておりました。とにかく昆虫の宝庫でした。

当時は物も豊かではなかったので、昆虫捕獲器も自分たちで工夫して作った記憶があります。セミとりには「モチ竿《ざお》」、そして「くもの巣竿」。トンボとりは、糸の両端に小さな鉛錘《なまりおもり》をつけて、それを空高く放り投げると、トンボがその錘を虫と思い食いついた瞬間に、トンボにその糸が絡みつき落ちてくるというスバラシイ捕獲法なのです。これでオニヤンマを捕まえた時などの興奮は今でも覚えています。

チョウチョは、女性のナイロンストッキングを利用して作った網で捕りました。家の前の防空壕のあった石垣の上にはカラタチの木が植えられており、そこはシジミチョウ、モンシロチョウ、キアゲハ、クロアゲハなどなど、多種のチョウチョが集まってきておりました。

そしてその山にはクリ、柿、イチジク、ビワなど野生の木の実、くだものが豊富であり、遊んでいる間の〝おやつ〟には不自由しなかったのです。

その日捕まえた昆虫を、夜寝るとき蚊帳の中で放すのが楽しみで、これは今はなき巨大なる【虫かご】だったのです。しかしお盆の期間だけは、おばあちゃんから、

「この日だけは殺生してはなりません。すべて逃がしてやりなさい」

と言われ、シブシブ外に放しました。こんなことを言いながら……

「お前たち、きょうだけ自由に飛んでゆけ〜、飛んでゆけ〜」

きっとこの言葉は、おばあちゃんがちょうどそのとき玄関先で、乾いた〝しらかんば〟の枝とお線香とを一緒に焚きながら、

「おじいさん、おばあさん、この明かりでおい〜で、おい〜で」

とやっていたのを真似していたのかもしれません。

この遊び盛りの頃、夕方五時を過ぎますと、近所の八百屋の小僧さんが大八車に野菜を載せて売りに来て、我が家の玄関先に止めます。近所の奥さん連中が出てきて、そこで四方山会議が始まります。その頃の石坂はまだ舗装がされておらず、上り坂の一角が三角州のように開けていて、そこで私たちは三角ベースの野球を日が暮れるまでしていたものです。当時は如何にこの坂を上ってゆく車が少なかったかを物語っています。

しかし夕方になると、ここでの野球を中断する出来事が起きます。この西片町の山の上に「グリーンホテル」という西洋館風の建物があり、それが進駐軍に占領されておりました。この石坂でいつも三角ベースで遊んでいると、夕方頃、米軍のジープが砂埃《すなぼこり》を上げて、すごいスピードで坂道を登ってゆきます。ジープには数人の米軍兵とそれと同じ数だけの日本人の女性が乗っていて、「キャーキャー」と騒いでいました。

特に印象的な姿は、女性の顔のなかの真っ赤にぬられた口が大きく感じたこと、そして私たちがジープを追いかけると、チョコレートやチューインガムがバラバラバラッとばら撒かれるのです。夢中で走り夢中で拾いました。時々、黄金色に光る穴の開いた五円玉も交ざっていました。

三、少年期＝後期＝（十三〜十六歳）

一九五七（昭和三十二）年、文京区立第二中学校（現在の本郷台中学校）に入学。入学生総数二四四名（男一三六、女一〇八）で、一クラス五十名ほどで五クラスあったのですから、すでに【団塊の世代】（昭和二十二年〜二十四年生まれの世代）に突入する前兆が現れていました。

この年の十月、ソ連が世界初の人工衛星【スプートニク】を打ち上げていたのです。

私の中学時代は、これと言って強烈な思い出がないように思うのですが、異性に対する関心が芽生え始めた時期として記憶に残っています。

私の祖母には子供がなく、私の両親は養子として宮原家に来たのですが、もう一人、養子の〝信子おばさん〟がいました。信子おばさんはこの頃、銀座に【ナルビー】というバーを経営していましたが、時々週末になると、おばさんを訪ねてこのバーに行くのが楽しみだったのです。

母からもらった都電の運賃とおやつ代を手に握り締め、都電の停留場「初音町」から「三田」行きの〝二番〟に乗り「有楽町」で下車、それから泰明小学校の向かいのビル地下一階のバー【ナルビー】に向かうのです。

子供ながら、このバー行きが楽しかったのには理由がありました。その日は夜更かしができること、そしてバーが終わるとおばさんと一緒におばさんの家に一泊できること、更にはその夜、大人の女性群に囲まれて寝る快感があったように思います。

バーが終わるまでの時間、カウンターの右隅に座り、おばさんから渡される昨夜の伝票の束。ソロバンで売上金額の集計をするのです。四回、五回と何度かソロバンで足し算を繰り返せば正解は一つに絞られます。それでもバーの終わる夜中の十二時頃までは長く感じたものです。

雨の激しい夜などは、「もう今夜はお客は来ないね」とおばさんが早々と店を閉め、バーのおねえさんたちを連れて食事に出る時などはうれしく感じたものでした。

この頃は日本の景気も下り坂で【なべ底景気】などと言われていましたが、一九六〇(昭和三十五)年に入るとカラーテレビ放送が本格的に開始、そして「国民所得倍増計画」が閣議決定(池田勇人内閣)され、景気にも活力が出てくるわけですが、そんな年の春、都立北園高校に入学しました。

四、青年期(十六~二十歳)

北園高校(旧府立九中)は、当時公立校としては珍しく自由な校風で、制服はなく各自自由な服装で登校ができました。当時はミニスカートばやりで、女子高校生の服装にワクワク・ドキドキさせられたものです。北園高校の文化祭は他校からも人気が高く、多くの男子生徒が目の保養に来ていました。

北園高校はバスケットボール、バレーボールが都立高校の中では強く、私はバレーボール部に入部しました。入部当時はまだ九人制で、背丈のない私はレシーバーとして後衛に専念しようと思っていたのですが、二年目に高校バレーボールも六人制に変更となったのです。それに伴い練習方法も変わったのですが、私が誰よりも先に、きれいに【回転レシーブ】を決められた時の喜びは今でも思い出します。

　高校二年生の秋、関東甲信越大会（水戸市にて）にまでコマを進めることができたのですが、残念ながら二回戦で敗退。もちろん私はレギュラーメンバーには入っておらず、補欠員としての参加でしたが、貴重な体験ができたと思っています。

　ある試合でコートに立った時の経験。相手は都立戸山高校、私の心臓はドキドキドキと高鳴っています。すると相手からのサーブが唸《うな》るように自分に向かってくるではありませんか。ボールは目の前でわずかに右にカーブしました。アッ!!　慌てて床に落ちる寸前のボールに向かって体で飛び込み、握り締めた右手をボールの下に滑り込ませます。ボールは握りこぶしに当たったと同時に高く舞い上がりました。成功！

　しかしその後が悪かったのです。私の目の中には、お星様のようなキラキラするものが飛び回っているではないですか。これではいけないと何度も何度も目をこするのですが、こすればこするほど、そのお星様が増えてくるのです。マズイ！

　そんなお星様とジャレている状況に置かれた私は、多分試合の中からポツンと外れた存在だったのでしょう。相手コートに戻ったボールが即、相手からの次の攻撃に変わり、私の足元にアタックしてきたのです。そのスピードに反応できず、私はただ立ちすくんでいたのです。当然、速やかに選手交代をされてしまいます。

　その時、室内体育館二階からの女子バレー部のキャーキャーと響く声援が、自分の緩慢なプレーに対しての非難の声のように聞こえていたのです。

高校三年になる前の年の暮れ、大学受験を控えて進路打診がありました。私は当時これと言って強い目標があったわけではないのですが、どちらかといえば自分は文科系人間ではないと思い込み、〝理工系〟と進路希望を提出したのです。

すると即、担任の先生からお呼びがかかりました。

「宮原、お前はこのままでは理工系は無理だ。進路を変えるか、バレー部を辞めて受験に今から対処するかだ！」と忠告されました。

自分ではどちらを取るか決められず、母が学校に呼び出されたある日の放課後、バレー部担当の先生とクラス担任の先生が議論しているではありませんか。それも私の進路のことで。母がその脇にチョコンと座っています。私はうれしさと不安が折り重なって、涙しながらしゃくりあげてしまいました。ちょうどその時、職員室に掃除当番で来ていた女子バレー部のメンバーに、【しゃくりあげている自分】がしっかり見られてしまったのです。

それから受験勉強に集中するも時すでに遅しで、基礎知識が出来ていないレベルで応用問題が解けるはずがありません。親には一年の浪人生活の了解をもらって予行演習と理由付けして、私立大学の理工学部を四校受験するも、すべて予測どおり不合格。

一九六三（昭和三十八）年、大塚にある【武蔵予備校】に通い始めます。学校生活から浪人の生活に変わり、一〇〇パーセントが自由な時間になったわけですが、生活のリズムだけは一定に保とうと、予備校の受講科目で曜日のスケジュールを作り、受験科目での一年間の消化スケジュールを作り、それを毎日毎日こなして行く生活に自分をはめ込みました。

はめ込み生活からの気分の発散は「映画の鑑賞」でした。洋画のロードショーは上野の映画街へ、そして邦画は神保町にあった【神田日活館】へとよく通ったものです。

実はこの年、十一月には日米間のテレビ中継に成功し、皮肉にも十一月二十二日のダラスでの〝ケネディ大統領暗殺事件〟をテレビ画面で興奮しながら見たのです。

こうして私が映画に通っていた時期は、テレビの普及により日に日に映画鑑賞者が減少し始め、翌年一九六四年の【東京オリンピック】によって、映画は完全に斜陽産業への道を歩みだしていたのです。

五、成年期（二十～二十六歳）

一九六四（昭和三十九）年四月、何とか一年の浪人生活で国立千葉大学・電気工学科に合格できました。八月には米国のベトナムへの介入が本格化（トンキン湾事件）して、世界情勢も曇り空になる予兆を表していたように思います。

翌一九六五年二月、ついに米国は北ベトナム攻撃を開始し、あの泥沼戦争に突入して行くのです。浪人生活という拘束された生活から大学生の解放された世界に入った私は、教室での勉強より社会の中でのお勉強に興味を示して行きました。

東京オリンピック（一九六四年）の後遺症景気なのか、行け行けドンドン的風潮がはびこり、この頃から経済マインドが墜落し始めるのです。

そんな大人の動きに抗議するかのように、学生たちが大学の構内で大きな旗をなびかせ、大きな看板を立ててシュプレヒコールを繰り返していました。そんな荒れ果てた社会に嫌気がさしていた私はノンポリ学生に徹して、午前中から仲間で【代返係】を順番に設定して、校門前の【雀荘】で過ごす日々の連続でした。

冬の夕方などは、西千葉駅前の「おでん屋台」で〝バクダン（コップ酒）〟を飲んで帰るのが日課となりました。

部活は入学してすぐに自動車部に入り、先輩からエンジンのメンテ方法を教わり、一年後に直接武蔵小金井の自動車試験場で、確か当時しめて一万二〇〇〇円ほどで自動車免許証が取れたと記憶しています。

ライセンス取得の目的が達成されると自動車部を退部し、仲間と中古の観音開きのトヨペット（トヨタ）を購入、それを使って千葉から銀座に出張したものでした。

実はこの頃【みゆき族】が大ブーム。アイビールックに身を包み、雨が降るでもないのに〝細い傘〟を持ち、銀座みゆき通りを闊歩したのです。

当時は雑誌『平凡パンチ』を小脇に抱え、【VAN】や【JUN】と印刷された紙袋を引っ提げて歩き、女性グループを見るやお茶に誘うのです。そんな時代にテレビでは、大橋巨泉の【11PM】なんていう番組が流行っておりました。

大学三年で専門講座に配属になるのですが、私は溶接が専門の【第五講座】を選択、そこには日本溶接学会における〝東の杉原、西の安藤〟と言われている【アーク溶接】での第一人者、杉原栄次郎先生がおられ、いろいろと勉強させていただきました。

西の大阪大学には【抵抗溶接】の大家と呼ばれた安藤先生がおられ、日本の二大巨頭のお一人の門下生であったことが誇りでした。

四年目、いよいよ就職活動に入る時期になり、三菱電機、日本電装などが就職先の対象候補に上がっていたのですが、杉原先生から、

「宮原、どうだ、大学院に残ってもう少し勉強してみるか」とお誘いのお言葉。親にも相談して大学院試験を受けることにしたのですが、大学生活合計六年間で、この一年が何か一番勉強をしたように思います。一九六八（昭和四十三）年三月、学士卒論テーマは『風速のアーク安全性に及ぼす影響』でした。

大学院生活に入ったこの年の夏、是非日本の外を見てみたいと、大森実が主催する【太平洋大学】セミナーに参加したのです。

このセミナーとは、三十五日間の洋上生活にて勉強をしながら、途中ハワイ島に寄りながらサンフランシスコまで行き、シスコに六日間滞在して、また太平洋を戻ってくるコースなのですが、参加費用は大学生が二十三万円。父親に相談し、

「社会人になったら返すので、是非二十三万円面倒を見てほしい」と説得し、いよいよ八月八日、東京竹芝桟橋をギリシャ船【マルガリータ号】（一万トン）にて出港したのです。参加数八〇〇人で、一割ほどは社会人と少年が参加していましたが、ほとんどがピチピチの大学生。

昼間、船の甲板上での授業も、大森実による「国際政治」、萩昌弘の「映画史」、そして梶山季之の

「文学論」、更に米国人先生たちによる「英会話」などなど、セミナー・コースは多彩でした。

有名人講師たちと、夜な夜な太平洋上の甲板の上で酒を酌み交わしながら、夜中まで議論したことが楽しく思い出されます。

このセミナーに参加して最後のアンケートに、私はこんなように回答しています。

①船でのドミトリー生活で得たことは：
団体生活の楽しさ、決断力の強さ。マージャン二回の結果はプラス四〇〇〇円、マイナス二〇〇〇円。
②アメリカを見て感じたことは：
あらゆる面で個性美を感じた。家、服装、ビルの合間にあるグリーンは自然を大事にしている。
③太平洋については：
海は生きている。朝、昼、夕方、夜、それぞれ色を変える。そして不気味なときはむくむくと活動を始める。
④今後の抱負は：
もう一度アメリカに来る。今度は大西洋側のアメリカを見たい。
⑤その他強く感じたことは：
日本の食事はすばらしい。女性も習慣もすべて日本が一番と感じた。

だが外国に行きたい。

大学院二年目、杉原先生から、
「どうだ、宮原、君は商社が向いていそうだが、丸紅飯田に行ってはみないか。あそこならペーパーテストなしで面接だけだ」と話がありました。その最後の「テストなし」の条件を聞いて、イッパツ回答「行きます！」と返答していたのです。

この第五講座からは、二年連続で先輩が丸紅飯田に就職しておりました。その五月の丸紅飯田の入社試験は面接を受けただけで、確かにその日の夕方には自宅に合格の電報が届いておりました。

当時の日本は輸出大国にのし上がっており、総合商社の活躍は目覚ましいものがありましたが、商社はこれから〝販売に技術知識を加味して〟と【セールス・エンジニア】を求めておりまして、私にとってはラッキーな時代だったのです。

修士論文テーマは『エンジン駆動方式溶接機のスローダウン装置に関する研究』でした。

その論文の概要では、次のように書いています。

『従来のスローダウン装置の制御回路は、機械式なので故障が多く一般化されていない。そこで本研究は、純電気式なスローダウン装置の開発を目的とした。従って制御部はトランジスタ、ＳＣＲ，ロータリーソレノイド等の電気制御素子を用いる事を主体として回路設計を行った。研究対象となる溶接機はＤＣとＡＣの２種類とし、それぞれ簡単で高信頼性の回路を工夫した。また溶接機は工場現場の過酷な作業環境で用いられる事を考慮して、振動や騒音、温度の問題に対する対策を研究した。

更に安全性の点から交流溶接機に対してスローダウン装置に電撃防止回路を組み込む研究も行った』

この研究は杉原先生の紹介で、あるエンジン溶接機メーカーと共同で行い、私は出来上がった制御回路をそのメーカーの工場に持ち込み、テストを重ねて行きました。いわゆる【産学協同のプロジェクト】であったのですが、現在では産学協同開発が一大ブームですが、当時では学生運動のひとつのスローガン「産学協同反対」時代であったのですから、やはり杉原先生は先を読んでいた立派な恩師であったのだと感心させられました。

その数年後、会社で仕事中に偶然『日刊工業新聞』を開いていて、そのエンジン溶接機メーカーが出した【自動制御付エンジンウエルダー　10名様モニター募集】の全面広告が目に飛び込んできてビックリ仰天。なんと私の研究成果が市場に製品となって出ようとしているではありませんか！

六、壮年期=前期=（二十六～四十六歳）

一九七〇（昭和四十五）年四月、丸紅飯田に入社。当時は大手町ビルに東京本社があり、後楽園駅から大手町へ地下鉄丸の内線での通勤が始まりました。配属は【民生電子機器課】という課で、白黒テレビ、カセットテープレコーダ、カーラジオなどの輸出でした。この年三月から「大阪万国博覧会」が開幕しており、日本は「いざなぎ景気」に酔っていた時代でした。

一九七二（昭和四十七）年一月、丸紅飯田から【丸紅】に社名変更すると同時に、現在の東京本社の地、竹橋に建てた自前ビルに移転したのです。

翌一九七三年十月、第四次中東戦争が勃発。第一次オイルショックで、あの有名なスーパーでのシーン【家庭主婦のトイレットペーパー買いあさりの姿】が思い出されます。

ちょうどこの頃、都民の足〝都電ネットワーク〟が自動車優先政策のために崩されて行く最中なのでした。昭和四十二年にまず銀座界隈《かいわい》から都電が消され、それから急速に撤廃が進み、私の通勤ルートは初音町から一ッ橋まで、巣鴨から来る都バスを利用していた記憶があります。しかし昭和四十八年十一月に高島平―三田間に地下鉄【都営三田線】が開通となり（昭和五十一年五月には西高島平まで延長）、通勤は春日駅から神保町駅まで二つ目の駅下車ですから、通勤時間はドア・ツー・ドアでたったの十五分と最高の環境であったのです。

会社が竹橋に移動すると、都が地下鉄を走らせてくれたのですから、通勤地獄の時代、会社と都庁に感謝せねばならないのでしょう。

当時の日本の好景気を狙って、私は世界から高級音響スピーカーの輸入商売構築に挑戦していました。米国よりボザーク、フィッシャー、ハートレイ、そして欧州からは英国・グッドマン、フランス・シャルランなどの超高級スピーカー、そしてヘッドホンのスイス・ユックリンなどなど。秋葉原そして大阪の日本橋を自分の足で一軒一軒歩いての販売店を作る仕事は、本当に国内商売の難しさを勉強させられ、この体験が今でも私の貴重な体験・財産だと思っています。

昭和五十一年に結婚、翌年十月に長男「健一」の誕生。その翌年一九七八（昭和五十三）年六月には「シカゴ赴任」となり、その十一月に家族がシカゴにやって来ます。

一九七九年に入ると、原油供給の削減からオイル価格高騰が続き、世界不況に見舞われて第二次オイルショックに突入します。

この五月には、英国では保守党のサッチャー政権が誕生。米国でもガソリン価格が上がり、米国政府は全国の道路の最高速度制限を、もっとも経済的スピードの時速五十五マイルに規制。また西海岸地域ではガソリン消費を抑えるべく、車のナンバーの最後の数字が奇数か偶数かによって曜日別に給油できる制度を公布し、そして単独運転でのダウンタウンへの乗り入れを禁止していたのです。

そんなご時世だった米国駐在期間は、私はエレクトロニクス製品の日本からの輸入商売には手を出さず、もっぱら日本製のディーゼル・エンジンを、冷凍トラック搭載用冷却機メーカーや、レジャーボート用冷蔵機メーカーに納める商売に専念していました。

当時はガソリン・エンジンと比較して燃費効率が高いとして人気を上げており、ディーゼル・エンジン商売も面白いように拡大を続け、大いに儲けさせてもらった記憶があります。

五年弱のシカゴ駐在から一九八二年の末に帰国します。一九八四（昭和五十九）年四月、長男健一が私と同じ真砂小学校に入学。秋の運動会の時、私の時代のマンマの校舎の中を歩き、「あ！　ここが職員室、ここが音楽室だ」と、あまりの懐かしさに感無量であったことを今も思い出します。

その真砂小学校も一九九九年に弓町小学校と統合されて本郷小学校となり、その二年後に近代的な校舎に建て替わってしまっています。

帰国後は【電子機器部】に配属、当時はしりのH製作所製ファクシミリの、欧州・中近東・アフリカ・東南アジアへの輸出を手がけるのです。これらの地域の各国に販売代理店を設定してゆく過程がとても楽しかったのです。

当時ＦＡＸ機は一〇〇万円もしていたのですが、ドイツに売り込みに行った際に、事務機メーカーとして老舗のＲＲ社の社長さんとのやり取りが思い出されます。その社長さん曰く……

「このＦＡＸ機は漢字文化の日本だからこそ生まれたのだ。この技術はそもそも欧州生まれなのだが、我々にはテレックス・マシーンという機器ですでに全世界でネットワークが構築されているから、ＦＡＸは不要だね」とあっさり断られました。

そこで「ハイ！　そうですか」とは引き下がらなかったのです。そこで私から……

「テレックスの場合は、秘書が帰ってしまったら社長さんの相手への連絡は翌日になってしまうでしょう。ＦＡＸなら社長さんが手書きのメッセージをそのまま電話回線で送信できるのですから、秘書がいなくともいつでも相手と即通信できるので、相手様からも喜ばれ、すばらしい機器ではありませんか」と反論しました。

その結果、その社長さんから初の二台のサンプル・オーダーの取得に成功しました。

平成（一九八九年）に入ると平成景気は土地神話に走らせ、地価はどんどんと上がり、【相続税の巨額化】が話題になり始めました。我が家も五十坪程度の土地ではありますが、当時話題の高騰地価で相続税を試算すると、とてもではないがサラリーマンの私には相続できそうもない数字でした。

そこで父と相談し、父の名義で銀行借り入れをして家を新築し、相続の際にはその借金で相殺する方式で相続税を軽減させる作戦を練り上げましたが、不幸にしてこの作戦は失敗に終わってしまうのです。

一九九〇（平成二）年四月、長男健一が私と同じ文京区立第二中学校に入学、その六月に私の中学校時代の同期生のS建築設計事務所と「新築設計契約」、十一月に「工事請負契約」の締結と、プロジェクトは着々と実施に移されました。

住み慣れた家から仮住まいのアパートに引っ越す日、引っ越し荷物がすっかり運び出され、ガラ～ンとした居間で家族が朝食を摂っていたときに、テレビでは、ベルリンの壁が崩壊され、ドイツ市民が一つになった喜びの興奮を伝えていました。

家の解体―整地―基礎工事―鉄骨くい打ち―棟上げと工事は順調に進行して行き、父も毎日毎日その進捗状況を見るのが、そしてその変化をカメラに収めるのが楽しみな様子で、「地鎮祭」でも元気に世話をしてくれていたのですが……。

一九九一（平成三）年正月が過ぎたある日、私が両親の仮住まいに立ち寄った時、父が床に臥《ふ》しているではありませんか。母が言うには、父が昔の仕事仲間、つまり浅草橋界隈、子供婦人帽子卸業の仲間との新年会に参加したその帰り道、道路で滑って顔に怪我をして帰ってきたのだと。

そうして二月に入るや、今度は妻・順子のお母上の様態が急変。三月に他界されます。そしてそれを追いかけるように、義父が五月に他界。一方、父は三月に入って引いた風邪が長く続き、五月の連休に企画されていた母と二人での長野墓参を中止して、なんと急遽入院騒ぎとなってしまうのです。

咳と微熱が続き、家族は「最近流行の老人結核ではないか」くらいに考えていたのですが、実はそんな単純な病ではなかったようです。

父の様態は入院後、日に日に悪化して行き、入院の数日後、主治医から、

「お父さんの病気が肺水腫か、それとも肺癌なのか分からない。これまで例のない奇病だ。お父さんの苦しみを和らげるには抗癌剤を打つしかないが、どうされるか?」

と言われたのです。

突然の宣告に、ただただオロオロするのみ。母と相談の上、

「よろしくお願いします」と回答する他に道はありませんでした。

しかし父は回復の目処《めど》もなく、七月七日、七夕の日に静かに天国に召されました。

七夕と言えば「おりひめ(織姫)」が年に一回、この日に天の川を渡って「ひこぼし(牽牛)」とデートをする日と言われていますが、家族が年に一回、父と会う日(命日)をこの日に選んだのは父らしく洒落《しゃれ》ています。

この一九九一年は、我が家にとっては三・五・七月と一カ月置きに〝法事〟が連発し、そして夏の八月に新居完成の運びとなるのですが、父の四十九日法要が皮肉にもこの新居で行われ、本当に父には申し訳なかったと残念に思っています。

家を建てると起こるといわれるジンクスがあります。一つは「家族に不幸な出来事が起きがち」、そしてもう一つが「その新築に住めないことが起きがち」という何とも不吉な話です。

この二つのジンクス、何となく納得できるのです。新築の時、引っ越し作業、人生一大プロジェクト進行からの疲労蓄積、そして仮住まいでの生活サイクルの変化などなどが体調を狂わせ、不幸な結

果が起きがちなのは理解できます。

「易本」にも必ず〝家造りの吉凶〟が書かれていることからも、方位や年月日だけでなく、家族で取り組む人生最大のプロジェクトだけに、環境の変化に十分対抗できるそれぞれ家族皆の体力が求められるのでしょう。

もう一つ〝新築には住めない〟ジンクスは、よく商社でも話題に上ります。

「やっとマンションを購入したと思ったら、ニューヨーク駐在だってさ」

といった類の話がザラにあります。

これもありがちな理由が分かるような気がします。社会人となって企業に勤め経験を重ねて課長職レベルに到達した頃、最も会社生活が充実し給料もそれなりの額になると、社宅やアパート住まいから「よしイッチョ自分の家でも持つか」というプロジェクトに取り組みやすいタイミングと言えるのです。しかし一方で会社にて責任ある立場に立っているため、会社としても次のお役目をオーダーしてくるのでしょう。結果として国内転勤や海外駐在というケースとタイミングが重なってしまうのだと思います。

私はこの二つのジンクスを、バッチリ体験してしまったことになるのです。なんと新築の翌年、一九九二（平成四）年四月、会社よりシンガポール駐在の辞令が下るのです。

七、壮年期＝後期＝（四十六～六十歳）

一九九〇年頃から日本の経済にも陰りが見え始めます。日本企業はまだバブル景気の余韻を捨てきれず、景気回復策としてリストラや人件費の安い東南アジアへの工場進出によって立ち直りを図ろうとしていた時代です。この安易な戦略が、二〇〇〇年代に入って多くの企業を廃業に追い込むような危機に落とし込む原因になるのですが。

そんな日本の戦略によって、生産市場として見られたインドネシア、マレーシア、そしてベトナムやインドなど、更にはそれらの国との中継地としてのシンガポールは好景気に沸いていました。当時のそんな東南アジア地域は、総合商社にとっても注目すべき美味しい市場に見えたのです。そんな時代、新規市場開発のための現地派遣駐在員として、私に白羽の矢が立ったのでした。

一九九二（平成四）年五月二十四日、シンガポールに赴任。我が家族は翌年三月に来星します。息子健一が中学を卒業し、渋谷幕張高校シンガポール校に無事合格してのシンガポール入りとなったのです。

南国の地での家族生活が始まりました。新規商材の開拓が業務指令と言いますが、それは決して簡単ではありませんでした。日本のメーカーは人件費などコスト削減目標で東南アジアにダイレクトに進出している時代で、商社の介入は不要であり、全く新しい商売の仕掛け作りが非常に難しい時代だったように思い出されます。

ここで、どんな仕事に挑戦したか回想してみます。

①ＮＴＴインターナショナルとのインテリジェント・ビルディングの売り込み（インドネシア財閥との取り組み）

②京都Ｓ製作所の中古医療機器（ＣＴ、ＭＲＩ）をインドネシアの大学病院、緊急病院に設置し、場所代を払って運営するプロジェクト

③諏訪ＳＮＫ精機とインドネシア最大たばこメーカーＧｕｄｕｎｇＧｒａｍ社との小型モータ生産工場設立　合弁事業

④ＦＸ社製コピー機のベトナムでの販売網の構築（ベトナムにおけるリース販売の確立）

⑤日本家電メーカーＰ社の単三電池　インド生産工場設立プロジェクト（インド財閥との取り組み）

⑥シンガポール政府のロード・プライシング・システム入札に参加（シンガポール財閥との取り組み）

⑦北九州Ｓ社製の移動体位置確認装置の、香港セキュリティ社の現金輸送監視システムへの採用商談など、物件を挙げれば切りがないのですが、それにしてもシンガポールは人口三〇〇万ほどで淡路島サイズの島国であり、商売市場としては小さすぎます。よって、ここを拠点にして近隣の国々を攻めたのです。

当時はなんと言っても人口二億人のインドネシアのポテンシャリティが高く、私の活動もそこに集中していました。シンガポール駐在三十二カ月の間での海外出張は、インドネシア／二十九回、マ

レーシア／九回、ベトナム／六回、日本／四回、インド／三回、香港・中国／二回、そしてタイ、欧州がそれぞれ一回の、全部で五十五回。とすれば、一カ月にほぼ二回近くはシンガポールから外に飛び出ていたことになります。

一九九四年末、三年目に入ってもこれといった新規商売が構築できぬまま、東京本社との波長が合わずに気持ちだけが焦り始め、軽い「鬱」のような精神状態に陥ってしまっていました。

そこでこの年の年末・正月休みを利用して、思い切って家族で「オーストラリア・シドニー&ゴールドコースト九日間の旅」を敢行。この旅は生まれて初めてホテルにて新年を迎える体験をしたことになります。

我々家族はツアーパックで組まれたスケジュールから外れて、四日目の午後ブリスベーン「Indooroopilly Golf Course」、そして六日目の大晦日《おおみそか》の日はゴールドコーストへの途中にある「Hope Island Golf Course」を組み込んでいました。

このパック・グループには他に日本人参加者はおらず、中国系シンガポール人、そして米国人で十五人ほどのグループだったのですが、この九日間の行程で我々は三回も団体行動から抜け出たのです。予定していた二回のゴルフでの別行動に、もう一回別行動のチャンスを与えてくれたのは息子でした。その事件はなんと大晦日に起きたのです。

大晦日の出来事を日記帳から拾ってみます。

十二月三十一日：きょうは今年最後の日。ブリスベーンからゴールドコーストに観光バスにて移動する日だが、我々はゴルフを入れていたので別行動。目的地はHope Island Resortの中にあるゴルフコース（The Links）。アメリカを思わせるような大変に雄大でフラットなコースに大満足。

プレー後、家族三人はタクシーを呼んでもらってゴールドコーストのホテル Chevron Paradiseへ（タクシー代A＄一一〇）。そして団体と合流。ホテルチェックインを済ますと、息子が「ぼく、サイフなくしたみたい」と小声で言い出した。三人でどこでなくしたかの推理をはじめたが、どうやら二日前のゴルフをした時にサイフを出し、ゴルフバッグに入れたままではとの推論に至った。

早速、Indooroopilly G.Cに電話して調べてもらうと、「見つかりました」との返事。このパック旅行は一月三日にブリスベーン飛行場からシンガポールに戻るスケジュールであったので、それでは我々は別行動で二日にゴルフをして、夜、団体に合流しようと決めた。

皆での夕食後、ホテル内レストランでの年越しパーティー（参加費@A＄70）に参加してみることにした。賑やかに飾られたパーティー会場にはシャンパンの音、クラッカーの音、そうして午前零時に海岸から大きな花火が打ち上げられ、人々の歓声が一斉に沸き起こった。

この家族大旅行から戻ってすぐに、丸紅の孫会社に当たるロジテック社のTH社長から電話がありました。電話の趣旨は、

「我が社も順調に規模を伸ばしてきており、ここに来て台湾からの輸入が激増。貿易実務の経験がある君に手伝ってもらいたい」

というお誘いの話だったのです。東南アジアでの新規商売開拓を、任務半ばにして放棄するのは、

とも考えましたが、自分としても一つの壁にぶつかって不安定な精神状態にあることから、よし、ここは自分から環境を変えてみようと決断しました。

一九九五（平成七）年三月二十三日、家族が一足先に帰国、私は四月二十一日に帰国の途に就きました。しかしこの年は、とんでもない出来事が多発した年でもあったのです。

一月十七日、あの阪神淡路大震災（六四三三人の犠牲者）に始まり、三月に地下鉄サリン事件、四月に入って青島都知事、横山ノック大阪府知事のアベック当選、四月十九日には東京外国為替市場で一ドル＝七十九・七五円と、二度と起きないだろうという高値を記録、五月、オウム真理教の麻原彰晃が逮捕（しかし二〇〇五年現在も生きている不思議！）、そして二年連続の猛暑続きの平成七年七月七日、我が父の命日は、なんと大正七年生まれが七十七歳になった日で、七が六つも並ぶ特異な日だといいます。八月、村山首相がアジア諸国に向かって植民地支配を謝罪しました。

私はこの年の末、家族からの「お父さん、粗大ごみにはならないでね！」の言葉にハッとして、油絵教室に通い始めたのです。

私がロジテックに参画して早速取り組んだのが、親会社から脱皮して独り立ちできる体制にすべく、新規商売の構築でした。しかしＰＣ周辺機器の市場が大盛況で、年々自然増幅的に売上高をアップさせ、この傾向が従前どおりのビジネスモデルから脱皮して親離れを図ることを、脇に置き去ってしまったのです。

この結果はいよいよ二十一世紀に突入して、ＰＣ市場の膨張が止まり始めると、売上下降線のパターンに転換してしまったのでした。しかし二〇〇四（平成十六）年に入ると心強い新しいパートナーが現れ、新進のロジテックとして再挑戦するチャンスが到来しました。

ちょうどこの年は私の還暦、人生の一つの区切りのタイミングであり、十二月二十四日クリスマス・イブの日に定年退職の日を迎えたのです。

私の人生は一体何だったのだろうか？　半生を振り返ってみて一体何が自慢できるのだ？　実は自慢できるものがあるのです。それは私の家族です。商社マン、海外生活、単身赴任などなど波乱万丈な家庭生活に、文句を言わず付いいてきてくれた体の丈夫なワイフと一人息子が私の自慢であり、かけがえのない私の財産なのです。

また、自分の人生で一体何が得意だったのかを考えると、確かに小さい頃から【もの創り】は好きなようでした。したがって社会人になってからも、どちらかと言えばルーティンの仕事より、新規に創る仕事が多かったように思います。

そのように考えると、自慢のもう一つが見つかったような気がします。それはこれまで私はたくさんのブランド／ニックネームを作ってきたのです。丸紅の時代ではFAXを台湾で作り、【MAC Fax】としたのが第一発目です（昭和六十二年頃）。

ところがしばらく経って丸紅の管理部門から、

「MACはまずい。なぜならパナソニックがビデオレコーダを『マック・ロード』と称して宣伝しているし、米国ではマッキントッシュ製PCを『MAC』と呼んでいるので侵害にあたる」との忠告を受けたのです。

しかしすでにカタログ、サンプル機は作り終わり、すでに少量ながらイタリア、南アフリカに本体を輸出していたので、

「それは当社のＦａｘが世界で大量に売れた場合に問題になるのでしょう?」

と反論したのですが、万が一を考え、丸紅が商標登録しているブランドをくっつけて【Ｂｅｎｎｙ Ｆａｘ】に切り替え販売を継続しました。

その後、扱い機種をＰＣに広げて【ＢｅｎｎｙＰＣ】、更には米国にて日本ＮＫ製デジタル電話機のディストリビューションを開始しましたが、それには【Ｏｐｔｉｍａ】というブランド名が付いていました。

ロジテック社でも、ＰＣにＣＡＤソフトをインストールしたスターターキットに【ＢＬ ＣＡＤキット】なんて命名してディストリビューションを展開。また、独自に設計・開発したインターネット・サーバーには【ＬｏｇｉＰＲＯ】と命名、瞬間風速的でしたが、市場シェア三位の位置を取ったのです（平成十三年）。

私の半生の中で、仕事とは別の世界でも、私は創り上げる喜びを見つけ出していました。それは五十歳になって、ヒョッとしたきっかけで取り組んだ「油絵の世界」、そして二〇〇一（平成十三）年、ロジテック伊那工場（長野県伊那市）への単身赴任となって、伊那谷で過ごす週末の【一人の時間と空間】が、私にエッセイを書く機会を与えてくれたのです。

これはサラリーマンとしての達成感とは違った、後々に形として残るものを創り上げたという喜びを与えてくれるのです。また二〇〇〇年に仕事の関係でホームページを自作してみるチャンスに恵ま

れ、「油絵仲間を探しています」のタイトルでこのホームページを開設し、そして翌二〇〇一年にエッセイの掲載も始め、現在油絵作品二十五点、エッセイ九作品になっております。

二〇〇五（平成十七）年はフリーターとしての年の始まりです。これまでの人生での体験を、社会の人々のために貢献できればと思っています。そして許せる限り人生の旅を続け、油絵を描き、そしてエッセイを書き続けて行きたいと思っております。

（二〇〇五年一月二十三日　記）

八、老年期＝その一＝（六十～六十六歳）

二〇〇四（平成十六）年は私の「還暦の年」であり、つまりは私の干支「申年」だったのです。その年の正月元旦の日本経済新聞の一面記事には、『地縁・血縁超え　活力を生む』という題で始まるこんな記事が載っていました。

「年明けとともに若者は電子メールで年賀を交わし、初詣では家族が携帯電話で写真を撮りあう。インターネットが世に広がりを始めてから10年。気が付くと、いつでもどこでも瞬時に繋がる世界の中に居る。血縁、地縁、そして電子で人々を結ぶ〝電縁〟の時代が来た。距離や時間を超えて人や企業が出会い、活力を生む新文明がその姿を現す」

とすれば、すでに世界は新たなる文明期に入りつつあるのかもしれません。

ところで私は、一月十七日の日記で次のように書いています。

「一月十二日の成人式の日、いくつかの地方都市で成人式が暴挙の舞台と化したというニュースが流れていた。若者が反発してしまう理由も何となく理解できる。つまりは若者を躾《しつけ》てきた我ら大人に大いに責任があるのだ。

そんな気持ちを昨年末に第七作目のエッセイ『ふざける菜撰集』に書き上げた。これは自分の鬱憤をはらす悲憤慷慨《こうがい》な内容で綴られたものである。この日記を書いている今日は一月十七日の土曜日。机の上のスピーカーからは一九七〇年代のポップス曲『無縁坂』が流れている。私が二十代後半の頃に流行っていた曲である。

『忍ぶ　不忍　無縁坂　かみしめる様な　ささやかな　僕の母の人生……』

昨年末に発見された弟の膀胱癌《ぼうこう》の手術が無事終わることを願い、そして術後も順調に回復に向かうことを祈り、母を含めて家族全員、大災のない一年でありますように！」

一月中旬には弟の手術も順調に終わり、二月に入ると清水アトリエが主催する恒例の「油絵二月展」が、千代田区の「いきいきプラザ一番町」の一階区民ギャラリーで開催されます。私が出展し始めてから七回目になりますが、今年の作品は『考古楽』（副題：女性の骨盤は強かった）と、『怒り（金剛力士像）』（副題：おかしな世ではありませんか？　怒りが伝わりましたか？）の二作品でした。

そして二月二十一日（土）には小学・中学の同期会「まにまに会」が、【還暦大集合】と銘打って茗《みょう》荷谷《がだに》の「名渓会館」にて、恩師六人、会員六十二人が集まり盛大に執り行われました。

　また、この還暦の年を迎えて、普段書いていたエッセイをまとめて手作りの小冊子をシリーズで発刊することを考え、その小冊子に『買いたい新著』（過ギ多玄黒著）と名付け、この第一号の表題は『悲憤慷慨　ふざける菜撰集』としました。


　この年の十月二十三日十七時五十六分、【新潟中越地震】（M六・八）が襲い、上越新幹線が高崎付近の高架で脱線した写真が印象的でした。その頃私は、自分が書いてきたエッセイをまとめて本を出版できないかと、昔から夢に抱いていたことの実現に向けて出版社二社と交渉をしておりました。

　この気持ちにさせたのには、いくつかのきっかけがあったのですが、もっとも大きな要因は、当時「自費出版」や「共同出版」がブームだったのです。大型ベストセラーも出ず出版業界が失速しかけていた時代で、出版社は一般人の中からベストセラー作家を見つけ出そうと、「一緒に本をつくりませんか」といった宣伝文句で新聞広告を出し、一般から作品を募ったのです。

　私は二〇〇一～〇二年の二年間、長野県・伊那市に単身赴任をしており、その期間に書き上げたエッセイ集を『伊那谷と私』という題名を付けて出版社二社に送り、「共同出版」として取り上げてくれないか挑戦してみたのです。

　最終的には「新風舎」が「共同出版しましょう。校正・印刷・製本代を自身で払えば、後の宣伝・広告、そして書店との交渉一切を私たちがしましょう」というのが共同出版の意味のようです。すぐにこの話に乗り、翌年（二〇〇五年）四月の発刊を目指して校正、表紙デザイン、写真挿入などの諸作業に入って行きました。

十月にはもう一つ記録に留めておくべきビッグニュースがあったのです。大リーグ、マリナーズの【イチロー】が、十月一日にシーズン最多安打新記録となる通算二五八安打を達成し、一九二〇年にジョージ・シスラーが記録した二五七安打を抜いて、八十四年ぶりの新記録を樹立したのです。そして、これにはもう一つの新記録が付いていました。大リーグ四年間での通算安打も九一九本として、一九二九〜三二年にビル・テリーがマークした九一八本を破り、歴代単独一位になっていたのです。

十一月に入ると、大阪在のE社がロジテック（株）を買収したとのニュースが流れます。十二月二十四日、クリスマス・イブの日をもって、私はロジテックを退社し、丸紅インフォテックに顧問として戻りました。

年末も迫った十二月二十九日に、ロジテックの職制の皆さんに「お別れの挨拶」をメールで送っておりますが、その最後の一文を書き出してみます。

「（前半略）さてこの度、丸紅グループから代わるパートナーは、商社とは違い現場仕込みでたたき上げた会社であり、今までの雰囲気からガラッと変わることでしょう。これからは後衛師団ではなく、先陣を切って戦場に各自で積極的に乗り込む部隊として、新しい商材、新しい販売ルートの開拓に全社一丸となって邁進せねばなりません。もう私の辿ってきた十年のような繰り返しはできません。本当の〝V字回復〟に入るタイミングです。

ダーウィンの言うように『賢い者、強い者が生き残れるのではなく、変化に即応できるものが生き残れる』のです。新進ロジテックのスタートを祝し、そして明るく、力強い会社に成長することを切願して、私の挨拶とします。

なお、十月から始めました『貿易実務・貿易英語』の勉強会、五十数名の参加者であり、今後も予定どおりに三月末まで続けさせてもらいます。引き続き一緒に勉強をしてまいりましょう。

今、外は静かに雪が舞っています。天変地異、企業不祥事、そして人間らしくない事件などたくさんいやなことが多かった今年にオサラバして、平和な新しい年、二〇〇五年を迎えましょう。皆様、良いお年をお迎えください」

二〇〇五（平成十七）年は丸紅インフォテック（株）の顧問としてスタートしましたが、週に二回（月曜、水曜）会社に出れば良く、顧問と言ってもこれといって決まった仕事があるわけではないので、いわゆる『毎日が日曜日』のような会社生活と一般には言われますが、私にとっては、今後残された人生でどんなことをしようかを調査・準備する時間に当てることができて、結構充実していたように思います。

二月には静岡県・相良町から新潟県・糸魚川市まで繋がる日本最長の【塩の道】三五〇キロメートルを一人で歩いてみようと企画し、その関係本や地図を購入してスケジュール作りの検討に入ります。母やワイフと相談すると、一カ月もかけて一挙に三五〇キロメートル歩くのは危険すぎる、と強硬に反対され、結局はコースを四回に分けて歩くことにして家族の了解が取れ、第一回目は五月に相良町から秋葉大社まで、三泊四日の旅を設定しました。

四月に入って、小生の駄本『伊那谷と私』が書店で売り出され、四月十四日付け『長野日報』に発刊に関する新聞記事が掲載され、四月十五日のNHK長野放送局制作の『イブニング信州』の放送の中で〝南信でのベストセラー本〟として紹介されたのです。

五月に入って、ベターホームが企画した『六十歳からの男の料理教室』(期間半年で十回実習)に参加して料理を学び始めたのです。この私の挑戦に対してワイフが言うには、

「材料が用意されていて、それを加工するだけでは本当の料理ではありません。料理は材料の準備からが大事なのです。そしてマニュアルに書かれたような、大サジ何杯とか、火にかけて何分なんていう作り方は本物ではございません。何度となく経験を積んでサジ加減、火加減を体得してゆくものなのです」と批判は手厳しい。

そんなわけで、半年後ここを卒業しても自前の料理を作ったのは数回だけで、料理に関しては、ず〜っと大ベテランのワイフに任せ切りなのです。いや、それで大変に幸せ(ラッキー)なのですが。

七月末、母が脳梗塞で倒れます。救急車で飯田橋の警察病院に運ばれますが、看病のかいもなく九月二十日に他界します。

ところが、なんと九月二十四、二十五日がここ本郷田町のお祭りで、田町にある祭儀場は使用できないため、母は病院から我が家に運ばれ、北枕で母の大好きだった祭りの音を聞きながら六日間もの間、家で一緒に過ごし、二十六日「お通夜」、二十七日「告別式」となりました。

母がお浄土に召された半年後、私は母を題材にしたエッセイ『遂にその日は来た』を書いておりま

した。母は八十五歳でこの世を発ったのですが、元気な頃から自分の死に至ったときの必要なことをすべて準備しており、人の手を煩わせることなく静かに旅立ちました。母のその見事な死に際に感心させられ、エッセイに書き留めておこうと考えたのです。

そして二年後の三回忌の時に、自費出版にて『遂にその日は来た』を発刊し、仏前に納めるとともに、親戚、町会の人や友人に母を思い出していただければと配布させていただきました。

そして十一月になると、親戚のおばさまからお話が舞い込み、中野にある専門学校への通勤が始まります。いろいろ個人的にやり残していることがあるので、通勤は月曜から金曜の半日としました。何とも二〇〇五年はいろいろなことが起きた一年でした。

二〇〇六（平成十八）年は喪中の正月で始まりました。通勤先が学校法人ですから、新年の「賀詞交歓会」から、三月になると「卒業作品展」や「卒業式」、そして四月になると「辞令交付式」から「入学式」などの行事が組まれていて、そのつど理事として教職員や学生の前で挨拶をする体験は大いに勉強になりました。

また、母が副会長として活躍していた地元の老人会【みのり会】に入会し、ちょうど翌年二十周年を迎えるに当たり記念誌を出したいというお話があり、その編集係をお引き受けしました。

五月に入ると、ゴールデンウィークを利用した【塩の道】の第二弾は「秋葉大社から伊那市」で、その間に在る二つの峠越え（青崩峠と地蔵峠）に挑戦したのです。

全行程で五泊六日の行脚でしたが、途中三日目の地蔵峠越えの最中に、道を失いヒヤッとする瞬間があったのですが、〝とにかく、道に迷ったら分かっていた所まで一旦戻れ〟と決めておりましたので、そのとおり実行して塩の道を見つけたときには本当に「助かった！」とホッとしました。

　無事この二回目の挑戦から戻ってくると、米国産のアプリケーション・ソフトウエアの日本販売支社のアドバイザーをしてほしいとの要請を受けて、ひとさまのお役に立てばとお引き受けしました。そして七月には、日本橋・箱崎にあるエレクトロニクス製品の輸出専門商社からも「営業部長」のお話があり、これもお引き受けすることにしたのですが、一方で専門学校への通勤もありましたので、毎日、中野と箱崎の移動で時間のやり繰りが非常にタイトで往生しました。

　サラリーマンを退職したにもかかわらず、その後も仕事で振り回されていたので、「ワイフ孝行」でもしようと思い、八月に入ると「南フランス・イタリア七都市周遊八日間」の旅に出ました。

　八月三日成田発。パリで乗り継ぎ、翌朝にはニース着。それからモナコに移動し市内観光の後、ニースに戻って泊。翌日はニース―ピサ―フィレンツェ（泊）。三日目はフィレンツェからシエナに出て市内観光。次の日はローマに出てバチカン市国の「サン・ピエトロ寺院」、「コロッセオ」を見学。六日目はローマからナポリに出て「カリブ島」遊覧。翌日はローマから直行便で帰国という、大変に慌ただしいスケジュールをこなしたのですが、この旅で「ピサの斜塔」、「ローマのコロッセオ」、「古都シエナ」の三つの「世界遺産」を回ってきて、古い歴史に触れることができました。

　もう一つ「ワイフ孝行」として、十二月に入ると、駐在地でもあったシンガポールへのゴルフの旅（四泊五日）を企画しました。

　駐在時代の古き友S氏にアレンジしてもらい、二日目「セントーサ・タンジョン・コース」にてプレーし、その後は懐かしの海岸沿いのシーフード・レストラン「ジャンボ」にて会食。そして三日目はインドネシアのバタム島に渡り、「サウス・リンクス」にてプレー。その後はS氏の弟さんがバタム島でやっている日本料理店「ちとせ」にて会食、夜に船でシンガポールへ戻ってくるといったスケジュールをこなしました。

この旅には更に付録があって、四日目はちょうど「タラメラ・カンツリー」で女子プロ・ゴルフの【Ｌｅｘｕｓカップ２００６】が開催されていたので、市内のプレイガイドに行って入場券を購入し、タクシーにてチャンギ空港の近くにある「タラメラＣＣ」に駆け込んで、横峯さくら選手を間近に見て応援することができました。まあ今回の旅はゴルフと美食三昧の充実した旅で、ワイフにも満足してもらえたようです。

この年の日記を見ると、あまり自慢にはならない次のような記録で終わっているではありませんか。「十二月十八日から二十七日までの十日間で八回の「忘年会」に出たのは、我が人生で初めてのことであろう」

二〇〇七（平成十九）年に入りますと、弟の次女の結婚式が札幌で行われ、久々にワイフと二人で北海道を訪ねる機会に恵まれました。それも冬の北海道を訪れたのは十四年前、家族三人でスキーに来て以来でした。

今回は札幌グランドホテルでの結婚披露宴の翌日、小樽「朝里川温泉」に一泊、翌日千歳空港から帰京の予定でしたが、その日、札幌は大雪に襲われ足止めを食って、ＪＲ千歳駅前のハイパーホテルで一泊するというハプニングに直面、何か一日滞在が伸びて得をしたような気分でした。

三月末に、昨年秋から取り組んでいた【みのり会】の『二十周年記念誌』が納品され、会員の皆さんに配布しました。そして四月二十九日、みのり会総会において小生が「会長」に推薦されお引き受けしました。

五月のゴールデンウィークに入ると、もう私には恒例となった【塩の道】の第三弾を実行しました。

今回の行程は伊那市からスタートし、辰野の「宮木」にある「夕母屋旅館」に一泊、二日目が宮木―小野―善知鳥《うとう》峠―塩尻―松本（泊）、三日目が松本―豊科（泊）、四日目は豊科―穂高―信濃大町（泊）という行程で、特に後半の「安曇野台地」では、美しい北アルプスの山々を左に眺めながらの一人歩きは実に爽やかでした。

信濃大町まで来ると、何か日本海がすぐ近くにあるように感じ、あと残された【塩の道】を早く完歩してしまいたいという欲が出てきました。更に信濃大町から先は、全行程の中でも最も険しいと思われる小谷村から大網までの「天人道」や、大網から根知に抜ける「大網峠越え」が控えており、体力が残っている年内にやってしまおうと考え、学校が夏休みに入った八月七～十二日に最終章（五泊六日）を実行に移しました。

つまり塩の道三五〇キロメートルを四回に分け、三年かけて総日数十八日間で完歩したことになります。

本州の横幅が一番太い部分（東経一三八度線上）を太平洋側から日本海側まで、自分の足で歩いた記録を残しておこうと思い、九月に入ってから、塩の道三五〇キロメートル全行程のエッセイをまとめ始めました。これがまとめ上がった暁には、二冊目の書籍を発刊したいと考えておりました。

ところで私には一つ自慢できるものがあります。それは三十年一緒に連れ添ってきたワイフの作る料理が絶品であることです。私の母がある日にこんなことを言っていました。

「順子さんは、すごいわね。冷蔵庫にある材料を見てサッと料理を作ってしまうのよ。そしてそれがすごく美味しいの」

そして年の瀬も迫った十二月二十二日に友人二夫婦を我が家にお招きして、我がワイフの手料理をご馳走《ちそう》したのです。その時のメニュー『師走　じゅんこ会席』と銘打った献立表をご覧いただきましょう。なんとワイフが料理人、そして私が接待役を演じていたのです。

『師走　じゅんこ会席』お献立　　　平成十九年十二月二十二日
一献　白ワイン（Ｃｈａｂｌｉｓ　２００６　フランス）
前菜　クリームラムレーズンチーズと鎌倉ハム
ズッペ　ロシア風肉野菜スープ
小鉢　タラバ蟹《がにあ》和えサラダ
煮物　里芋と鶏肉と蓮根
酢の物　ワカサギ南蛮漬けとブロッコリー添え
揚げ物　オイスター　フライ

食事　鳥ささみと椎茸の茶飯
デザート　自家製チーズケーキ
飲み物　アメリカンコーヒー　または生麦茶
■お好みの飲み物
◎日本酒　天領盃　冴（新潟　佐渡）
◎麦焼酎　骨董屋（大分）
◎発泡酒　アクアブルー

シェフ：宮原順子
ウエイター：一敏

二〇〇八（平成二十）年はショッキングな出来事で始まりました。

正月明けの一月七日、専門学校の「新年賀詞交歓会」が開かれ、理事長から新年のご挨拶があった後で、私からは、

「お世話になって丸二年が経過しましたが、一年目は情報企画室の新設や、スクールリーダの有効活用、そして自己申告・評価制度の採用、更には各校トイレの改装などいわゆる『インフラ関連の整備』を手がけ、そして二年目にはホームページの完全リニューアルなど『広報関係の強化』に注力してきましたが、これからの三年目は是非、授業や実習の中に『地球を守る』をテーマにした企画を盛り込んで行くことで、競合他校との差別化を図って行きましょう」

といった内容のお話をさせていただきました。

しかしこの交歓会の後、午後になって理事長の容態が急変、女子医大に救急搬送されるも、残念ながら午後五時三十六分、帰らぬ人となってしまいました。

それにしても何という幕引きでしょうか。朝はいつもどおりに教職員の前で挨拶をされていながら、その午後には他界されてしまうという、まさに仕事に一〇〇パーセント燃焼しきった、なんと見事な人生であったことでしょう。

私は理事長から誘いをお受けして学校経営のお手伝いをさせていただいたので、理事長がお亡くなりになった後は、小生もこれが引け時と思い、三月末をもって退任することに決めました。

三月に入って、これからは気分を一新しようと、そしてワイフとのんびりする時間を持とうと『さわやか四国・瀬戸内海紀行』三泊四日のツアーに参加しました。

しかし、旅そのものはとてもハードなスケジュールで、残念ながら「のんびり」することはできなかったのです。その行程とは、初日は東京駅から夜行列車「サンライズ瀬戸」で岡山へ。翌二日目は、岡山から観光バスに乗り換えて「倉敷」―「尾道」千光寺公園―（しまなみ海道）―「因島」水軍城―「生口島」耕三寺―「大三島」大山祇《おおやまづみ》神社―「大島」亀老山展望公園―「道後温泉」（泊）。三日目は松山城―子規堂―内子の宿―「宇和島」―「四万十川」―「高知市」（泊）。四日目は、桂浜―「大歩危《おおぼけ》」―かずら橋―「高知空港」―羽田、とまあ「のんびり」どころか「慌ただしい」旅だったのです。しかしその慌ただしさで、これまでの専門学校での仕事からスッキリと気分を切り替えることができたのです。

四月からは自由な時間が増えて、やりたいこと、やり残していたことを次から次へとやりこなすことができて、実に充実した生活でした。

四月四日、友人と「破風山ハイキング」、そして五月に入ると【塩の道】のエッセイがまとめ上がり、出版社「文芸社」に出版の交渉に入り、題名は『塩の道・一人行脚』に決定して、十二月発刊を目指して作業に入りました。

五月十一日、ワイフにも塩の道の一部でも味わってもらおうと、愛車（トヨタ・チェルシー）にて北陸への旅に。

行程は、関越自動車道にて松本へ、そこから信濃大町―仁科三湖―白馬―北小谷―根知―糸魚川と三国街道（北塩道）を行き、ワイフに「ここを一人で歩いていたのだよ」などと得意気に話しながら、糸魚川の駅前旅館で一泊目。翌日は親不知―高岡市―氷見・雨晴海岸―羽咋《はくい》―千里浜海岸ドライブ―湯涌温泉（泊）。三日目は金沢・兼六公園―東尋坊―福井市に出て、シンガポール時代に親しくなった藤本宅を訪問し久しぶりの再会を喜び、夕食をご馳走になりました。四日目は敦賀《つるが》・気比《けひ》の松原―琵琶湖・長浜―米原―阪神／東名自動車道を突っ走ってきて、午後七時には我が家に到着しておりました。

六月二日には、友人がアレンジした「なおみ君の撮影会」（場所：千葉富津海岸。なおみ君とは友人の知り合いの女性）に名カメラマン面《づら》をして参加。古い一眼レフにズームレンズをくっつけて、なおみ君に「はい、上向いて！」とか「カメラに向かって、はいチーズ！」なんて言いながらシャッターをバチバチ押し、三十六枚取りフィルムを四巻撮りまくったのです。

六月二十八日、小生が主催する【第4回：文京を歩くかい】を開催し、「文豪を訪ねて」というテーマで午前十時に巣鴨駅前に集合し、飛鳥山―田端文士村記念館―谷中霊園―子規庵―一葉記念館と回り、浅草の串揚げ処「串の輔」にて打ち上げ宴会。

いつもは七月中旬には西片の山でセミが鳴き始めるのですが、この年は七月三十日にやっとミンミンゼミの鳴き声が聞こえました。どうやら長梅雨が原因のようです。

八月二日は地元老人会のメンバーを対象に、朝六時起きで近所の「不忍池」に蓮《はす》の花を鑑賞する散歩をアレンジ。

八月八日から【北京オリンピック】が開催され、いよいよ中国が先進国仲間入りを世界にアピールしてきました。

八月末までの日々書いていたエッセイをまとめて『買いたい新著』（過ギ多玄黒著）シリーズの第二号を発刊、表題を『悲憤慷慨　ふざける菜漬け』としました（本書第一部第二章）。

そして九月十五日、米国投資会社「リーマン・ブラザーズ」が破綻、世界を金融危機に巻き込む【リーマン・ショック】が襲ってきました。日本でも平均株価が一万二〇〇〇円台から一挙に六〇〇〇円台に落ち込んで行ったのです。

十月に入り【ここや会】と称す仲間で、伊那谷の高遠・竹松旅館に於て「松茸パーティーの旅」を企画し、皆さんで松茸一色の料理を満喫しました。

十一月三日は日本で最大規模のウォーキング・イベント「東松山3デーマーチ」に参加し、秩父の秋を楽しみました。

十一月六日、アメリカ大統領選挙で黒人の【オバマ大統領】が誕生。驚きの転換と言えましょうが、これからアメリカはどのように『CHANGE』して行くのだろうかと興味津々でした。

十一月八～九日は、地元老人会【みのり会】の研修旅行で鬼怒川温泉へ。そして十一日（火）からは三泊四日でワイフと北海道の旅に出ました。

私は以前から「どうしても五稜郭をこの目で確かめたい」と思っていたので、旅行社の企画『とびっきり北海道四日間』に参加、これまた目の回るスケジュールで振り回されたのです。

その旅程は初日、「トラピスチヌ修道院」―「五稜郭」―「函館ベイエリア」―函館・国際ホテル泊。翌二日目「函館・元町」―「函館・片町」―「大沼公園」―「長万部」―「洞爺湖」―「昭和新山」―登別・万世閣泊。三日目は「岩見沢」―「富良野」―「美瑛《びえい》の丘」とバスで回り、札幌に戻ってセンチュリーロイヤルホテル泊。そして四日目は「札幌」で一日自由行動が取れたので「藻岩山山頂」へ。それからサッポロビール工場を視察し、新千歳空港から十八時三十分発にて成田に二十時五分着、自宅には二十一時十分に戻ってまいりました。

翌日は地元老人会の「誕生会」で、私の千葉大学そして丸紅での先輩にあたるOさん（芸名：花伝亭長太楼さん）を迎えての「落語」をイベントとして企画しました。

十一月十五日（土）には、小学校／中学校同期会【まにまに会】が銀座の東芝ビル八階の「クルーズ」にて、四十二名（うち先生二名）の参加で盛大に行われました。

一週間後の十一月二十二日に、今度は千葉大学同期生の【ちば三九会】が懐かしの西千葉キャンパスの中にあるレストラン「コルザ」にて開催され、司会役を仰せつかり、また特別講演として『塩の道への挑戦を語る』という題名で講話をさせてもらいました。

さて十二月に入ると【M&M会】で私が幹事を引き受け、贅沢三昧の会食をアレンジしたのです。このM&M会とは「マダム&ムッシュ」の略で、ダンナがワイフに感謝を込めて接待することを目的として会社仲間で作った会ですが、偶然にも血液型が同じ夫婦四組の集まりであることが会を作ってから判明しました。A型夫婦が二組、O型とAB型が各一組の構成で、案の定、B型同士の夫婦だけがおりませんでした。

さて、今回アレンジした贅沢な会食場所とは、椿山荘《ちんざんそう》のフォーシーズンホテルの「オークルーム」を貸し切り、フランス料理と美味しいワインのコース。大きな窓からは外に三重塔がライトアップされていて、落ち着いたムードの中での会食は十分に奥様連に満足いただけたものと自負しています。

そして十二月中旬になって駄本『塩の道・一人行脚』が発売となり、近所の「あおい書店　春日店」にも平積みとなって売り出されておりました。有り難いことです。

この年は最後にもう一つビッグなイベントが用意されていました。実は秋口に息子から結婚相手が決まったとの報告を受けていたのですが、年の瀬も迫った十二月二十日にお相手方のご両親にご挨拶と、新潟市・名目所《なめところ》の池田家を訪ねたのです。

その夜は「月岡温泉・華鳳別邸」において両家族による楽しい大宴会が行われました。新潟に新しい親戚が出来て、おめでたい年越しとなりました。

二〇〇九（平成二十一）年は、我が家族に一名お嫁さんの千春君が加わり、賑やかな正月を迎えることができました。

そして一月二十日、【オバマ米大統領】の就任演説が行われ、アメリカも新しい門出を迎えたのです。演説では「これからアメリカの再建に取りかかる。国民一人ひとりが責任を果たすべき新たな時代」と表明していたのですが、一方でこの就任式典や前夜祭でワシントンを埋め尽くした二〇〇万人の度を超したお祭り騒ぎを見ると、やはり拝金主義大国の最終章を見ているような気がしてならないのです。

二月二日、私が小学生の頃からプロ野球のあこがれの人だった山内和弘選手が、七十三歳で亡くなられました。現役の時代はシュート打ちの名人で「打撃職人」と言われ、またオールスター戦で活躍したので「オールスター男」と呼ばれ、監督、コーチ時代になると「教え魔」の異名を持つプロ野球界の偉人でした。

私と山内選手とが知り合うエピソードとは、小学三～四年生の頃の出来事から始まります。

真砂小学校の近くに「真砂館」という旅館がありまして、そこはパリーグの「毎日オリオンズ」の定宿でした。真砂館の前の焼け跡広場には、電信柱に使用される木材が積み重ねられており、子供たちの格好の遊び場でした。

ある日、学校からの帰り道にその広場に行くと、材木の脇で一所懸命素振りをしている選手がいました。翌日も同じような時間帯にその広場に立ち寄ると、昨日と同じ選手がやはり汗だくになって素振りをしているのです。

それから何日かが経って、またその広場でその選手と巡り会います。私たちが積み重ねられた材木の上に座って素振りを見ているると、その選手に、

「君たち、数を数えてよ。この素振りを一、二……って数えて、一〇〇になったら教えてよ」と言われ、私たちは皆で「イーチ」、「ニー」と声を張り上げ、「ヒャクー」と大声で叫びました。とその時に旅館の二階の障子戸が開いて、

「お〜い！　山内、風呂が空いたぞ」という声が聞こえたのです。この呼び声でその選手の名前が「山内」だということが分かりました。

そんな機会を何度か重ねていたある日、一〇〇を数え終わると、山内選手が、

「君たち、どうもありがとう。これあげるから、お父さんやお母さんと後楽園に見に来てよ」と内野の入場券の束をくれたのです。それ以降、私は山内選手の熱狂的ファンになったのです。

ところであとで分かったのですが、「お〜い、山内」と呼んだのは土井垣捕手だったそうです。

それからは山内選手の移動してゆくチームを応援し続けました。毎日オリオンズ（一九五二〜五七）→大毎オリオンズ（一九五八〜六三）→阪神タイガース（一九六四〜六七）→広島カープ（一九六八〜七〇）と移動したのですが、したがって私は今でも「広島カープ」のファンなのです。山内選手は現役時代に本塁打王二回、打点王四回、そして打率王一回のタイトルホルダーだったのです。

四月に「産業技術活用センター（ＩＴＥＣ）」のメンタークラブの「メンター」に採用され、ボランティア活動として、ベンチャー企業や中小企業に対する助言や諸活動の指導に取り組み始めました。二カ月ごとにメンティとの顔合わせ会が開かれ、そこでメンター／メンティの組み合わせが決まって

行くのです。八月にソフトウエア開発会社が私のメンティの第一号に決まりました。

六月に入ると息子の結婚式です。それも両家族だけでグアムの教会で式を挙げたいという希望で、六月八～十一日の三泊四日のグアム旅行がお膳立てされていました。

池田家からはご両親と祖母のヨシお婆ちゃん、そして我々夫婦の総勢七名でグアムに向かったのです。八十五歳のヨシおばあちゃんは非常に闊達でお元気な方で、是非とも孫娘の花嫁姿を自分の目で見てみたいと帯同されたのです。

初日の夜はホテル（ヒルトン・グアム・リゾート&スパ）内のレストランでポリネシアンダンスショーを観ながらの食事で、私たちの前夜祭も大いに盛り上がりました。

翌日は、ホテル敷地内にあるチャペルにてウエディングセレモニーが執り行われました。教会の正面には真っ青な空と海が広がっており、きっと新婚二人にも、この突き抜けるような青さはすばらしい思い出になったことでしょう。

翌二日目は「オープンカー」二台をレンタカーしてグアム島一周のドライブ。太平洋の太陽光線は強烈でした。ドライブの行程は「太平洋戦争国立歴史公園」―「米海軍アプラ基地」―「タライフアック橋」―「ココス島遊覧」―「タロフォフォの滝」―「横井ケーブ」―「恋人岬」とオープンカーでのドライブを楽しみました。

そして旅の最終日は、皆さんお土産をドッサリと買ったようで、我が家に戻ったのは午後八時、池田家の皆さんは我が家で一泊。

翌六月十二日、十一時頃の新幹線で池田家の三人は新潟に向かわれたのですが、午後になって、ヨシおばあちゃんが新潟駅で倒れたとの驚きの知らせが入ります。きっと旅の緊張と疲れ、それに真夏のあの厳しい自然環境は相当のストレスをおばあちゃんに与えてしまったのかもしれない、なんて考えているその夜、ヨシおばあちゃんが息を引き取られたとの悲しい知らせが届きます。

自分の最愛の孫娘の結婚式に立ち会い、灼熱《しゃくねつ》の南国の島で皆さんと全く同じスケジュールをこなし、すべてを見届けて静かに長い眠りに就く、という完全燃焼した人生はうらやましいくらいに見事としか言いようがありません。ヨシおばあちゃんとは結納の時、そして結婚式の時の二回しかお会いしていないのに、何か昔からず〜っと長いお知り合いだったように感じるのです。こころよりご冥福をお祈りします。

我が家は例年夏に名古屋在の弟家族と、長野の菩提寺・光蓮寺で合流し墓参をして、その後温泉地を訪ねるのを恒例行事にしているのですが、今年は七月十一〜十二日に執り行われました。

名古屋からは、弟夫婦と二姉妹とそれぞれの子の計六人、そして東京からは我ら夫婦と新婚ホヤホヤの息子夫婦の大人四人の総勢十名が一堂に会しました。これが現在の宮原家のオールスタッフということになります。墓参の後は「エクシブ蓼科《たてしな》」にて一泊、みんなで年に一度の交流を楽しみました。

八月三十日、大事件が起きました。それは衆議院議員総選挙でなんと民主党が大勝利。ちょうどその頃、私はエッセイ『翁のひとりごと』（本書第二部第一章）を書いておりました。そのエッセイの〈はじめに〉の所の書き出しは、次のような文章で始まっていました。

「これを書き始めたときは、二〇〇九年八月三十日の衆議院議員総選挙の結果が出て、政権交代劇が終わり、いよいよ【新生日本】がスタートすることになったのだが、日本の歴史にありがちな【一瞬の茶番劇】に終わらぬよう、我々国民も新政府に対して、短期間で結果を求めるような安直な判断をしないよう心掛けたいものである」

ささてさて、日本はどんな方向に向かって行くのでしょうか。このエッセイを書き終えたのが年末で、最後の〈あとがき〉のところで次のように書いています。同様にその概要を再掲します。

「国民の審判は、首相が日本の将来像を描き出し、それに向かって如何に具体的施策に打って出るかにかかっており、『友愛』の言葉だけで〝のらりくらりの八方美人〟では早晩国民からダメの審判を受けるでしょう。敵方自民党もいまだ過去の呪縛から抜けきれずに、古典的長老を温存し右往左往しているのだから、鳩山首相にとってもラッキーなタイミングなのである。一応自分自身の偽装献金事件ではケリを付けたのだから、今後は自分の持ってゆきたい方向を明確に国民に示し、思い切ってその方向に日本の舵を取ればいいのだ。一旦船長に決まった以上は、しっかりと船の方向を決めて進まねば、船はグルグル回って国民は目を廻してしまう。これまでで懲りた国民はそんな船長は望んでいない」

日本の政治は「ド三流」と言われている中、十一月にアメリカでは日本人がビッグな記録を作り上げておりました。米大リーグのワールドシリーズ第六戦において、ニューヨーク・ヤンキースの松井秀喜外野手（三十六歳）が五番指名打者で出場、先制の二点本塁打を含む六打点の活躍で優勝を決めてＭＶＰに選ばれたのです。

そして、このワールドシリーズでの一試合六打点は最多タイ記録。十一月六日のニューヨークでの「優勝パレード」では松井選手がパレードの先頭に立ち、主役を演じておりました。政治、外交では

「ド三流」の日本でも、スポーツ界では「超一流」の日本人がいるということでしょう。

二〇一〇（平成二十二）年は思い起こせば、自分の趣味の世界にじっくりと時間をかけることができた一年でした。

まずは三月には仲間で「句会」（こしの句会）を発足させました。そして私が「書記」に選ばれ、「投句」「選句」などの取りまとめ役となりました。タイミングをほぼ同じくして、私は更に【現代俳句協会】の主催する「インターネット句会」の会員にもなりました。

実は私と俳句の接点は、二〇〇一年の伊那・単身赴任の時代に遡ります。

会社の寮のそばの畑のド真ん中に「井月《せいげつ》」のお墓があったのです。井月とは江戸時代末期から明治の初め、伊那谷を流離《さすら》っていた乞食俳人で、この人の生き様と俳句に興味を抱き、当時伊那の図書館に通って関連資料や本を読んでいるうちに、自分でも俳句を創るようになっていました。

また、この辺のことは、私の駄本『伊那谷と私』の中のエッセイ「伊那谷・花木編」（二〇〇二年）にも書かれており、私の下手な俳句もそこに載っているのです。

本書第二部第四章の二でも紹介しましたが、そのうちの一句を再掲しておきます。これは高遠にある「牡丹寺《ぼたんでら》」で有名な遠照寺で詠んだ句です。

雨上がり遠照ぼたんのお辞儀かな　　（翠敏）

また、この年は年初から息子の力を借りながらホームページのデザイン一新の作業に入り、六月には斬新な我がホームページが完成しました。新ホームページでは『エッセイ』、『スピーチ』、『ウォーク』、『油絵』、『書籍』の各ページを設け、更に『ブログ』のページも追加しました。

五月十〜十三日に三泊四日で【鯖街道】を一人で歩いてまいりました。若狭湾で取れた鯖を京都の市場に運ぶ道が何本かありますが、私はその中で最も高低差のある「根来《ねごり》坂峠越え」ルートを選びました。

このルートは小浜市からスタートして京都・出町柳までの七十五キロメートルの行程ですが、最後の日を除いてすべて雨の日という状況で、『塩の道』の時には雨の日が一日もなかったので、雨の中での一人行脚という全く違った体験ができました。この行脚行程をエッセイ『鯖街道ひとり行く』に書き上げ、ホームページに掲載しました。

ホームページの『ウォーク』の欄は、私が主催する【文京を歩くかい】の記録を掲載している欄ですが、今年から参加者からのご要望に応えて年に二回開催することにして、第六回が七月三日に「東京を違った角度から見てみよう」というテーマで行われました。

JR飯田橋駅前に集合し、それから九段上に出て北桔橋《きたはねばし》門から皇居に入り、庭内を散策。それから靖国神社—市ヶ谷亀岡八幡宮と歩いて、最後は神楽坂にて打ち上げパーティー。

そして第七回目は、十月二十三日に「旧東海道を歩いて歴史に触れよう」をテーマに京浜急行・大森駅からスタート、品川宿経由で田町駅まで歩きました。

『油絵』では、キャンバスＦ30という、私にとっては最大サイズ（九一〇×七二七ミリ）に挑戦し、塩の道・一人行脚の際に最終行程の途中、「大網峠」への登り口で巡り会った「芝原の六地蔵」の姿を描きました。

この年には、他に満開の高遠・小彼岸桜を描いた「六道の堤と木曽駒ヶ岳」（サイズＦ８）、更に「東京大学・安田講堂」（Ｆ４）、シスレーの模写「モレの通り」（Ｆ４）と、一年で四作品を描いてありました。

『スピーチ』では、【ハローワーク緊急人材育成支援事業】において、失業者に対する「スキル習得訓練コース」の中での講話（二コマ）を、六月十七日、八月十五日の二回にわたって横浜・関内にて、そして九月十六日は新宿にて、ぶっつけ三コマの講話を行いました。

実は日本政府が失業者に対して就職しやすいように技能を付ける目的で「失業保険に職業訓練を併用」する新事業を展開することとなり、受講料が無料で生活費が支給されるというもので、職業安定所で受講希望者を募っていました。関内での訓練コースは「ネイリスト資格取得コース」で、受講者はピチピチの若き女性群でした。新宿でのコースは「パソコン初心者コース」で、ほとんどが男性でしたが年齢が二十代から六十代と幅広く、スピーチも大変に難しいものがありました。

それではどんな内容のお話をしていたか、その題名と目次を書き出してみます。

講話テーマ：『やりがいのある仕事を自分で見つけよう』

・自己紹介（講師紹介）

・地球規模で変革が起きている
・国が違えば文化も違う
・インターネット社会とは?
・「ヒトデ」は「クモ」よりなぜ強い?
・挑戦することによる快感と満足度

そして二〇一〇年の一年間を俳句で綴ってみようと、『翠敏《すいびん》四季句雑詠綴』を書き上げました。俳句集を出してみたいというのは、伊那で井月に関する調査のために図書館に通っていた頃からの夢で、ついに夢を実現することができたのです。

そしてこの年は息子の嫁のお腹にベイビーが、というおめでたいニュースで始まりましたので、この句集も年の初め、次のような俳句から始まっています。

初詣初孫祈って倍を投げ　（翠敏）

そして、ほぼ予定どおりの五月二十六日に初孫の『功乃介』が誕生、おじいちゃんになった瞬間です。嫁の実家のある新潟・名目所にて出産したので、六月に入って早速ヨシお婆ちゃんの一周忌を兼ねて、我々ジジババが新潟に参りました。

蓮の香や孫と対面ハウデューデュー　（翠敏）

夏のある日、夕立が襲ってきて、突然稲光がすると雷鳴が響き渡り、安らかに寝ている孫が目を覚まさないかとオロオロしてしまうのです。

遠雷や初孫あやしてオロオロと　（翠敏）

秋の夕方、泣き止まない孫をあやしに外に出て、

路地に出て赤子寝かせる秋の暮れ　（翠敏）

そして年の暮れになると大掃除の時期、仏壇のお磨きをしながらの一句、

過去帳のほこり払って年の暮　（翠敏）

ところで前述の『翠敏』とは、俳句の世界で使わせていただいている俳号（雅号）でして、実は二〇〇一年五月に【日本書道協会】から雅号『翠幽』を頂戴しておりましたので、今年【現代俳句協会】の会員になる際に雅号から一字をとり、俳号を『翠敏』（すいびん）として登録させていただい

たのです。

還暦以降の七年間を思い起こせば、私は自分の趣味の世界を自由奔放に走ってきたように思います。また地元の老人会会長や、ＩＴＥＣメンタークラブ会員などのボランティア活動にも注力してきました。更には東大や東洋大そして早大が催す「公開講座」にもできる限り参加して、世の中の変化をキャッチすべく貪欲に行動を取ってきました。

まだまだこれからも各種趣味に、ボランティア活動に、そして自分の知らない世界の探求にと、自分に残された時間を当てて行きたいと考えています。そしてまたいずれ、この〈老年期〉編の続きが書けますように！

九、老年期＝その二＝（六十七～七十五歳）

二〇一一（平成二十三）年は静かにやって来ました。我が家は新生「功乃介」が加わっているので、これまでにはなかったような賑やかな正月を迎えました。みんなが順番に功乃介をあやすと、功乃介が笑って応えてくるので、これがまた最高にかわいくて退屈しないのです。順子の作った最高の味の「お節料理」の数々、苫小牧《とまこまい》のお姉さんの送ってくれた「毛ガニ」、そして実おじさんの買ってきてくれた「ふぐ」での鍋料理を囲んで、家族みんなで楽しむことができました。

二月に入ると、若い起業家で作った【望走会】のメンバー六人で、深雪に包まれた青森県・ランプの宿「青荷温泉」を訪ねました。真っ白な雪に覆われた鄙《ひな》びた秘湯に浸かり、そして部屋では心ゆくまで地酒に浸りながら、熱の入った会話に没頭したことが思い出されます。

三月十一日午後二時四十六分、「東日本大地震」が起きました。

私はこの瞬間は東十条のスポーツ・ジムにおりました。いつものルーティンにしているトレーニングコースを終えて「スパ」に行き、サウナ部屋に入って腰を下ろした瞬間にグラグラと来たのです。その瞬間、「ついに来たか、これだ！」と思い、躊躇《ためら》わずロッカールームに戻り衣服を着て、一時間後には車を運転し自宅に戻っていました。我が家はピアノがずれ、食器棚から飛び出した食器・鍋釜が散乱、床に散らばったレコード盤やCDなど恐ろしい光景でした。

この「東日本大震災」が天災だけで済むなら何とか対策の目処も立って行くのでしょうが、不幸にして大津波により「福島第一原発」での〝炉心冷却システム〟が動かなくなる事件を引き起こしてしまい、政府が「緊急事態宣言」を発表するという、最大に恐ろしい「人災」が降りかかってきてしまったのです。

この地震後のある日、「Y染色体ハプログループの研究により日本人のルーツが明らかに」というインターネット上の記事に巡り会え、日本人は中国人や朝鮮人とは違う極めて人類の起源に近い人種と知り、3・11の被災者の冷静沈着な行動と結び付け『日本復活私論』を書き始めました。

五月に入ると十七日（火）にNPO法人【楽しいひととき出前どころ】の第一回チャリティ公演が「目黒GTプラザホール」で開催され、小生は応援団を代表して、

「このようなすばらしい団体がこれからも皆様のお役に立てればと、応援を続けてまいります」と挨

拶をさせてもらいました。

十六日（月）は早稲田大学構内で行われている異業種勉強会（【セールス・フォース・マネジメント研究会】以下【SFM研究会】）にて、3・11に関連して「こころの時代到来か」をテーマに講演をいたしました。

この数日後に【M&M会】の初めての一泊二日の旅「伊那谷探訪」が実施され、中央高速バスにて新宿から伊那市まで行き、そこでレンタカーを借りて権平峠／奈良井宿／見晴らしの湯などを巡りました。その後、割烹「みつはし」で宴会、宿はすぐそばの「えびすホテル」、費用はすべて込みで@二万五〇〇〇円でした。

六月二十二日、小田急線・経堂駅の近くにある〝そば道場〟「愚直庵」にそば打ち修業に参りました。昨年から始めて今回が三回目、何とか要領だけは分かってきましたが、最大の苦手が「へそ出し」の段階で、そば粉を練り、捏《こ》ね上げた後で三角錐《さんかくすい》にまとめて行くのですが、その頂点に「へそ」を盛ってゆくのが下手なのです。しかし完成品は〝十割そば〟なので、太さはマチマチなのですが味は絶品です。

八月になると九州「RKB毎日放送」で、創立六十周年記念として『塩の道から空の道へ』という番組が組まれており、放送局から是非私に「塩の道」体験の話を聞かせてほしいとの連絡を受けました。

このテーマの意味は、そもそも北九州から海岸線を上ってきた安曇族が糸魚川に辿り着き、更に姫川に沿って〝塩の道〟を辿り安曇野で定住したという伝説と、ちょうど福岡―松本間に直行便が飛ぶことに掛けた内容の番組だそうです。

八月末に東京支社にてインタビューが録音されましたが、ラジオ放送は十月とのことで、残念ながら関東地方では放送されないので聞けませんでしたが、後でCDを送っていただきました。

この年のゴルフ回数は二十九回で、多分国内での年間プレー回数としては今後もこれ以上は無理であろうと考えると、私にとって日本での回数の記録になると思います。

ちなみに十二月には、四日に従兄弟の勝さん・正行さんと「日本CC」、そして十五日に星野さん・畑野さんと「オリムピック・CCレイクつぶらだ」、更になんと大晦日四日前の二十八日には、夫婦二人ともに風邪気味にもかかわらず「チェックメイトCC」でプレーしているのです。


二〇一二（平成二十四）年の正月は、夫婦して風邪気味で明けましたが、息子一家は年末から新潟に行っており、むしろゴロゴロ正月で良かったのかもしれません。

一月十日から、私が通っている御茶ノ水にある「アトリエ清水」の作品展が「千代田区いきいきプラザ一番町・区民ギャラリー」で開催され、私は三作品「夏の日」（ベルトモリゾの模写）、「ねこ様」（創作画）、そして東日本大震災を題材にした「3・11」を出展し多くの方に見に来ていただきました。これが十四回目の出展となりましたが、油絵の勉強を始めたのが一九九五年ですから、十七年も続けてきたことになります。

二月に入ると、順子と五日間で九州七県を巡るツアーに参加。その行程は羽田空港―福岡空港―長崎（泊）―市内観光―柳川―阿蘇温泉（泊）―鹿児島・さつまあげ工場―池田湖―霧島温泉（泊）―

高千穂峡―阿蘇・瀬の本高原―別府温泉（泊）―由布院―博多―福岡空港―羽田空港とタイトなスケジュールをこなしましたが、結果的に観光バスの全走行距離は一一五四キロメートルでした。

四月に「オランダ友好協会」主催による、立川の昭和記念公園での「春のチューリップ散歩」に参加しました。カラフルなチューリップ群のあまりの美しさに、そこで撮った写真を無料ソフト「Photo Story」で編集したものをYouTubeにアップしました。この作品をオランダ友好協会の人が観てオランダ国の友人に紹介したというのですから、インターネット時代による情報発信力とはすごいものですね。

六月二十三日（土）、三軒茶屋にある「世田谷ボランティアセンター」にて、NPO法人「生まれ育ちとこころを学ぶサンの会」（以下【サンの会】）主催の講演会「大人が大人になるための授業」にて、『日本復活私論』に関してお話しする機会を頂きました。

八月二十九日（水）には、「産業技術活用センター」主催による王子の「北とぴあ」での「メンター研修会」にて、テーマ「メンター活躍の時代到来」についてスピーチする機会を頂きました。

九月十一日（火）には、早稲田大学【SFM研究会】にて『日本復活私論』の講演を行いました。

九月二十三日には、長野市にある菩提寺「光蓮寺」の「帰敬式」に順子、弟夫婦と出席し、各自の「法名」を頂きました。私の法名は「釈一寶」で、「一番の宝」とは大変に有り難く頂戴いたしました。

十一月には二つの講演をこなしました。一つは二十二日（木）、千葉大学内の「比護ゼミ」にて、「コンプライアンスについて」というテーマで大学院生を対象にお話をしました。二つ目は三十日（金）、NPO法人「かわさき芸術倶楽部」主催の【かわさき塾】にて、『日本復活私論』に関して二時間半の講演の機会を頂きました。参加者が三十数名と大盛況で、大変に話しがいがありました。今年は講演の多い年だったという印象です。

年末が差し迫った十二月十六日に、衆議院選挙と東京都知事選が行われましたが、自民党の圧勝と、都知事は石原慎太郎が継続指名した猪瀬直樹の圧勝で、何ら新鮮味のないままに新しい年を迎える結果となりました。

二〇一三（平成二十五）年になると、早速一月十六日（水）、「情報総合研究所」主催で築地社会教育会館にて『日本復活私論～その為のビジネスモデルは～』をテーマに講演をさせていただきました。

二月からは専門学校「織田学園」への通勤が始まり、一応月曜・水曜・金曜の週三日ですが、朝七時五十分に家を出て、南北線で飯田橋へ、次に東西線に乗り換えて中野まで出て、織田学園には八時二十分頃着きますので、通勤ルートとしては大変に恵まれています。

四月一日（月）は織田学園の「辞令交付式」で、教職員の前で織田学園の「教育理念」、「目標」そして「中期ビジョン」に関して十五分ほどお話ししました。

中期ビジョンの骨子は次のようなものでした。

・情報開示と透明性を重視して情報の共有化を図る
・業界や地域社会に対する「コンプライアンス体制」を整備
・情報システム化を図り、事務効率化および情報発信力のＵＰを図る

・地域社会との繋がりを保ち周辺環境の変化を捉えながら今後の展開を図る
・校舎の増改築や施設・設備の見直し、カリキュラム再考、人材育成、組織活性化を図る

五月二十五（土）～二十六日（日）、【江戸連】関係者が主催する「近藤紗織ピアノリサイタルin白馬」に参加して貴重な体験をすることができました。

東京駅前から白馬までバス旅行なので七時間ほどかかるのですが、なんとその間で「塩の道」解説を頼まれ、二日間バスガイドのように喋りまくりました。そして「塩の道」の「八方口」から「松川橋」までの一キロメートルを、実際に皆さんで歩いてもらったのです。すばらしく晴れ渡った北アルプスの山々を背景に、皆さん大感激でした。（本書第四部第三章）

六月から「文京ふるさと歴史館」のボランティアガイドを始めたのですが、最初のガイドは十三日の「NHK文化センター」講習生二十人を相手にしてのガイドで、文化センター絡みの人を相手に文京区の歴史を語るのは、本当にヒヤヒヤものでした。

七月三十～三十一日、（社）東京都専修各種学校協会が主催する「夏季教職員宿泊セミナー」に参加。場所は「湘南国際村センター」（逗子）にて行われましたが、ここで役立ったのは「カウンセリング・マインド」についてでした。

カウンセリングとは、〝相手に「解」を与えるのではなく、相手が自分で「解」を見つけるガイド役である〟ということだそうです。なるほど。

八月に入ると日本列島は史上最高気温を記録し、東京でも三十六度という時に、ワイフと〝ゴルフ

のはしご〃をやってしまったのです。八日（木）「オリムピック・CCレイクつぶらだ」、十一日「ヴィレッジクラブ大子GC」、十五日「かんなみスプリングCC」にて弟夫婦と、二十日「オリムピックスタッフ足利GC」と、記録的猛暑の中で四連チャン・ゴルフとは本当に大したものだと我ながら思います。

十月十四日「体育の日」に、〃一度やってみたい〃と思っていた「神田川ひとり歩き」を実行に移しました。

八時十分にJR吉祥寺駅に到着。コンビニで食料などを購入し、八時二十分、井の頭公園にて朝食を摂り、八時三十分、いよいよ神田川に沿って歩き出しました。三鷹台駅前―久我山稲荷神社―玉川上水―高井戸橋、ここで息子と孫の功乃介を呼び出して、「高井戸」の前で記念写真。下高井戸・八幡神社―水道通り―井の頭通り―和泉熊野神社―貴船社―環七通り―方南橋に出て前半戦を終了。丸の内線・方南町駅から自宅に戻りました。

十一月十三日、六月から治療してきた入れ歯が完成して装着しましたが、生まれて初めての体験です。これから大切な毎日のクリーニング作業が日常業務として生まれました。

十二月に入ると【ここや会】の京都での紅葉を楽しむ忘年会が開催され、大いに京都の紅葉を楽しむことができました。

そして六日（金）、織田学園・きもの校による「針供養」で、中野ブロードウェイを大型の豆腐に針を指してデモ行進したのは、私にとってもいい思い出となりました。

大晦日の東京新聞朝刊の社説に、「日本人らしさよ」という記事が載っていました。

「安倍首相が〝日本を取り戻そう〟というが、それよりも〝日本人らしさを取り戻そう〟と言いたい。そんなことを思った一年でもありました」という枕詞で始まる社説内容ですが、これは私の『日本復活私論』を後押しするような内容であり、ちょっとだけホッとして新年を迎えられそうです。

二〇一四（平成二十六）年は、天候も快晴続きで穏やかに始まりました。

早速五日にはいつものゴルフ仲間と一緒に「チェックメイトCC」にて「初ゴルフ」ができましたが、新年早々に真っ白な富士山を見ながらのプレーは最高でした。

一月十五日に息子の第二子「花奈加」の誕生となり、本当にめでたい年の始まりとなりました。

二月には再び【サンの会】より「世田谷ボランティアセンター」にて『日本復活私論―PartⅡ―』の講演の機会を頂きました。

二月二十八日（金）は一日中雪が降り、家の前の「石坂」も真っ白に雪化粧しました。積雪は二十六センチメートルで、二十年ぶりの大雪となりました。

六月二十八日（土）に小中学校の同期会【まにまに会】が、「古希の集い」と銘打って渋谷の中華飯店で行われ、三十八名が参加して大いに懐かしく楽しいひとときでありました。

七月二十七日（日）は、田町町会の人たちに『日本復活私論』を聴いていただく機会を頂きました。場所は清和公園の前にある「本郷第四集会室」で、二十八人の参加者でした。

そして七月二十九日（火）に行われた第四十五回「例の会コンペ」で、私のこれまでで最高のスコア86（41／45）が出て優勝したのです。この影の立役者は今年六月に購入した〝赤色ヘッド・ドライバー〃にあると思っているのですが、とにかくこの赤色が「広島カープ」の新ヘルメット・カラーにそっくりだったので、アメ横の二木ゴルフ・ショップで見つけて一発購入したものでした。

このドライバーが私にピッタリと吸い付くようでナイスショットが出るようになったので、この歳にもなってゴルフが一段と楽しくなってきました。……と思っていたのですが、八月三十日「千葉廣済堂CC」で、多分自分のこれまでで最悪のスコア125（67／58）を叩くのですから、スポーツとは難しいものだと実感させられました。

十月十二日（日）、孫・功乃介（四歳）の運動会の応援に「久我山幼稚園」まで行きました。二子の花奈加はまだ一歳で母の乳から離れませんが、ジジババの家に来てゴロリして居眠りしている姿に一句、

まろび寝の赤子に口づけ秋近かし　〈翠敏〉

十一月十三日（木）には、早稲田大学【SFM研究会】にて『日本復活私論―PartⅡ―』に関する講演をさせていただきました。これで『日本復活私論』に関する講演は二〇一二年六月からスタートして合計七回の機会を与えていただき、〃昨今の閉塞感の強い日本社会に対して本来の日本人気質を取り戻そう〃という叫びを多くの方に聴いていただき大変にうれしく思いました。

十月頃からワイフと「今度の年末年始は外で迎えようか」という話が持ち上がり、どうせ行くならゴルフができる場所、ということで房総白浜方面の宿を探そうとネット検索をやっていますと、なん

と大晦日から正月にかけてゴルフがセットになっている旅行パックが見つかり、それには温泉まで付いているというので、シメシメと直ちに大人二名で予約しました。

しばらくしてパンフレットが送られてきましたが、なんと予約したのは「南紀白浜」だったことが判明してビックリしたのでした。しかし〝慌てることはない、行ってしまえ!〟という結論に達し、十二月三十一日(水)朝六時、愛車チェルシーで片道六六〇キロメートルのドライブが敢行されたのです。数日前に作っておいた行程表は、

6:00(自宅発)—7:00(海老名SA)—9:00(遠州森町PA)—10:30(亀山スマートIC)—12:00(法隆寺IC)—法隆寺にて昼食—14:00(松原JCT)—15:00(紀の川SA)—16:00(南紀田辺)—16:30(白浜リゾートホテル)

となっていましたが、そのとおり午後四時半にホテルにチェックイン。温泉に浸かった後でレストランでの和洋懐石を二人で楽しみました。

周りを見渡せば、同じように食事を摂っているカップルは他に二組だけ。私たち二人も大晦日に外泊するのはシンガポール駐在時のオーストラリア旅行以来になりますが、おかげさまで今年はホテルでの贅沢な年越しとなりました。

二〇一五(平成二十七)年の正月は南紀白浜で迎えました。

今回の旅の最大の目的は、ワイフをお節料理造りから解放してあげることにありますが、ホテルから出された元旦の朝食に出たお節料理も見事でしたが、やはりワイフのお節には敵《かな》いません。

いよいよ九時六分スタートの〝元旦ゴルフ〟に向かいますが、風が強く雲の動きが激しいものの、薄日が差している中で一番ホールを終えました。ところがそこで、なんと〝ぼたん雪〟が突然にボタボタと降り始めたのです。三十分ほど休憩を取り、雪も上がったので何とか十八ホールを回り切りました。

この旅に出る前から、正月の天候は日本海側、東北、北海道を中心に幅広く〝大雪注意予報〟が出ていることは知っていたのですが、まさか南紀に来て雪を見るとは驚きでした。

二日目のゴルフも、風は強いものの青空の下で十八ホール回れました。問題は三日で、天候も荒れ気味でかつ大渋滞が予想され、帰路の六六〇キロメートルも大いに不安でした。

案の定、天理を通過して登り坂に入ると、道の両側にうっすらと雪があるではありませんか。峠の頂上付近では完全に雪が降っており、スタッドレスではなく普通のタイヤで来てしまったことが悔やまれます。何とか雪の不安を乗り切ったかと思うと、岡崎辺りから東名高速道路は大渋滞。ノロノロと富士山の脇を通り、我が家に到着したのは午後八時過ぎで、なんと十四時間のドライブだったのです。

四月にワイフが〝C型肝炎の新薬〟を使って治療を行うこととして、二十八日から四泊五日で虎ノ門病院・川崎分室に入院しました。退院後は一年間にわたって毎月虎ノ門病院に行って、体調変化のチェックを受けることになります。

ゴールデンウィークは好天続きだったので、五月四日「みどりの日」に、「神田川ひとり歩き」の後半（方南町―隅田川まで）を歩いてみることにしました。

午前八時四十分、方南橋から歩き始めると、すぐに「善福寺川」との合流点に出ますが、この辺は川がコンクリートで固められており、味も素っ気もありません。この後は中野坂上―上落合―高田馬場―曙橋―新江戸川公園―関口芭蕉庵―江戸川橋―飯田橋―御茶ノ水（昼食）―秋葉原―浅草橋―柳橋と歩いてきて、神田川は隅田川に流れ込みます。両国橋の袂《たもと》に出ると、目の前に「スカイツリー」がデ～ンと雄大な姿を見せています。

これで井の頭公園の池から流れ出し、最後に隅田川へ流れ込む「神田川」のおよそ二十キロメートルにわたるひとり歩きは終わりですが、時計を見るとちょうど午後二時を指しておりました。

六月一日（月）、いつも月の一日は朝六時から「沢蔵司稲荷《たくぞうす》」で開かれる「大護摩」に参加するのですが、その後、天候が良かったので東国万葉の道『手児奈《てこな》伝説』の地を訪ねました。

昔々の神話の時代、市川真間《まま》に絶世の美女「手児奈姫」がいて、全国の男性から結婚を迫られていましたが、「心はいくらでも与えられるが、体は一つ。どなたか一人と結婚すれば他の人に不幸を与える」と嘆かれ、真間の入江に日が沈むのと一緒に海に入って行ってしまった、という伝説があり、私はその伝説を辿るウォーキングに出かけたのです。

京成電鉄「真間」駅から市川真間ゆかりの文学者たちを紹介している「文学の道」を歩き、真間川に突き当たって間もなく「手児奈霊神堂」に到着。そこから「下総国分寺、国分尼寺跡」を訪ね、「じゅん菜公園」から北総線「北国分」駅に出て、午後二時には我が家に戻りました。

六月二十～二十二日の二泊三日で、ＮＰＯ法人【楽しいひととき出前どころ】主催で四国・丸亀の偕行社ホールにてピアニスト田村真穂さんのコンサートが行われました。その後は栗林公園、金毘羅《こんぴら》さん、金丸座、丸亀城、そして丸亀うどん等を楽しみました。この旅で讃岐《さぬき》の七つの富士山や、「空海」が丸亀出身であることを知りました。

七月には我が家で「カブト虫騒動」がありました。購読している新聞の配達所が「カブト虫プレゼント」企画を毎年行っており、孫が二人いるのでオスメスの二ペアをもらってきましたが、息子家族が取りに来るまでワイフが菓子の空箱を工夫して虫かごを作ったのです。

しかし息子が「二ペア一緒にすると喧嘩し合うので分けた方がいい」と言い出し、二つ虫かごを用意することになったのです。二つ目は洗面器の上に台所で使う「排水口用水きりネット」を被せたもので作りましたが、事件は夜中の十時頃に起きたのです。

テレビを観ていたワイフの「ぎゃ～！」という叫び声にビックリして飛んで行くと、「眼の前をデカイ虫が飛んでいったのよ」と言います。ピ～ンと来て洗面器の虫かごを覗くとメスがいないのです。二人で一生懸命に探すと、台所の隅におりました。

翌朝、二つの虫かごを覗くと、今度は菓子箱で作った虫かごから、やはりメスが脱走していたのです。そして数時間後にワイフが「ごきぶりホイホイ」に嵌《は》まっているカブト虫を発見したのです。すごいのはこの後のワイフ行動です。焼き鳥に使う串を使ってカブト虫の足の一本一本を剥がしてやったのです。虫嫌いのワイフがそのような沈着冷静な行動をとれるとは、本当に女性はいざとなった時には予想を絶する力を発揮するものだと感心させられた事件でした。

九月に入ると、二年半前に書き始めていた油絵でキャンバス・サイズA8の作品**【菊坂下道・路地裏】**をやっと完成したのです。油絵には〝完成〟というのはないのですが、ここでやめようと決めたわけです。

今年は九月二十一日の「敬老の日」が月曜、そして二十三日「秋分の日」が水曜なので、祭日に挟まれた日が「国民の休日」となって土曜から五連休になりますが、これを「シルバーウィーク」と呼ぶそうです。次のシルバーウィークは二〇二六年まで待たねばならないとのこと。

十月には両目の「白内障手術」をやりました。おかげさまで順調に手術は行われ、視界が明るくなり、何か世界観が変わったようにも感じました。

十一月末から「忘年会」が始まりますが、その初っ端は十一月三十日【KAN7の会】だったのですが、思い切って贅沢をしてみようと、私の企画で神楽坂の「加賀」で一献を傾け、芸者の玉子を呼んで古典的雰囲気で奇声を上げました。二十三日（水）は息子一家とクリスマスパーティーで、孫たちとケーキを楽しみました。

例年、日本漢字検定協会が発表する「今年の漢字」が、なんと「安」と聞いて「本当かよ?」と驚きました。なぜなら「安」の意味は「やすらか」、「値段がやすい」、「たやすい」とか「たのしむ」といった意味ですが、そんな一年ではありませんでしたから。

「安」が選ばれた理由は、「安全保障関連法で国民が国の平〝安〟を考えた年」、「テロ事件や異常気象で不〝安〟な年」、そして「建築偽装事件による暮らしの〝安〟全が揺らいだ年」だからだそうです。それでは〝安ではなかった年〟という意味ではないか。それを〝安〟とは「ふざける菜!」

東京新聞によれば、今年の最もふさわしい漢字は「恥」だそうです。「そのとおり!」

二〇一六（平成二十八）年は、三が日もポカポカ陽気が続き二人で静かな正月を迎えました。昨年の正月は「白浜違い」で遠く南紀白浜までのドライブとなり、まさかの雪の中でのゴルフを楽しんだのですが、それと比較して尚更「のんびり正月」と感じたようです。

一月八日、「チェックメイトＣＣ」での〝初打ち〟でしたが、私はなんと昨年一年間でも出なかった80台の89を出し、ワイフが最終十八番で〝ノーズロ〟（グリーンまわりのラフやエッジから一発でチップインすること）をして〝オリンピック〟（みんながグリーンに乗ったところから始めるゲームで、ピンに遠い順にパットでホールを狙い、１パットで入れたら金、次の人が入れたら銀、次が銅、次が鉄、というようにして競う）で五点を取り合計十一点でトップ、私も七点を出し夫婦で勝ち得点となりました。今年は夫婦して〝良いゴルフ年〟としたいものです。

二月三日（水）は節分の日で、今年は〝申年〟で私が歳男に当たるので、桜木神社において「豆まき」をさせていただいたのです。この習慣は室町時代になって豆を撒いて悪魔を追い払う儀式として民間に定着したそうですが、二十人ほど集まった子供たちに境内から「炒《い》ったマメ」、「駄菓子」や「みかん」を〝福は内！〟と言ってばら撒くのですが、私にとって人生初めての体験だけに大変に興奮しました。

四月二十三日（土）には、【田町みのり会】の〝西片台地のウォーキング〟を行いました。歩いたあとで本郷第四集会室にて真砂町の老舗・うな重の「鮒兼」から出前を取って食するという贅沢な企画に人気が集まり、参加者は十七名と盛況でした。

昼食を前に私の方から、西片に住んでいた「夏目漱石と文京区の繋がり」に関して簡単にお話をしました。漱石は新宿牛込の生まれですが、東大の学生の時に小石川に下宿し文京区との関連が始まります。その後、愛媛県・松山で英語の教師、熊本にて第五高等学校講師を経て、明治二十九年に貴族院書記官の娘「鏡子」と結婚。その後、文部省から英語留学が命ぜられ英国に単身赴任し、二年後に帰国して東大の英文科講師となります。作家活動は西片に引っ越してきてから注力するのですが、胃潰瘍から糖尿病を併発し、大正五年に四十九歳で他界。短い生涯でありました。

六月十二日（日）、従兄弟の畑に息子一家で芋掘りに行きました。孫たちは土と戯れ大喜び。やわらかい土の中で硬いものに触れた感じ、お芋はどうやって土の中にいるのかを体で知る。そして土の中から蟻やオケラやいろいろな虫の幼虫がゴソゴソ出てくるのを興味深く観察しているようでした。小さな生き物と人間とが共生していることを学んでくれるとうれしいです。

八月五日～二十一日はブラジル・リオデジャネイロにてオリンピックが開催され、日本はメダル四十一個（金：十二、銀：八、銅：二十一）と、これまでの記録を作ったそうです。メダルに貢献した競技は、競泳／七個、柔道／十二個、レスリング／七個でした。

十一月六～七日、早稲田大学・異業種勉強会【ＳＦＭ研究会】が今年四十周年を迎えたことで、記念旅行として北茨城・うぐいす谷温泉「竹の葉」を訪ねました。参加者は十五名で、途中「袋田の滝」を経由して五浦海岸のそばの旅荘「竹の葉」でゆっくり静養を楽しみました。

そして十二～十三日は町会の【金曜会】で、北陸新幹線が「金沢」まで乗り入れるということで、金沢市内のひがし茶屋、主計町《かずえまち》茶屋から「山中温泉」に出て、渓谷沿いの紅葉に包まれた「ゆげ街道」を散策し、ホテル「花紫」にて泊。翌日は「東尋坊」まで出て、帰りも金沢から北陸新幹線にて戻ってきました。

十二月二日は【ＳＦＭ研究会】の四十周年記念祝賀会を、池袋「グレースバリ」にて開催し、小生が司会役をこなしました。イベントとして「木津かおり（三味線、民謡）＋佐藤錦水（尺八）」、「藤間信子　日本舞踊」、「三条アンナのジャズ」、そして「田村真穂のピアノ」と盛りだくさんで、皆さんも大満足の感想を述べていました。

十二月十九日に【ＩＴＥＣメンター・メンティ交流会】にて、私がテーマ「中小企業の商社との付き合い方」について講演をいたしました。

織田学園が来年七十周年を迎えることより、まずは受付のある第八校舎（きもの校）のデザイン一新が必須と考え、理事長、常務理事を説得して来年一月から加藤将巳氏にデザインをお願いしました。来年の新入生が来る三月末までに完成を予定していますが、そのための事務局の仮引っ越しが二十一日（水）に行われました。

二十六日には【第52回　例の会ゴルフコンペ】が「オリムピック・ＣＣレイクつぶらだ」で開催され、順子が準優勝を勝ち取っていました。

二〇一七（平成二十九）年、今年も息子一家は年末から新潟の嫁の実家に行っております。私は大晦日の沢蔵司稲荷での大護摩に参加して年越しを行い、元日の夜はウォーキングを兼ねて順子と「白山神社」にて初詣。二日には暇に任せて次のような「思弁的思惟《しい》（知的直観）」による大予言を書いていました。

・「北朝鮮」が滅びるのは、なんと「白頭山」の大噴火
・自動車メーカーは「自動運転技術」の深追いでダメになる
・十年以内に日本は「ソフトパワー大国」として世界から注目される
・「寄り合い型社会」となって、「会社」や「学校」の形を変えてしまう

五日は「チェックメイトCC」で新春初ゴルフでした。去年は初ゴルフで89という好成績だったので今年もと挑戦しましたが、最後の二ホールで崩れ、92に終わりました。それでも私の実力からすれば上出来であり、今年も良いスコアで回りたいものです。

二月には思いがけない行動が二つありました。

まず四日（土）には、ちょうど読み終えた本、原丈人著『国富論』の「あとがき」のところで、著者の父の手作り模型電車が日本一のジオラマの中を走っていると書かれており、即座に「よし、横浜まで訪ねてみよう」となり、ワイフを誘って出かけました。そして「原鉄道模型博物館」を観てから横浜・中華街に出ると、ちょうど「春節まつり」で、爆竹、太鼓で大騒ぎの中、二人でおいしい中華料理を楽しみました。

もう一つは十二日（日）に三階の温水器の修理が入ることになっていたのですが、部品が入らないということで突然延期されました。それでは週末が自由になるということで、すぐに北茨城の旅荘「竹の葉」に連絡をとり、十二日泊が取れて、思いがけず順子と二人での北茨城へのドライブとなっ

たのでした。

二十日（月）に開かれた【紅楼会】（句会）では、これまでの私にとっての最高得点記録（九点）が取れたのです。その句とは……

雪吊りや四方に張りてゆるぎなし　（三点）
寺巡り暮れゆく庭に帰り花　（三点）
古本を売りし別れに夕時雨　（二点）
百八つ鐘の音数え札納め　（一点）

三月に入ると、息子一家が「高井戸」から二階に引っ越してきました。息子自身で昨年の十月頃より二階の室内レイアウトを四人家族向きに変更したのですが、金をあまりかけずに上手に業者を使ってレイアウト変更したものだと感心しました。また我々親にとっても、昨今の大災害が起きがちな時代には、息子家族がすぐそばにいることは助かります。

五月二十七日（土）から孫〝功乃介〟との勉強を始めました。これを孫は「ジジ勉」と呼んでいます。これからは原則毎週土曜、午前九時三十分から一～二時間の勉強を続けます。

七月三日（月）、「例の会」ゴルフコンペが「オリムピック・CCレイクつぶらだ」で開かれ、順子が優勝で私が準優勝となりました。更に三十一日（月）には「チェックメイトCC」で私がハーフ40を出してしまいました。上がってみればなんと85。そして一カ月後の八月二十三日には同じコース、同じメンバー（鈴木さん、山田嬢）で88が出たのです。今年は〝ハッピー・ゴルフ・イヤー〟なのかもしれません。

今年は父の二十七回忌、母の十三回忌にあたる年なので、八月二十日に名古屋の弟一家と菩提寺「光蓮寺」への墓参りを行いましたが、栄恩寺の宮本住職も参加してくれました。これも母の力なのかもしれません。

この時点での〝宮原光敏（私の父）系〟は、私の東京組が、順子、健一、千春、功乃介、花奈加の六人、名古屋組は光二、豊子、路子、綺空の四人で計十人に、函館在ということで今回参加できなかった光二の次女裕代を加えて合計十一名となります。法事の後は皆で奥山田温泉に一泊し、孫たちと硫黄の露天風呂を楽しみました。

九月七日（木）は従兄弟の吉川勝さん、正行さんに「順子のおもてなし料理」を楽しんでもらおうと順子が腕を振るったのです。オードブルから始まりスープ、白ワインとスモークサーモン、そしてサラダ、ステーキ、ガーリックトースト、最後に自家製チーズケーキのデザートまでのフルコースでした。

二十八日（木）には「織田学園創立70周年記念式典」が「中野ＺＥＲＯホール」にて開催され、その後「祝賀会」が「中野サンプラザ・コスモホール」に移動して挙行されました。

九月二十一日付けの「東京新聞」で「年金：振替加算が支払われたかチェックせよ」の記事を読み、特に配偶者が年上の場合には要注意と書かれていたので、十月五日に千石にある「文京年金事務所」を訪れ尋ねたところ、振替加算がなされていないことが確認されました。未払い期間から算出すると、なんと補填額およそ八十万円にもなるという、思いがけないワイフへのボーナスとなりました。

十一月十八日（土）には【北園高校八組クラス会】が久々に新宿ライオンで開催され、出席者は十五名でした。その翌日は【田町みのり会】の誕生会で、例年十一月の誕生会は「落語会」となってい て、花伝亭長太楼（大滝さん）の出演をいただき、今回で十一回目になります。

十一月二十日（月）は花奈加の七五三参りで「乃木神社」へ詣でました。着物姿の花奈加は大変に可愛らしく、七歳になった時にはどんなに変わっているのか楽しみです。

大晦日に「二〇一七年はどんな年だった？」という題名でメールを発信していました。その内容骨子は、

『息子家族が三月十七日に我が家の二階に引っ越してきましたが、ババが孫を相手するのは疲れるので控え気味にと言いながら、実は一番面倒見がいいので孫からは好かれているのです。この一年は株式市場は記録的高値で閉まり、就職状況は人手不足で売り手市場だと言われ、好景気の様相といいますが、私にはピンときません。私が感ずるに好景気は大企業の一部や金融市場に限られた分野に金が集中しているだけで、人口比率の高い低所得者にはむしろ収入が減っている現状がこころ寂しくさせるのだろうか。そして政治の貧困がそれに輪をかけているように思えてならない』と書いていました。

今年最後の読書は中谷巌著『資本主義以後の世界』で、この本の出版日が二〇一二年二月となっていて、その同時期に私は『日本復活私論』を書いていたのです。中谷氏は近い将来に〝文明の転換〟により世の中が変わるといい、その主導を取るのが日本だと主張しているのです。

彼は３・１１「東日本大震災」の時の被災者の行動を観てそのように感じたと言うのですが、私の

考えとほぼ同じなのです。私の考えとは、縄文人の血を引く日本人が地球を救うのだ、と『日本復活私論』で主張しているのですが、同じことを考えている人がいると思うと将来が楽しく見えてくるのです。

二〇一八（平成三十）年もワイフと二人で静かな正月を迎えました。息子一家は昨年末に購入した「アウディS６」で新潟に行っているので、ワイフには年末を多忙にさせる「お節料理」造りから解放してあげようと、初めての試みでしたが外注してみました。

三が日はほとんどテレビスポーツ観戦で、いわゆる「寝正月」でした。

十六日（火）、織田学園の運営会議にて、この三月末で「管理本部長」を退職する旨報告しました。

四月に入ってすぐに、織田学園卒業祝いとして家族六人で北茨城・旅荘「竹の葉」にドライブをしましたが、息子が趣味で購入したドローンを使って往路途中で「小貝浜海岸」の砂浜でのシーンを撮影しましたが、海の沖の方から海岸で戯れる家族の姿を観られるのは、あたかも鳥になったような気分にさせてくれます。そして宿では大広間「萬両」で、家族全員が一緒に寝るのは最高に楽しいひとときでした。

二十一日（土）は友人から招待券を頂き、「浅草流鏑馬」を見に行く機会がありました。生まれて初めての体験ですが、やはり馬上から弓を撃って的を射止める瞬間は大変に迫力がありました。

実は、織田学園のお手伝いをそろそろ辞めようと考えた理由の一つに、「まだやりたいことをできるうちに」というのがありました。その「やりたいこと」とは、「ひとり旅」として二〇〇七年に

【塩の道】を歩き、次に二〇一〇年に【鯖街道】を歩いた後、友人に「次は?」と聞かれ【酒街道】と言ってしまったのですが、その後二〇一一年三月に「東日本大震災」が起きて一旦お蔵入りとなっており、あれから七年経ったのでそろそろ【酒街道】の旅を実施したいと密かに考えていたのです。

インターネットで【酒街道】を検索しても、そんな都合のいい街道などありません。しかし「黄金酒街道」という名が引っ掛かり、それは気仙沼から一関までの国道二八四号線に名付けられたもので、その間にある四つの酒蔵が一緒になって、ブランド『黄金街道』の日本酒を販売していることが分かりました。

そして地図上で一関から真横に目を運ぶと、なんと日本海側に〝酒の田んぼ〟と書く「酒田市」があるではありませんか。これで我が【酒街道】とは、宮城県・気仙沼から山形県・酒田市までと決めました。

その行程は距離にしておよそ二七五キロメートル、沿線上に酒蔵が二十ほどあります。これを〝歩く〟となると十数日はかかってしまうので、これは家族の許可が下りないだろうと〝自転車〟を検討しました。自転車であれば四泊五日で行けそうだと推測できたので、今回は〝ひとりサイクリング〟に決定しました。

そして実行の日を六月十九日(火)~二十三日(土)決定しました。しかし3・11の後、気仙沼は回復しているのか不安であり、また現地の自転車用の道路事情がどんなものか事前にチェックしておこうと、四月二十六日(木)から一泊二日で一関と気仙沼を訪ねました。

その結果、気仙沼はまだまだ海岸端は区画整理作業が大規模に行われており、大津波の爪痕は残っているものの、町中は平常の生活に戻っており、これならば私の〝「酒街道」ひとりサイクリング〟も実行に移せると判断いたしました。

また、タイミング良く五月二十一日（月）～二十三日（水）に【文京区高齢者クラブ】による〝最上川舟下りと出羽三山・羽黒山参拝〟という研修旅行に参加していたので、【酒街道】後半部分の最上川沿いの道路事情は事前に知ることができました。

二十四日（木）には秋葉原のサイクル・ショップにて〝クロス・バイク〟「コーダブルーム・Rail700（重量：九・四キログラム、変速：二十七段）」を購入し、ショップの店長から、〝車輪の組み立て方〟や〝パンクの際のチューブ交換の仕方〟、更に〝輪行用袋へのパッキングの仕方〟などを教わり、自分で何度となく練習を重ねました。

六月十四日（木）、久々に「オリムピック・CCレイクつぶらだ」でゴルフをプレーした後、四時過ぎに帰宅してからクロス・バイクを近所の宅配便事務所に持ち込み、「輪行」の手配を済ませました。自転車が一足先に気仙沼に向かいました。

実行の日、十九日（火）午前中に気仙沼に新幹線および大船渡線で移動し、午後からサイクリングをスタートさせて気仙沼―一関を無事にこなしましたが、二日目は一関―鳴子峡―川渡温泉の行程で、走行距離は七十一キロメートルと一番長いのですが、朝から宿に着くまで大雨で大変でした。やっと辿り着いた川渡温泉の宿「ゆさ」にある露天風呂で、じっくりと体を休めることができました。

三日目は本州の背骨である奥羽山脈を突っ切って「新庄」まででしたが、天候は朝から曇り空でも全く雨の心配はなく、無事に一日行程をこなしました。

そして四日目は朝から快晴で、最上川に沿って「鶴岡」までの行程でしたが、庄内平野の風が強くて悪風「清川だし」と言われるくらいで大いに閉口しました。

五日目の最終日は、鶴岡から大山経由で酒田までの半日コースですが、おかげさまで全行程を無事に終え、予定どおりの列車に乗って帰宅することができたのでした。

八月十八日（土）には、田町町会でアレンジしてくれた「夏の夕べ大人の勉強会」で、私の【酒街道】体験をお話しする機会を頂きました。

九月に入ると順子の腰の痛みが激しく、立っていることがつらい状態となり、白山下整体院、山ノ内外科、そして寺田医院から紹介された茗荷谷の斉藤整形外科などを回ってみたのですが、一向に痛みは和らぐことはなく、かわいそうで何とかならぬものかと悩みました。

ところで【酒街道】ひとりサイクリング用として新規購入した「クロス・バイク」も、一回だけの使用で終わりではもったいないとワイフから指摘され、考えたあげくに、数カ月置きに「日帰り一人サイクリング」に挑戦しようと考えました。

そしてその第一回目として、九日（日）に「江戸五色不動尊」めぐりを実施しました。朝五時過ぎに目黒まで下り、「目黒不動」／龍泉寺―三軒茶屋／教学院の「目青不動」―「目白不動」／金乗寺―本駒込／南谷寺の「目赤不動」、そして最後は三ノ輪／永久寺の「黄目地蔵」と回って、帰宅が午後一時過ぎでした。

十月二日（火）、孫の功乃介と二人で東西線・葛西駅に隣接している「地下鉄博物館」に行きました。帰りに近所のラーメン屋で昼食を摂りましたが、孫と二人だけで外出する大変に貴重な体験でした。

四日（木）には、私の油絵の最大サイズ（F30）の二作品のうちの一つ【塩の道・千国街道】が、SFM研究会メンバーのS氏が経営している東西線・妙典駅前の焼肉店「城」に展示されることになり、私の手から離れて行きました。

また、十一月二十三〜二十四日に「文京シビックセンター」で開催された『いきいきシニアの集い』に、油絵【考古楽（アンバランスとバランス）】を出展しました。この絵は二〇〇二年に描いたものですが、その後一度も他人の目に触れずじまいだったので、思い切って出展しました。

この絵は、古代に栄えたキプロス島の港・コウリアンで発掘された一組の男女と子供の遺骨をモチーフとして描いたもので、三人は抱き合っていました。紀元三六五年にこの集落を襲った地震で一瞬にして地中に葬られ、発見されるのを待っていたのです。私はこの絵に動きを与えるために、子供の部分を産まれたての赤子に表現し、更に足に絡みつく大蛇を、そして左上に土地に隠れた「デビル」を描き加えました。

しかしこの絵はどんな四角い額に入れても引き立たず、そこで額は四角でなくとも良いと判断して、角材、ベニア、粘土でアンバランスな額を作り、それにこの絵を入れてみると、なんとバランスがとれたのでした。（本書「翁の絵画館その1」に掲載。二〇六ページ）

十二月三日（月）、ワイフと王子のゴルフ練習場に行ってみました。ワイフは何とかクラブも振れるので、これなら来春からゴルフを再開できそうです。

そして六日（木）の「サンメンバーズ」で開催された「例の会ゴルフコンペ」では、ワイフは欠場でしたが、私がラッキーにも優勝できました。

十七日（月）には、日本橋・水天宮の「みつはし」にワイフと行くことができました。徐々に彼女の足腰は回復しているようなので一安心です。

そしてこの年末は息子一家がいるということで、皆に食べさせようとワイフも「お節料理」造りに励むことができて、おかげさまで大晦日は皆一堂に会し、賑やかに年越しができました。

来年は日本でのラグビー「ワールドカップ」が、そして再来年は「東京オリパラ」が開催され、お祭り気分で年月は経っていってしまうのでしょうね。


私は還暦を迎えた二〇〇四年から二〇一〇年までの六年間を、「老年期」＝前編＝として二〇一四年四月に書き上げ、ホームページに掲載しました。今年は二〇一九年で、すでに九年目に入っているので、二〇一一年からの自分史を書いておいた方がいいと考えました。

そこで「老年期・前編」の表現を「老年期・その1」に変更し、今回二〇一一年〜二〇一八年の八年間の自分史を「老年期・その2」として書き上げました。これであれば「その3」、「その4」と書き足して行けるわけです。ただし「その時になっても、書ける力が残っていれば」という話ですが……。

翁の写真館　その5

千葉大学でのゼミナールに講師として参加、発表テーマは「コンプライアンスについて」(2012.11.22)。

早稲田大学セールスフォースマネジメント研究会にて講演。テーマは「日本復活私論」(2014.11.13)。

ワイフと年末年始を紀伊白浜でゴルフを楽しむ。往路の途中奈良の法隆寺にて(2014.12.31)。

あとがき

八十歳ぐらいになると、はっきりと死に向かって時間を過ごしていることを実感してしまいます。ずいぶんと先の予定や予測に対して若い時には気にはならなかったのだが、最近では大いに気になるのです。

例えばニュースなどで、「二〇二五年には大阪万博が開催されますが……」と耳に入ると、「来年か、まあ行けるかも」と頭の中で考え、また「夏季オリンピックは今年にフランス・パリで開催されますが、その次はアメリカのロサンゼルスで二〇二八年七月十四日からの開催です」と聞くと、「ロス開催か、その頃自分はどうなっているのかな？」なんて不安になって来るのです。

更に「地球温暖化を食い止めるには地球全体で温暖化効果ガスを二〇三〇年までに六十パーセント削減する必要がある」と忠告されても、「その頃には自分は立ち会っていないかも」なんて他人事のように考えてしまうのです。

客観的な統計を見ても、八十歳から十年を無事に通過するのは甚だ狭き門となっているようです。二〇二三年の統計ですが、八十歳以上は日本人口の十パーセント、つまりはおよそ一二五〇万人だそうですが、一方九十歳以上は二〇六万人だそうで、わずか一・六パーセントという低率になってしまうのです。

この統計は単なる日本人の「平均寿命」という観点から見たものですが、一方日常において何ら制限なく生活できる期間から見た寿命を「健康寿命」といい、日本人は男七十二・七歳、女七十五・四歳（二〇一九年調べ）だそうで、その健康寿命から見れば私が元気に八十歳を迎えられたことは本当に有り難いことであり、感謝すべきことなのです。

私の老年期の足跡を思い出してみれば、そもそもは五十歳になった一九九五年十二月に御茶ノ水にあった「油絵アトリエ」に通ったのが老年期の終活への準備の始まりでした。その背景には、サラリーマン生活を続けて二十五年が経ち、このまま定年を迎えた時に自分が何も趣味を持たなかったら一体どうなるのか不安に感じていた頃、ワイフから「お父さん、粗大ゴミにならないでね！」と言われ「ドキーン！」として油絵を習い始めたのです。

そして油絵を習い始めた数年後には自前のホームページを立ち上げ、それから暫くしてエッセイを書き始め、更には自然との会話を楽しもうと誰も歩いていない古道を「一人行脚」し始めたのでした。それらエッセイや一人旅を題材に本の出版にも挑戦したのですから、お陰様で「粗大ゴミ」にはならずに済んでいるようです。

しかし私も古い人間になったのか、ＳＮＳやブログ上での表現は何とも「文章の切れっ端」のように、人様の印象からすぐに消え去ってしまうのではと感じてしまうのです。これはちょうど私がパソコン上で新聞各社のニュース記事を読んでも今一つ頭の中に入らないので、どうしても配達されて来る「新聞」を読んでしまう現象に似ているように思います。

そんな理由で、私の綴ったエッセイを纏めて書籍として残すことが出来て大いに満足しておりますが、このような私のわがままを黙って許してくれた家族に対し、そして本の編集に尽力を注いでくれた出版社の関係者の方々に心より御礼申し上げて筆を擱くことに致します。ありがとうございました。

二〇二四年五月

著者プロフィール

宮原 一敏（みやはら かずとし）

1944年　東京都文京区本郷に誕生
1964年　千葉大学電気工学科に入学
1970年4月　千葉大学大学院（電気専攻）を卒業し丸紅飯田（株）に入社、民生電子機器の輸出業務に携わる
1978年〜1982年　シカゴ駐在（家族帯同）
1992年〜1995年　シンガポール駐在（家族帯同）
1995年〜2004年　周辺機器メーカー「ロジテック」に転籍
2005年　丸紅インフォテック（株）顧問
2005年〜　専門学校「織田学園」理事
2007年〜　地元「高齢者クラブ」会長
2009年〜　ITEC（産業技術活用センター）のメンター（現在名は「経営者メンタークラブ」）
2021年〜　文京区高齢者クラブ連合会（文高連）本富士地区長
2024年〜　文高連副会長

人生是、一喜一憂　翁のうっぷん晴らし

2024年11月15日　初版第1刷発行

著　者　宮原 一敏
発行者　瓜谷 綱延
発行所　株式会社文芸社
〒160-0022 東京都新宿区新宿1－10－1
電話 03-5369-3060（代表）
03-5369-2299（販売）

印刷所　株式会社平河工業社

ISBN978-4-286-25704-4　JASRAC 出 2405428－401